KB152372

The Islander

바람섬이 전하는 이야기

The Islander

바람섬이 전하는 이야기

한림화 소설

일러두기

여기에 써진 제주어(濟州語)는 제주도의 동쪽에 자리 잡은 성산 지역에서 주로 사용하였던 말들에서 빌린 것이다. 그러므로 어떤 표기는 '제주어 표기법'상으로는 알맞지 않을 수도 있다.

이는 제주 지역의 언어 습관과 무관하지 않아서, 바로 이웃한 마을도 상이한 경우가 허다하다.

예를 들면, '가져오다'에 해당하는 제주어도 'ᄋᆞ져오다', 'ᄀᆞ져오다', '고조오다' 등 지역과 마을에 따라 달리 표현한다.

이 작품집은 제주어를 규정할 목적으로 집필하지 않았다. 단지 필자의 언어 습관에 충실하여 오로지 제주 섬사람들의 숨겨진 역사와 생활 습관을 기록하는 차원에서 집필된 순수 창작 문예물이므로 널리 이해를 구한다.

글머리에

사람의 삶은 한가지이나 어디에 사느냐에 따라 삶의 방식과 그 흔적은 정말로 다를 수도 있다.

아주 어린 시절, 제주도(濟州道)가 섬[島]이라는 사실을 인지하지 못하던 대여섯 살 즈음부터, 제주섬 토박이인 나의 아버지 언어 습관을 차마 이해하지 못하여 눈치 없이 군 적이 한두 번이 아니다.

'제주섬에 태어난 죄'라고 할 때 아버지의 온몸에서 풍기던 그 슬프고도 체념 어린 처절한 원죄의식(原罪意識; original sin consciousness)은 뭐란 말인가?

나를 포함한 '제주 섬사람'을 이해하는 데는 한참 긴 시간, 어쩌면 나의 온 생애가 필요했다.

누군들 그러하지 않을까. 자신의 태생적 삶을 반추할 때에 비로소 인생의 역사가 새겨진 기록지(記錄地; recording-land)는 어딘지를 가늠하게 하는 그…….

The Islander

바람섬이 전하는 이야기

그 허벅을 게무로사

그 허벅을 아무려면

크기의 비밀

할머니 진두지휘로 날마다 한 번씩 우리 집 여자들이 총출동해야 하는 일과 중 하나였다.

그날도 할머니와 어머니와 나는 할머니가 사는 우리 집 밖거리 정지(부엌) 앞문 밖에 옆으로 비켜 'ㅠ'자 모양 고인돌처럼 놓인 '물팡돌'에서 허벅이 들어앉은 '물구덕'을 차례로 짊어졌다. 마치 집안 여성 삼대가 상수도가 보급되기 이전 옛날처럼 우물로 물을 길러 가듯이 그렇게.

참말로, 우리가 진 대오리로 엮은 '물구덕'은 표면 결이 뽀얀게 반질반질 윤기가 흘렀다. 그뿐이 아니었다. '뚜데기'까지 갖춰 입었다.

'물구덕'으로 쓰는 대바구니는 허벅을 편안하게 안에 놨을 때

5분의 4만큼 들어가되 가로 길이는 세로 면적보다 조금 긴 직사각형이다. 그에 더하여 가로변의 앞뒤 3분의 1쯤부터 밑바탕까지 두 쪽으로 갈라 정교하게 다듬은 대쪽을 가지런히 놓고 아주 가늘게 꼰 신서란 노끈으로 촘촘하게 엮은 발을 둘러 구덕 밑창이 빠지지 않게 보완한다.

'물구덕' 일습을 제대로 갖추려면 '뚜데기' 역시 필수품이다. 허벅 부리에서 넘친 물이 허리춤을 적시지 않게 솜을 안에 놔 두툼하게 손바느질로 안팎을 누빈 '뚜데기'는 '물구덕'을 지기 전에 덧입는다.

예전 허벅으로 물을 길어 나르던 시절 제주섬에서는 '뚜데기'를 보면 그 집 여자 바느질 솜씨와 미적 감각을 동시에 알아봤다고 했던가. '물구덕'을 진 밧줄에 어깨가 덜 짓눌리게, 뒤판은 구덕의 딱딱한 면을 흡수하고 혹시라도 흐르는 물을 스미도록 넓게, 옆구리 쪽은 비읍(ㅂ)자 형태로 이어진 앞섶이 없는 조끼와 같은 모양이다. 사실 옆구리 용도는 별반 없는 것이 다만 뒤판과 멜빵을 연결하는 역할이 전부였지만 없어서는 안 되는 구조였다.

그런데 거기에다 천 조각을 색색이 알맞추어 구색을 갖춰놓고 배열해 가며 누빈 것이 보기에 참 좋았기에 바느질 솜씨 자랑하기는 여반장이었다.

그 '뚜데기' 세 벌을 할머니 등쌀에 겨워 지난겨울 내내 어머니가 손바느질로 만들었다고 했다.

"무사마씀?(왜요?)"

"너 새봄에 오캔 전화허난 그때부터 경 사람을 다울려라게.(너 새봄에 오겠다고 전화하니 그때부터 그렇게 사람을 들볶더라고.)"

그러니까 할머니는 내가 섬을 떠나 외국살이를 십 년 하고도 또 몇 해를 살다가 잠시 고향에 다니러 온다는 전화를 한 그날부터 '고팡'(곡간) 깊숙이 챙겨뒀던 허벅들 열두어 개를 줄줄이 꺼내어 마루 가득 세워놓고 딱 세 개를 골랐다고 했다.

그냥 마구잡이로 큰 것, 그보다 조금 작은 것, 그리고 가장 작은 것을 고른 게 아니란다.

하나하나 다 냄새를 맡아가면서, 퀴퀴한 고린내가 적당히 나는 가장 큰 것, 아마도 그 냄새의 종류를 굳이 말로 표현하자면 한 해쯤 묵은 장을 된장과 간장으로 갈라서 그중에 간장을 짙게 달여 담았던 묵은 간장 항아리에서 나는 그런 거였고, 그다음 것은 먼저 점찍은 큰 것보다 더 오줌 삭은 냄새가 지독하게 나는 조금 작은 것, 달인 간장을 항아리에 저장할 때 간이 맞지 않거나 빗물이 스며들어 염천에 달궈지고 또 달궈져 맛이 변하면 나는 바로 그 되게 지린 그…. 가장 작은 것은 냄새 맡고 뭐 하고 하지 않고 단번에 하나를 집어 들더란다. 이게 그중 최고로 곱다 하면서. 아무 냄새도 나지 않는 그것은 외향도 깔끔했다고 한다.

그렇게 허벅을 고른 할머니는 일바지 입은 위 허리춤에 치마를 두른 둥 만 둥 그냥 걸치는 시늉만 하고는 윤노리나무(우비목, 牛鼻木) 지팡이를 짚고 어디 간다온다 말 한마디 없이 그토록 급하게 집을 나서더란다.

"그 참에 물구덕 ㅈ는 할으방한티 구덕 맞추레 돌은 거주게.(그 참에 물구덕 짜는 할아버지한테 구덕 맞추러 달려간 거지.)"

어머니 말에 의하면 할머니는 어디 외출할 때면 꼭 자신의 키보다도 기다란 윤노리나무 지팡이를 짚는다고 했다. 순전히 자신이 노인임을 과시하는 거란다.

행진의 방향성

우리 셋이 나란히 그렇게 구색을 갖춘 '물구덕'을 지고 운동장처럼 넓은 마당을 가로질러 줄줄이 막 올레를 향하여 나선 참이었다.

어머니가 진 '물구덕'에 놓인 허벅이 제일 크고 그다음이 할머니 것, 내 것은 '대바지'라고 어린아이들이 허벅으로 물 긷는 것을 배울 때 처음 사용하는 것이어서 앙증맞게 아담하고 작았다.

"이년의 비바리, 재게 오라 게.(이년의 계집애, 빨리 와라.)"

저만치 앞서가던 할머니가 반쯤 옆으로 돌아서서 뒤에서 걷는 나를 재촉했다.

'물구덕'을 생전 처음 짊어진 나는 발걸음 떼기가 여간 힘든 게 아니었다. 등짝은 받히고 두 어깨는 짓눌려 죽을 맛인 데다 몸은 왜 그렇게 뒤로 삐딱하게 젖혀만 지는지 걸음걸이를 온전히 할 수 없었다.

평소에 책이 들어찬 20kg은 족히 나가고도 남을 백팩(back

pack)을 지고 십수 년을 다닌 몸이 왜 '물구덕' 지는 데는 적응을 못 하는지 정말 스스로도 이해하지 못하였다.

그저 하는 양이 원망스러워 한껏 흘기는 내 눈에 들어온 할머니가 온전히 나를 보고 뒤돌아서지 못한 건 체구에 어울리지 않게 큰 '물구덕'을 진 탓이었다. 그 모습이 금방이라도 꼬꾸라질 듯 위태해 보였다.

하긴 할머니는 아흔 살에다 두 살을 더했는데도 힘이 대단했다. 그 연세에 '물구덕'을 지다니, 직접 보지 않으면 백이면 백 사람 다 거짓말이라고 할걸, 모르긴 몰라도.

"영 할마님 뒤에 바짝 좇앙 감신디 마씀.(이렇게 할머니 뒤에 바짝 좇아 가고 있는데요.)"

맨 앞장서 가던 어머니의 나직한 목소리가, "'예!'라고만 대답허라. 하영 토 달지 말고 이.('예!'라고만 대답해라. 많이 토 달지 말고.)" 라고 묵직하게 다가와 귓속을 파고들었다.

나는 그렇잖아도 버거운 등짐에 짜증이 났는데 그에다 살짝 부아가 끓었다.

"어멍, 맨날 우리 이거 무시거 하는 거 마씀? 꽃바람도 좋은 이 봄에 말이우다.(엄마, 만날 우리 이거 뭐 하는 거예요? 꽃바람도 좋은 이 봄에 말이에요.)"

볼멘 내 항의에 어머니가 아니라 할머니가 냉큼 대답했다.

"속솜허라. 저 산전(山田)밭디 오줌거름 주래 가는 거 다 알멍… 혼저 걸라.(조용해라. 저 산전밭에 오줌거름 주러 가는 거 다 알면서… 어서 걸어라.)"

저 앞에서 어머니의 혼잣말이 들려왔다. "일 년 열두 달 중에서 사월만 확 앗아불어시민 좋키여.(일 년 열두 달 중에서 사월만 확 앗아버리면 좋겠어.)"

아하이고, 어머니도, 바랄 걸 바라야지. 마음에 들지 않는다고 없애버리고 그 반대라고 덧붙일 수 있는 나날이라면 세상! 어려움도 고생도 하나 없겠다 씨~.

게무로사

맨 앞장서 가던 어머니가 올레와 텃밭의 경계를 삼은 돌담이 허물어진 '도'로 몸을 돌렸다.

제주섬에서는 텃밭이나 이웃에 단거리로 쉽게 드나들 목적으로 그렇게들 돌담을 허물어 샛길을 낸다. 그런 데를 '샛도'라고도 하고 그냥 '도'라고도 한다. 허문 돌덩이로 디딤돌을 계단처럼 놔 건너다니기가 그리 어렵지 않다.

명목은 순전히 먼 밭에 거름하러 간다는 거라면서 왜 거기로? 의문이 들 찰나(刹那)였다.

"아이고, 어머니!"

어머니가 '도' 입구의 돌덩이에 한 발짝을 막 내디뎠다가 그만 넘어지고 말았다. 순간, 허벅 깨어지는 소리가 요란하게 들리고, 깨어진 허벅에서 쏟아진 물이 콸콸 흘렀다.

할머니가 눈 깜짝할 새에 '물구덕'을 벗어던졌다. 그리고는 어머니에게 달려들었다.

"야야, 야. 내 애기야."

그냥 올레 흙바닥에 내동댕이쳐진 할머니 '물구덕' 속의 허벅도 왱쟁그랑탕, 소리를 지르면서 깨어지고 말았다. 순간 간장 냄새가 진동했다.

나는 어찌해야 할 바를 몰랐다.

어머니를 그러쥐고 단숨에 안아 일으킨 할머니는 꼬옥 품속에 안았다. 자신보다 훨씬 체구가 큰 어머니가 그렇게 할머니 품속에 쏙 안길 줄이야, 희한(稀罕)한 광경이었다. 아! 아무리 체구가 큰 자식이라도 어머니 품에 안기면 저렇게 되는구나.

할머니 품에 안긴 어머니가 어깨너머로 나에게 손짓을 했다.
"저 물팡돌에 강 물구덕 부리라.(저 물팡돌에 가서 물구덕 내려놔라.)"

내가 출발점인 할머니네 부엌 쪽으로 되돌아가는 동안 뒤에서는 할머니가 어머니를 부축하여 일어섰다.

"걱정 말라. 게무로사 ᄒᆞ루쯤 늦었댄 그 사름덜이 죽지 않을 거난! 걸어보라, 걸어지크냐?(걱정 마라. 그러기로서니 하루쯤 늦었다고 그 사람들이 죽지 않을 거니까! 걸어봐라, 걸을 수 있겠니?)"

할머니는 어머니에게 아주 다정한 목소리로 말하였다. 어머니를 안심시킬 일이 당장 해야 할 일이지 않은가 말이다. 그에 맞추어 어머니는 다 죽어가는 듯이, 그러나 극적으로 살아났다는 듯이, 마치 연극하듯이 맞받았다.

"약간 엉치영 허리영 아프우다마는 걱정맙서, 걸어점수다.(약간 엉덩이하고 허리하고 아프지만 걱정 마세요, 걸어지네요.)"

나는 앞서 걸으면서, 어머니가 꼭 연극하는 것 같다 싶었다.

일부러 '도'를 넘어가는 척하면서 넘어진 것만 같았다.

"야야, 경헌디 느 허벅에 든 오줌거름이 어떵해연 궂은 내음이 나질 안헤라 이.(야야, 그런데 네 허벅에 든 오줌거름이 어쩐지 궂은 냄새가 나지 않더라.)"

할머니는 어머니의 허벅이 깨어지면서 쏟아진 게 오줌 삭힌 거름인데도 그 특유의 냄새가 나지 않는 게 그 와중에도 궁금한 것 같았다.

사실 빗물을 항아리에 받아놓은 어머니의 맹물이 할머니에게는 삭힌 오줌거름이었던 것이다.

어머니가 길게 한숨을 내쉬었다.

"막 오줌이 잘 삭안 예, 궂은 내가 싹 엇어져 부러수께. 그냥 물추룩 예.(막 오줌이 잘 삭아서요, 궂은 내가 싹 없어져 버렸어요. 그냥 물처럼요.)"

그렇게 그날 '물구덕' 지는 행사는 마무리되었다.

하긴 '물구덕'을 지고 우리는 집 올레를 벗어난 적이 없다. 어느 날은 갑자기 방문객이 있어서, 또 다른 날은 저 올레 너머 사람들이 보여서 등 날마다 집을 나설 수 없는 변수가 생겼다.

오늘만 빼고 나날이 올레 밖으로 나서지 못한 변수가 작용한 건 전적으로 할머니 판단에 의해서였다. 그런데 어머니의 변수가 그토록 극적으로 작용할 줄은 몰랐다.

할머니와 어머니가 잠시 툇마루에 앉아 두 손을 마주 잡고는 갑자기 벌어진 소동에 놀란 가슴을 진정하느라 덕담을 주고받는 사이에 나는 내가 짊어졌던 '물구덕'을 '물팡돌'에 내려놓고는 정지 문턱에 걸터앉아 멀리 한라산바라기를 했다.

할머니 치매는 아직도 몇십 년 전 그 삶 속에 온전히 할머니를 가둬놓고 있었다. 그 질곡에서 벗어나는 시간은 언제쯤 올까. 오긴 할까? 할머니가 죽지 않는 이상 치매는 할머니 시간을 그 시점에 꼭 잡아 둘 텐데… 가엾은 할머니.

"게난 족은년 대바진 멀쩡허난 느꺼영 나꺼만 새로 허벅을 고르민 될거 이.(그러니까 막내 대바지는 멀쩡하니까 네 것과 내 것만 새로 허벅을 고르면 되겠네.)"

할머니가 '고팡'으로 들어갔다. 나를 '족은년(막내딸)'이라는 걸로 봐서 손녀라는 인식을 못하는 게 분명했다.

"어멍, 할망은 나가 그때 산에 숨었단 선무공작에 걸련 토벌대 총에 맞아 죽은 막내이모로 알암신게 예.(엄마, 할머니는 나를 그때 산에 숨었다가 선무공작에 걸려서 토벌대 총에 맞아 죽은 막내 이모로 알고 있네요.)"

내 질문에 어머니는 선선히 대답했다.

"기여 게. 그 이모가 어디 외국에 간 곱았단에 온 셍도만 생각헴주 게.(그렇지. 그 이모가 어디 외국에 가서 숨었다가 온 것으로만 생각하는 거지.)"

그때 양손에 큰 허벅 두 개를 들고 툇마루로 할머니가 나왔다. 그 모습이 무슨 환타지게임에 등장하는 여전사(女戰士) 같기도 하고 신화 속의 설문대 여신 같기도 했다.

"게무로사 우리 서이떨이가 오줌 거름인추룩 속영 곤장 혼 허벅을 산에 숨은 사름덜한티 못 앗아당 주카 이. 우리가 제주

여즈로 태어낭 그만헌 일도 못 허민 죽어불게 이!(아무려면 우리 세 모녀가 오줌거름인 것처럼 속여서 간장 한 허벅을 산에 숨은 사람들에게 못 가져다 줄까. 우리가 제주 여자로 태어나서 그만한 일도 못 하면 죽어버리자!)"

할머니는 기어코 간장 허벅을 산에 가져가고야 말겠다고 결심한 듯 말마디에 힘을 한껏 주었다. "산 사름은 짠걸 먹어사 목숨을 부지헤여.(산 사람은 짠 걸 먹어야 목숨을 부지해.)" 하면서 들고 온 허벅들을 마룻바닥으로 내려놨다.

어머니가 그 말을 냉큼 받아 맞장구를 쳤다.

"게무로사 난 오줌허벅 지곡 어머님은 곤장허벅 지곡 족은년은 가당 목 마르민 마실 물대바지 지곡 무사 못 갑니까 게. 낼도 나사 보게 마씀.(아무려면 난 오줌허벅 지고 어머니는 간장허벅 지고 막내는 가다가 목 마르면 마실 물대바지 지고 왜 못 갑니까. 내일도 나서 봐요.)"

내가 바라기 하는 내내 한라산 허리에는 하얀 구름이 치마를 둘렀다.

그때 토벌대를 피해 한라산 깊은 골에 몸을 숨긴 제주 사람들을 감추어 주었듯이 그렇게나 은밀하게.

찰나 앞에서

나, 소리쟁이.

다들 그렇게 부른다.

나는 거 무시거냐(뭐냐) 그때 그디(거기에) 꼭 갈 필요는 없었다. 사람이 살다 보면 계획 밖의 무시거라도(뭐라도) 즉흥적으로 두 하기 마련이니 내가 거기 간 행위에 꼭 의미를 쪼쫏이(낱낱이) 부여할 이유는 없었다. 그냥 갔기 때문이다.

여름 한낮, 바람 한 점 없이 더워 선풍기를 켜놓고 설핏 낮잠에 빠졌다가 문득 눈을 떠 창밖으로 보이는 풍경 속에 내가 있음을 실감하고 싶었다고 억지 이유를 붙이기로 하자. 아, 그래야 이 이야기를 하게 된 동기가 성립될 수 있겠다.

가보니 좋았다. 비 갠 뒤의 상큼함이 나를 휩쌌다.

하필이면 그 '오름'을 향해 내리꽂는 무수한 빛살이 내 눈앞에, 그 장대비가 퍼부어진 직후에 기다렸다는 듯이 밖을 내다보는 내 눈을 파고들었으니 그 값을 하나 싶었다.

그때 나는 껄렁한 물 바랜 국방색 무늬(이 색깔에는 토를 달아야 한다. 이놈의 색깔이, 이 지구상에는 오로지 대한민국 우리나라에서만, 우리 언어로만 통하는 색깔인데, 녹색이 짙었다 엷었다 제멋대로 무늬진 색깔이다. 군인들 복장 대부분이 그런 색깔이어서 한국 사람이라면 누구나 '국방색' 더구나 '국방색 무늬'라고 하면 어떤 색깔로 이뤄진 패턴인지 다 안다.)로 얼룩진 반바지에 흰색 티셔츠를 받쳐 입고는 슬리퍼를 신은 채 감히 오름 산행을 했다.

제주섬 '오름'이 다 그렇지만 육지 어디 흔한 뒷동산 혹은 고갯마루보다 조금 높거나 말거나 할 만치 슬리퍼를 신고도 충분히 오르내릴 만해 보였기에 내 신발이, 내 반팔 티셔츠가 그리 대수일까 싶었다.

오름 발치께에는 저 먼 데로 동그라미를 그리듯 오른쪽에서 왼쪽으로 휘어지면서 길인 듯 아닌 듯 순전히 사람 발자국이 낸 오솔길이 아스라하게 꼬리를 끌고 있었다.

그 길 양옆으로 소나무가 늘어서서 그늘을 드리우고 있는 품새가, 살짝 저 길 끝에 뭔가를 숨긴 듯 비밀스러운 데다 운치도 괜찮았다. 저절로 그 오솔길을 따라 발걸음이 이어졌다.

화산송이가 슬리퍼 밑창에서 사락사락 부서지는 게 발을 타고 내 온몸으로 전해지면서 리듬을 탔다. 그 오솔길 바닥에 지천으로 깔린 질붉은 화산송이는 발자국을 내디딜 때마다 경쾌하게 바스러지는 소리를 내었다. 그런데 일 미터쯤 내디뎠을까, 발밑이 조금 불편하였다. 내 슬리퍼 탓이었을 것이다.

시작부터 이리 산책을 하자고 마음먹고 옷차림을 하거나 신발을 그에 맞추어 신지 않았을 정도로 즉흥적인 나들이였던 것이다.

발이 자꾸만 미끄러졌다. 하지만 오름 밑둥치에서부터 뱀꼬리처럼 아스라하게 비끄러져 저 앞 숲속으로 숨어버린 길 끝이 내 호기심에 더욱더 불을 붙였고 내 오금을 잡아끌었다.

그 차림으로 오름을 오르면서 나는, 아니 내 상태는 좀 정직하게 말하기로 하자, 발걸음을 떼면 뗄수록 점점 더 불편하기 짝이 없었다. 걸음걸이마다 발밑에서 화산송이가 부서지면서 내 발을 슬리퍼 밖으로 자꾸만 밀어냈기 때문이다. 정말, 피그닥 피그닥, 화산송이가 튕겨버린 내 발을 슬리퍼 안으로 꿰어넣느라 걷는 건지 마는 건지 아, 후회가 막심했다.

산책을 포기하고 돌아가기도 난감한 것이 꽤 올라온지라 말 그대로 오도가도 못하게시리 사람을 붙잡아 진땀나게 했다.

나는 억지로 내디디던 걸음을 멈추고 한참이나 내 발을 내려다보고 그 자리에 서 있었다. 길가의 소나무 숲에서 오늘길로 내리 부는 향기로운 솔바람이 그나마 다소 위로가 되었다.

아, 왜 이렇게 뒷덜미가 가려운 거야? 시원한 바람을 음미하기도 전에 이번에는 뒷덜미가 가려워 미칠 지경이었다. 가능한 한 최대치로 팔을 구부려 휘고는 긁어봤지만 별 소용이 없고 가려움만 더했다.

“아, 씨팔! 어떡하지?”

나도 모르게 후회와 망설임이 섞인 탄식이 입 밖으로 튀어나왔다.

"어떻게 하긴, 올라가든지 내려가든지 지 맘이지…."

남의 혼잣말에 누군가가 토를 달면서 동시에 내 머리를 다짜고짜 앞으로 내리눌렀다.

"뭐 사람이 이렇게 둔해? 송충이가 달라붙은 것도 모르고, 봐라 봐, 새빨갛게 부풀었네."

어? 내 바로 옆에 바싹 따라붙어 한 사내가 서 있었다. 제법 건장한 체구에다 막노동꾼 같지는 않아 뵈는데 그 못지않게 큼지막한 등산용 배낭을 짊어진 꼬락서니라니, 그에다 나처럼 꽁지머리를 하고 있었다. 남루한 차림새와는 달리 그의 눈빛은 참으로 맑고 투명하여 형형(熒熒)했다. 뭐랄까, 내가 살짝 튕기면 그 튕겨 나가는 자존심의 거리까지도 재어낼 것만 같은 그런 눈빛에 나는 쏘이고 있는 중이라고 속으로 가늠했다.

나는 눈썰미가 빠른 편이라고 자부한다. 첫눈에 들어온 그 사내는 그러나 참으로 묘했다. 저 장비, 삼발이 말이다. 그것만 가지고 짐작해 보건대 혹시 측량사인가?

나, 빛사농바치.
남들이 그렇게 불렀다.

송악산에 소낙비가 몇 줄기 긋는 듯하더니 짙은 먹구름 사이를 헤집고 하늘로부터 빛줄기가 폭포수처럼 쏟아져 내리는 게, 내 초막 창 너머로 생생하게 보였다.

그 빛 하늘 폭포는 정말로 강렬하기가, 강력한 빛 막대 수천 수만 개를 하늘에서 수직으로 구름을 뚫고 송악산을 향해 내리꽂는 것 같았다.

나는 순간, 늘 미단이 방문 한쪽에 기대어 놔두는 배낭을 둘러메고 삼발이는 뭐 되는대로 품에 안고는 무작정 뛰었다.

아! 시각을 다투는 일인데 내 발은 너무 느렸다. 아무리 뛰어도 내 의도와는 달리 축지법을 쓰지 못하는 평범한 그냥 사람이다 보니 악다물고 뛰는 그 수준이란 게… 울고 싶었다.

번번이 저 빛의 폭포, 저 빛 막대 더미가 하늘에서 쏟아져 내리꽂는 그 광경을 놓쳤다. 그 빛이 하늘에서 땅으로 쏟아져 내리는 건 찰나였고 내 발이 내는 속도는 그에 비해 턱없이 느렸고 가야 할 곳은 너무 멀었기 때문이다.

억울하고 분했다. 오늘도 허탕이다. 울컥 명치끝에서 솟아오른 분기는 머리꼭대기로 탱천하면서 내 눈물샘을 자극했다. 눈물이 가득 고여 눈앞이 희뿌옇게 보였다. 내 신세, 내 꼴이 내 자신이 봐도 가엾고 불쌍해서였다. 아니다. 정직하자. 그냥 억울하고 분했다. 자기 자신을 향한 억울함과 분노는 토로할 대상이 아무도 없는 야비함과 초라함도 내포한다.

그렇다고 그 빛을 잡아보겠다고 호기롭게 나선 길을 되돌아갈 수는 없었다. 이왕 나왔으니 저놈의 송악산에 올라 하늘이라도 올려다보고 내려가자. 나와 약속 좀 하고 그날 그 시(時)에 빛 폭포를 퍼부어달라고 부탁이라도 하고 오자. '무자년 난리'('제주 4·3사건') 때 '멜젓'(멸치젓) 담그듯 양민 학살한 놈들 보란 듯이 그 영혼들 빛으로 환생한 걸 제주 사람들 다 볼 수 있게 한 번만 단 한 번만 사냥할 수 있게 해달라고 애원이라도 하자. 마음을 다잡고 터벅터벅 걸었다. 세월아 네월아 걸었다.

차도는 쉼 없이 제 속력껏 달리는 각종 차들로 시끄러웠다. 저렇게 속도감 있게 달려야 하는 것을… 이놈의 다리야, 사람인 게 참 치사하구나. 마라토너가 되지 못한 게 한스럽구나. 하긴 마라토너였어도 시속 백 킬로(100km) 이상 달리지 못하는 한 다 거기서 거기지 그렇고말고.

마음속으로 불만에 가뜩 차서 패배자들이나 하는 자기 합리화를 하느라 자신에게 뇌까렸다.

어, 어어? 내가 놀라서 길 가장자리로 도망치듯 비켜서기가 바쁘게 나를 칠 듯이 내 옆에 바싹 붙어서 다 낡아빠진 토목공사용 볼보트럭이 탁 섰다.

트럭이 멈추는 순간에 이기지 못해 차체가 엄청난 흙먼지를 폭삭 털어냈다.

에이 씨팔, 그 먼지를 내가 다 뒤집어썼다.

"어이 빛사농바치, 어딜 감서(어디 가고 있어)?"

내가 세 들어 사는 옆집 사내였다. 통성명을 한 적도 없으면서 언제 나를 알았다고, 이 사내는 이사하고 첫 대면부터 내게 손아랫사람 취급을 했다. 그 이후로 볼 때마다 반말을 찍찍 뱉는 게 사람 속깨나 긁었다. 평소에는 대면하고 싶지 않은 그런 이웃. 그는 재산목록 2호인 볼보트럭으로 토목공사판에서 흙이나 폐자재를 나르는 일을 한다고 했다. 재산목록 1호는 그 자신이란다.

나는 주로 그와 길바닥에서 만났다. 그는 그 볼보트럭 운전석에 있고 나는 길가에 있는 그런 상황으로 말이다.

"타."

그가 턱주가리로 조수석을 가리켰다.

타? 말아? 잠시 망설였지만 나는 줄레줄레 차 앞을 반 바퀴 돌아서 조수석 문을 열고 올라탔다.

"송악산 가."

짐짓 투박하게 뱉은 내 말이 떨어지기도 전에 차는 출발했다.

"야 너, 그거 제대로 사농(사냥)할 거면 네 발로 걸어선 어려워."

사내의 말투가 살가웠다.

"나도 알아."

그는 퉁명스럽게 대거리치는 내가 미웠던지 아는 놈이 매번 그러냐고 혼잣말처럼 씨부렁거렸다.

"얌마, 난 꼭 해야 해. 해야 한단 말야."

나는 그 참에 단단히 내 의지를 확인해 두고 싶었다. 나에게, 그리고 그에게, 아니 두 발밖에 없는 내 행동을 무모하다고 여기는 모든 이에게.

"알앗저 게 새꺄, 잘 해보라. 누게 뭐랜 헴나?(알았다구 새꺄, 잘 해봐라. 누가 뭐라 하든?)"

그는 결국 히히 웃음을 섞어 한마디 뱉고 나를 송악산 입구에다 내려놨다.

"사농감은 엇어져신 게.(사냥감은 없어져버렸네.)"

그는 단숨에 유턴(u-turn)을 한 후 출발하기 직전에 또 한마디로 나를 눙쳤다. 나는 대답하지 않았다. 내 사냥감이 사라진 건 진작 알고 있는 터여서 그가 놀리거나 말거나 그리 대수롭지 않았다.

나는 송악산 오솔길을 그 아스라한 길 아닌 길을 참 좋아했다. 처음 그 길을 발견했을 때는 가슴이 마구 두근거리기까지 할 만치 사람을 잡는 매력이 있었다.

그 오솔길은 나만의 길은 아니었다. 말테우리(말을 돌보는 목자, 馬牧者)도 제 전용인 듯 드나들고 분화구에서 약초인 부처손을 캐는 이도 저만의 길인 듯 다닌다. 또 송악산 절벽에서 낚시하는 꾼이며 드물지만 제주 해녀들도 거기 길을 다지는 데 일조했다. 그리고 송악산 초소에 근무하는 군인인지 경찰인지 신분은 자세히 모르지만 그들도 지름길 삼아 오간다. 그런데도 나는 그 오솔길이 나를 송악산으로 오르라고 낸 것만 같아 흐뭇했다.

그런데 뭐야, 슬리퍼를 신고 이 길을 걸어? 몇 걸음 걷기도 전에 저만치 눈앞으로 확 맞닥뜨린 그 사내, 허술하기 짝이 없는 차림새 하며 깡마른 몸매에 꽁지머리 꼴이 마뜩잖았다.

그를 지나칠 순간에 그의 뒷덜미를 기는 송충이를 발견했다. 또 그 슬리퍼를 신은 발도 봤다.

모른 체하고 그냥 가버릴까 보다. 분하고 억울한 감정에 보태어 심술보가 발동했다. 그러나 막 앞으로 내민 발을 막은 건 알량한 내 양심이었다. 내가 그 처지에 놓인 걸 누군가 알면서도 그냥 지나쳤다고 하자, 사람이면 못할 짓. 아무리 작은 일이라도 알면서 방임하면 그건 죄짓는 일이다. 나는 고의적으로 죄지으면서 살고 싶지는 않았다. 그것뿐 다른 이유는 없었다.

그때 그들이 거기에 그렇게 머물렀다.

두 번이나 분출하느라 봉우리를 앗아버린 이중분화구가 있는 송악산 정상에서 남쪽으로 치우쳐 벼랑을 '바라가다'(더듬어 조심스레 나아가다) 보면 우뚝 평상을 펼쳐놓은 듯 커다란 암반이 나앉아 잠시 쉬어가라 손짓한다.

그 자리에서는 남태평양의 끝자락이 오지랖 넓은 여인네가 치맛자락을 끌어 펼쳐놨나 싶게 좁은 듯 장엄한 대양의 경관에 넋을 놓게 된다. 아, 가파도와 마라도가 손에 잡힐 듯 가까이 앉았기는 하다. 그 품새가 마치 남태평양과 중앙태평양을 경계 지으러 달려가는 표지석 같다고나 할까, 오목 두는 바둑판에 놓인 두 개 바둑돌이라고나 할까. 아주 눈 밝은 이들만을 위해 준비된 작은 점(点)과 같은… 그렇다. 그 두 엄지손톱만 한 섬들은 바로 그 임무를 다하려 거기 있도록 애초에 창조되었을 것이다.

거기, 오름 봉우리를 잃은 상처를 보이지 않아도, 구태여 그걸 의식하지 않아도 될 가림막처럼 분화구를 가린 가장자리 남쪽에 치우쳐 짐을 지거나 먼 길을 걷는 이들을 위해 중간쯤에 일부러 정성을 다해 마련된 쉼터나 다름없어 뵈는, 제주 사람들이 '쉼팡'(길 가던 이가 잠시 쉴 수 있게 놓인 구조물)이라고 하는 쉼자리 암반에 빛사농바치가 먼저 도착했다. 뒤이어 대여섯 걸음 떨어져서 소리쟁이도 가 닿았다.

빛사농바치는 거구이며 살집도 살짝 있는 데 비해 소리쟁이는 조그맣고 깡말라 외향이 너무 다르지만 어딘지 모르게 풍기는 인향(人香)이 닮은 데가 있었다. 잠시 거기 걸터앉아 한숨 돌린 말테우리가 막 '쉼팡'을 뜨려다 말고, "둘이 성제(형제)라?" 하고 말을 걸었다.

빛사농바치가 빛의 속도로 대답했다.

"아, 아닙니다. 모르는 사람입니다."

말테우리가 알았다는 듯 씨익 웃음을 입꼬리로 끌면서, 윤노리나무 지팡이를 가로로 꿰어 두 팔을 걸치고 허위허위 걸어가면서, "둘이 싸와신게.(둘이 싸웠네.) 아니랑 마랑 성제 맞아 뵈는디?(아니나 마나 형제 맞아 보이는데?)" 전주르기를 했다.

빛사농바치는 말테우리 뒤통수에 대고 소리 질렀다. "정말 아닙니다!" 그 말을 말테우리가 맞받아 뒤로 던졌다. "아니민 말고 게, 것덜 참.(아니면 말고, 그것들 참.)"

살짝 떨어져서 두 사람의 거동을 살피던 소리쟁이가 빛사농바치한테 다가가 한 뼘만치 거리를 두고 앉았다. 빛사농바치는 노골적으로 귀찮다는 시늉을 했다. 엉덩이를 옮겨 더 거리를 벌려 앉음과 동시에 눈길은 대양 멀리 가 박았다. 망망대해 물결만이 가득한 그 바다 어디에다 눈길을 주었을까 짐작하기 어렵다.

"운동화 빌려줘서 고맙수다(고맙습니다). 아참, 송충이도 떼어 줘 그것도 고맙고."

소리쟁이가 제 발보다 훨씬 큰 사이즈의 운동화를 신은 발을 내려다보며 빛사농바치한테 말을 붙였다.

"우리가 형제로 오인될 정도로 닮은 데가 있다는 건 우연치고는 뭐랄까 '우연을 가장한 필연'이라고 할 만하죠?"라는 뒷말은 삼켜버렸다. 저 뚱한 인상 하며 그가 풍기는 냄새 하며 옆에 사람을 두지 않는 성격 같다고 판단했기 때문이다.

빛사농바치는 역시나 대답하지 않았다. 소리쟁이 눈에는 그런 그가 사춘기를 겪는 중학교 2학년 소년쯤으로 보였다. 서른도 넘어 다섯에서 꺾였을 불혹으로 내달릴 채비를 차릴 만한 나이는 잡수셨을 양반이 웃긴다 싶었다.

소리쟁이가 오솔길을 걷다 말고 하염없이 슬리퍼 신은 발을 내려다보면서 목덜미를 긁으려고 안간힘을 쓸 그때 말이다. 그랬다. 빛사농바치는 소리쟁이 뒷덜미에서 송충이를 털어내고 붉게 충혈되어 부풀어 오르는 그 자리에 물파스까지 발라주고도 모자라 배낭에서 운동화를 꺼내었다. 낭사사에게 그 운동화를 신을 건지 물어보는 배려 따위는 없었다.

소리쟁이도 그의 말없는 배려가 싫지 않았다. 낡고 너무 컸지만 끈을 동여매어 신으니 슬리퍼보다 훨씬 걷기가 수월했다. 그 운동화 덕에 오솔길 끝에 이르렀고 빛사농바치 뒤를 쫓아 벼랑 위 암반 '쉼팡'에 걸터앉아 태평양 물결의 굼실거림을 볼 수 있었던 것이다.

"건데 말이요, 이왕 빌려준 거니 내려가서 돌려줘도 되겠소?"

소리쟁이가 조신하게 물었다. 빛사농바치가 선뜻 매우 큰소리로 대답했다.

"나 그 운동화, 꼭 돌려받아얍니다. 내겐 소중한 거요."

듣는 사람이 깜짝 놀랄 정도로 빛사농바치의 반응은 격했다. 그래서 소리쟁이는 그날 빛사농바치가 송악산에 머무는 동안 그를 졸졸 따라다닐 수밖에 없었다. 그에게 운동화를 돌려줄 방법을 두 사람 사이에서 합의하지 못했기 때문이다. 소리쟁이 입장에서는 당장 벗어 돌려줄 수 없었기 때문이고, 빛사농바치는 강제로 벗어달랄 수 없어서였다.

사족: '아이고 한심하기가'라며, 빌려 신은 사람은 둘이 처음 만났던 장소에 벗어놓으면 빌려준 사람이 그걸 주워 담으면 될 거 아니라? 혹시라도 훈수 둘 생각 마시라. 그냥 그들은 그때 그렇게만 하고 싶었을 수도 있다. 남의 족적에 제3자가 함부로 발자국 찍는 거 아니란 걸 알잖는가.

소리쟁이는 빛사농바치를 따라다니는 게 다소 지루했다. 아니다. 처음에 한 사내가 다른 사내의 발자국을 따라잡는 것이 좀 어색하여 지루하다고 생각은 했다. 하지만 곧 그 상황을 견디고도 남을 훨씬 큰 감동을 받았다. 혼자 산책했다면 도저히 볼 수 없었던 각도에 따라 달라지는 풍경이며 바람결을 눈으로 보고 몸으로 느끼는 그 시간은 마치 하모니가 완벽한 선율과 같았다. 다만 그러한 정황을 소리쟁이는 인정하고 싶지 않았을 뿐이다. 이유 없이 그저.

빛사농바치의 발걸음은 별 뜻이 없다는 듯 오름의 여기저기를 휘적휘적 휘젓고 다녔다. 아무것도 하지 않고 오로지 여기저기를 거닐다 말고 가끔 바다에다 눈을 박거나 아니면 북쪽으로 올려다보이는 한라산 봉우리며 지척에 솟아있는 돌산인 산방산을 찬찬히 관찰하는 듯했다.

따라다닌 소리쟁이는 속으로 저 사내의 직업이, 자신의 추측이 맞을 거라고 확신을 하고도 남는다고 혼자서 쾌재를 불렀다. 측량사가 맞아. 그러니까 이리 찬찬하게 지형지세를 둘러보고 다니지.

한여름 소낙비가 그친 제주의 날씨는 뜨겁지만 경쾌했다. 잠깐 나선 길이 운동화 주인을 따라다니느라고 어느새 해가 서쪽으로 한참 기우는 것도 모를 만치 시간을 사위었다.

눈부시게 현란한 여름 송악산 풍경 속으로 물감을 펼치는 저녁노을이 하늘가 끝에 가 닿아서야 빛사농바치는 발길을 돌렸다. 때문에 소리쟁이는 온종일 쫄쫄 굶어 오름을 내려서기가 쉽지 않았다.

송악산 입구에는 소리쟁이를 찾는 사람 무리가 모여 있었다.

"갑자기 사라지면 됩니까 게?"

소리쟁이는 그를 마중하는 무리에 에워싸여 욕을 바가지로 먹느라 정신을 차리지 못하다가 먹는 욕 사이로 퍼뜩 운동화를 돌려줘야 한다는 생각이 머리를 때렸다.

아?

아!

아! 비명에 가까운 감탄사를 지르며 소리쟁이는 그 자리에 털썩 주저앉았다.

해냈었구나 정말로.

소리쟁이 앞의 벽에는 사진 한 장 외에 아무것도 없었지만 그는 그동안 제주섬에서 흘러간 시간의 모든 진행을, 빛사농바치 생의 역사를 읽고도 남았다.

이거였구나.

빛사농바치가 사냥하고 싶어 자신을 오롯이 투영하고 내던진 시간이 선명하게 기록된 사진 한 장. 액자 아래는 길게 사진 제목이 붙어 있었다.

> 아! 그대들 설운 영혼들이 빛으로 환생하는 이 순간
>
> 나는 드디어 잡았다.
>
> 내 발에 날쌘 바퀴를 달아준 너 덕분이다.
>
> 이제 죽어도 좋다. 행복하다.

겨우 진정한 소리쟁이는 십 년 전 그 무렵을 떠올렸다. 소릿값을 따져 노래를 한 적이 없던 그였다. 그럼에도 소릿값을 몇 번 따진 적이 있다. 큰돈이 필요했다. 순전히 빛사농바치 때문이었다.

누군지도 모르고 어디 사는지도 모르는 사람이 꼭 돌려받기

를 원한 낡은 운동화가 그에게 짐이 되어 두 어깨를 짓누른 것은 송악산을 내려와 스태프들로부터 실컷 욕을 먹던 그 중간쯤부터였다. 어서 돌려주자고 그를 찾으니 운동화 주인은 어느새 사라지고 없었기 때문이다.

결국 그때 제주 공연 여행은 낡은 운동화에 대한 부담과 함께 막을 내렸다. 그리고는 자신이 묵었던 송악산 자락 민박집 주인에게 그를 찾아달라고 부탁하고는 섬을 떠났다.

아마도 그로부터 한 2년이 거의 지날 무렵이었다. 제주 공연을 갔다가 고등어회를 먹자는 제주 토박이 친지와 함께 모슬포에 갔는데 민박집 주인을 횟집에서 만났다.

"저, 소리쟁이 성님 마씀. 나 그 운동화주인 ᄎᆞ잣수다. 저디 송악산이서 예.(저, 소리쟁이 형님. 나 그 운동화 주인 찾았습니다. 저기 송악산에서요.)"

반갑고 놀라웠다. 고등어회고 뭐고 다 덮어두고 민박집 주인을 따라 그의 집으로 갔다.

"이 불치막에 삽니다."

불치막? 아궁이며 굴묵에 불을 땐 후 농사지을 거름으로 쓰려고 재를 긁어내어 모아두는 초막을 제주 사람들은 그렇게 부른다고 했다. 초라하기 짝이 없는 초막. 그는 그러나 그날 그 집에 없었다.

소리쟁이는 공연 중간에 그 초막으로 그를 찾아 날마다 갔다. 그는 어디 갔을까?

공연 마지막 날이었다. 그 초막을 기웃거리는데 울담 너머 볼보트럭 운전사가 고개를 내밀었다.

"누게 춫암수과, 빛사농바치 마씀?(누구 찾아요, 빛사농바치요?)"

소리쟁이는 갑작스런 그의 등장에 딱 부러지게 뭐라지 못하고 우물쭈물 허둥대었다. 그 운동화 주인을 딱히 뭐라고 호칭해야 하나? 그를 찾는다고 어떻게 표현해야 하나? 그가 빛사농바치인가? 당황해하는 그가 유명한 소리쟁이란 걸 그 운전사는 알아본 모양이었다.

"아! 그 소리쟁이 선생이로구나 게. 둘이 아는 사이엿구나 예."

담장을 훌쩍 뛰어넘어 건너온 그 운전사는 운동화를 돌려받지 못한 빛사농바치 사연을 마치 옛말하듯 스토리텔러(Story Teller)처럼 조근조근 읊조렸다.

"중고라도 짐칸 있는 트럭이 꼭 잇어야 마씀 게. 그게 엇엉은 그 사농 성공 못헙니께 평생 가도 마씀.(중고라도 짐칸 있는 트럭이 꼭 있어야지요. 그게 없으면 그 사냥 성공 못합니다 평생 가도요.)"

소리쟁이는 그 길에도 빛사농바치를 만나지는 못했지만 기동력이 없어 그가 원하는 사냥감을 번번이 놓친다는 말을 듣는 순간, 가슴에 투박한 나무쐐기가 박히는 것 같았다. 그 묵직한 통증이라니.

"사농 하고픈 거 못헨 것산디 원 아판 죽어가는 거 닮아 마씀.(사냥하고픈 거 못 해서 그런 건지 원 아파서 죽어가는 거 같아요.)"

덧붙인 한마디가 가슴에 박힌 그 가상의 나무쐐기를 빠악 비틀었다. 통증의 강도가 그의 숨을 멎게 할 것만 같았다.

이참에 빛사농바치한테 운동화를 돌려주지 못한 빚을 갚아야 할 것 같다고 마음먹는 순간 통증이 조금 가셨다.

스스로 짊어진 빚을 갚으려 공연 값이 얼마여야 한다고 흥정하기를 열 번인가 어떻든 몇 번 했다. 할 수밖에 없었다. 그러구러 겨우 일 톤(1t)짜리 중고트럭을 사서 그에게 보냈다.

그에게서는 어떤 반응도 없었다. 그의 옆집 그 볼보트럭 운전사가 가끔 그의 안부를 건네는 전화를 해주었다.

그날은 비가 너슨너슨 내렸다. 기분이 착 가라앉는 날이었다. 전혀 예상하지 못했는데 빛사농바치가 세상을 떠났다고 했다. 오래 병중에 살았다고 했다. 그의 부고를 그 운전사의 전화로 듣고 소리쟁이는 송악산에서 단 한 번 만났을 뿐인데도 피붙이를 잃은 만치 상실감에 빠졌다. 소리쟁이가 빛사농바치를 만난지 아마도 4년째 되었을 때였다.

소리쟁이는 신문을 보다가 아는 화랑에서 제주의 빛을 찍은 사진을 전시한다는 기사를 봤다. 그날을 기다려 달려갔다.

그 빛사농바치 것도 있을지 몰라.

그의 예측은 적중하였다.

빛의 폭포가 쏟아지는 순간을 잡은 사진 한 장, 그가 그날 송악산 민박집을 슬리퍼 차림으로 나서게 했던 바로 그 신비로움의 찰나였다. 그때 딱 한 번 멀리서 본 그 빛의 막대가 무수히 내리꽂히던 그 강렬함이 그대로 살아 있었다.

누구나 그 사진 앞에서 하는 감탄사는 다 같았다. 아!

메께라! 지슬이?

뭐라고! 감자가?

그디 아는 사름을

그곳 아는 사람을

빨리 수배해야 했다. 아무렴 서귀포시청 직원이라고 할지라도 남제주 지역 사람이 다 골고루 근무하는 건 아니기 때문이다.

구내방송이 낭랑하게 시청 건물 전체로 울려 퍼지면서 사람을 찾았다.

"직원 중에 모슬포가 고향이거나 현재 거기 사는 분이 계시면 민원실로 급히 와주십시오."

방송 효과는 만점이었다. 마지막 말이 끝나기도 전에 바로 민원실에서 민원인이 손을 번쩍 들고 외쳤다.

"나가 그디 사는 사름인디 마씀. 모슬포에 살암수다.(내가 거기 사는 사람인데요. 모슬포에 삽니다.)"

민원실장이 그 소리친 이를 향해 손짓을 하며 불렀다.

"예, 이래 ᄒᆞ끔 와 봅서.(예, 이리 좀 와보세요.)"

오십대로 보이는 남성 민원인이 민원데스크에서 서류를 작성하다 말고 실장이 부르는 곳으로 다가갔다.

"막 바쁜 일로 오십디까?(막 바쁜 일로 오셨어요?)"

민원실장이 묻자,

"경 바쁜 건 아니고 예, 중국에, 올겨울 넘어가기 전에 그리로 여행이나 가카 헤연….(그렇게 바쁜 건 아니고요, 중국에, 올겨울 넘어가기 전에 그리로 여행이나 갈까 해서….)"

마침 여권(旅券, passport)을 신청하러 왔다고 대답했다.

민원실장은 우선 여권 담당 직원을 불러 그 남성의 여권 신청서를 넘겼다.

"걱정 맙서. 담당직원이 알앙 처리헐 거우다.(걱정 마세요. 담당직원이 알아서 처리할 겁니다.)"

그 민원인을 자신의 자리 옆에 의자를 끌어다 앉힌 다음 어딘가로 전화를 했다. ……예. 이디 계시우다. 민원인 마씀. 예예. 대기허쿠다.(예. 여기 계십니다. 민원인입니다. 예예. 대기하겠습니다.)

그디서

그곳에서

뭐 그리 오래 기다리지 않았다. 몇 분 지나지 않아서 시장과 잘 차려입은 진갑을 살짝 넘겼을 성싶은 노신사와 사십 안팎으로 보이는 여성이 민원실로 들어섰다.

그들은 민원인이 민원실 직원과 상담을 하는 둥그런 테이블에 자리 잡고 앉았다. 민원실장이 그 남성 민원인을 그들에게 안내했다.

"이분이 중국에서 와신디 예, 모슬포 지슬을 춫암수다.(이분이 중국에서 왔는데요, 모슬포 감자를 찾습니다.)"

시장과 함께 들어온 여성이 먼저 말문을 열었다. 시장이 그 뒤를 이어 이렇게 바쁘게 모슬포 사람을 찾는 사연을 늘어놓았다.

"이 중국 신사분께서 무작정 우리 시청을 찾아완 예, 시장을 또라지게 불르난 경비원이 시장실로 모셔 와십디다. 인사를 하는 둥 마는 둥 헤놓고 지슬 뭐, 뭐랜 막 말하는 디, 우리가 중국말 몰르난 홀 수 엇이 필담을 헤십주.(이 중국 신사분께서 무작정 우리 시청을 찾아와서요, 시장을 딱 부러지게 부르니 경비원이 시장실로 모셔 왔습니다. 인사를 하는 둥 마는 둥 해놓고 감자 뭐, 뭐라고 막 말하는데, 우리가 중국말을 모르니 할 수 없이 필담을 했지요.)"

모슬포를 가야겠다고 하면서 통역을 찾아달라고 부탁했다. 갑자기 생긴 일이라 난감하기 이를 데 없었다.

중국어 통역이라… 시장의 머리를 번개처럼 스쳐 지나간 단골 중국 자장면 집… 그 중국집 카운터 보는 사모님이 춘심(春心)인데 1992년 8월 24일, 한중수교(韓中修交) 직후였다. 오래 서귀포에서 터 잡아 살아온 중국 자장면 집 아들에게 시집을 와 그 집 가업을 잇고 있다는 걸 떠올린 것이었다. 가만 보자, 올해가 2008년이니 여기 온 지도 십오 년 정도 되었으니 통역하겠지…? 전화를 걸었다.

"춘심사모님. 부탁 좀 허젠 허는디 예.(춘심사모님. 부탁 좀 하려고 하는데요.)"

"무사, 뭔 부탁?(왜, 뭔 부탁?)"

이놈의 여편네, 반말하네. 평상시에는 꽤 한국말뿐 아니라 제주 사투리도 잘하면서… 무사? 그렇다고 시장 체면이 아니더라도 점잖은 사람이 반말로 맞받을 수는 없는 노릇, 공손하게 용건을 말했다.

"통역 좀 부탁하젠 마씀.(통역 좀 부탁하려고요.)"

"기?(그래?) 난 북경 출신이라 북경어밖에 할 줄 몰라."

아, 뭐 우리도 서울말 다르고 제주(濟州)말 다르고 팔도(八道)가 다 말하는 게 다르다. 그래도 다 말하면 통한다. 거 정말 제대로 튕기네. 시장은 몹시 언짢았지만 꾹 참았다. 부탁하는 주제에 감정을 최대한 눌러 말마디를 다듬었다.

"아 예, 알앗수다. 사장님 ᄒᆞᆫ끔 바꿔 줍서.(아 예, 알겠습니다. 사장님 좀 바꿔주세요.)"

자장면 집 사장은 전후좌우 사정을 듣더니 두말없이 춘심사모를 서귀포시청으로 보내주었다.

역시나! 춘심사모가 애당초 북경어밖에 모른다고 한 이유가 있었다. 중국 남부 출신인 그 노신사는 광둥어(Cantonese)를 써 둘 사이에 말이 잘 통하지 않았다.

중국은 지역마다 토박이들 언어 구사가 너무 달라 표준말을 보통화라고 지정해 놓고 있다. 중국의 표준어는 '만다린(mandarin)'이라고 한다. 우리도 표준어가 있지 않은가.

그 중국 노신사가 '지슬'을 찾는다는 말에 모슬포사람 남성민원인이, 그럼 알뜨르 감자를 찾는가 하고 춘심사모에게 물었다.

"寻找土豆?(Xúnzhǎo tǔdòu 감자를 찾아요?)"

춘심사모가 노신사에게 말하고도 통하지 않자 다시 글자를 써 보였다. 노신사는 고개를 가로저었다.

"不是.(Bùshì 아니오.) 지슬…."

춘심사모 머리를 스치는 게 있었다. 일부 중국 사람들은 감자를 '地頭(jìdòu)'라고도 하지… 다시 글자를 써 보였다.

"不是.(Bùshì 아니오.) 지슬!"

그 자리에 있던 모든 사람들이 그 노신사가 찾는 게 모슬포 '알뜨르'며 '생이물' 가기 전 드넓은 벌판에서 농사짓는 감자를 찾는 게 분명하다고 결론지었다.

그 중국 노신사에게 그럼 모슬포를 방문해보겠느냐고 물었다.

모슬포사람 남성민원인은 거기 '지슬'이 있다고, 마침 가을 감자를 한창 심는 시기여서 직접 '모슬포 지슬'을 볼 수 있단다.

"감자는 예, 감잘 보민 살짝 옴폭 들어간 눈[目] 있는 디가 잇수다. 그딜 중심으로 잘랑 심으난, 가민 거 뭐 지슬 통째로 볼 수 잇일 거우다.(감자는요, 감자를 보면 살짝 옴폭 들어간 눈 있는 데가 있습니다. 거길 중심으로 잘라서 심으니, 가면 거 뭐 감자 통째로 볼 수 있을 겁니다.)"

그 모슬포사람 남성민원인이 부연설명을 했고 춘심사모가 글로 통역했다.

"那个男人知道지슬.(Nàgè nánrén zhīdào 지슬. 저 남자가 지슬을 안다.) 你现在可以看到它.(Nǐ xiànzài kěyǐ kàn dào tā. 지금 가면 볼 수 있다.)"

노신사가 안심이라는 듯 가슴을 쓸어내리며 고개를 숙였다.

그 모슬포사람 남성민원인이 활짝 웃으며 노신사의 모아 쥔 두 손을 겹쳐 잡았다.

"그디가 다 그 농사짓는 디우다. 나도 거기서 지슬 농사헴수다 게. 걱정맙서. 그디 ᄃᆞ라다 드리크메 예.(거기가 다 그 농사짓는 뎁니다. 나도 거기서 감자 농사짓고요. 걱정 마세요. 거기 모셔다 드릴 테니.)"

모슬포사람 남성민원인이 속으로 생각했다. 이분이 아마 모슬포 감자를 중국으로 수입하려나 보다. 그럼 내가 거기 일조하는 셈 아닌가, 좋다!

그제서야 민원실장이 생각났다는 듯이 그 모슬포사람 남성민원인에게 물었다.

"아이구우, 아깐 경황 엇언 못 여쭤 봣수다. 성함이나 알게 마씀.(아이구우, 아까는 경황이 없어서 못 여쭤봤습니다. 성함이나 압시다.)"

그러고 보니 통성명할 새도 없었다.

"나 이재수옌 헙니다. 고로 이(李)가 마씀.(나 이재수라고 합니다. 고로 이씨지요.)"

순간, 민원실장이 움찔했다. 그 신축성교난(辛丑聖敎亂)의 선봉장이며 장두(狀頭)였던 이재수와 이름이 똑같다.

모슬포사람 민원인인 이재수가 씨익 웃었다.

"동명이인(同名異人) 마씀. 그분이 우리 집안 웃대우다. 족보에 잇입주.(동명이인입니다. 그분이 우리 집안 윗대입니다. 족보에 있지요.)"

여기서 '신축성교난'인 '이재수난' 이야길랑 그냥 접어버리자. 그 이야기까지 벌여놓을 수는 없다. 하고자 하는 이야기에서 한참 빗겨나간 제주섬 역사이기 때문이다.

메께라, 지슬이 게난…

뭐라고, 감자가 그러니…

사람들은 어이없어했다. 그 중국 노신사가 찾는다는 '지슬'의 정체를 알고는 거기 모여들었던 감자 씨 심던 농부들 무리가 다, '참말로 오래 살고 볼 일이여.' 한탄을 해대었다.

처음 그렇게 모슬포 '생이물' 벌판으로 몰려온 일행 중에 그 중국 노신사가 '我知道(Wǒ zhīdào 여기 안다)'라고 한 말은 오로지 춘심사모만 알아들었다.

"이 할으방이 여기 안다고 헴수다.(이 할아버지가 여기 안다고 합니다.)"

다들 깜짝 놀랐다. 그곳, 모슬포 하모리 생이물(산이수동) 벌판을 어떻게 중국 남부 출신이라는 노인이 안다는 말인가!

시장 일행이 놀라건 말건 그 노신사는 주변을 매우 감격스러운 눈짓으로 둘러보며, '我终于来了!(Wǒ zhōngyú láile! 내가 드디어 여기 왔구나!)'라고 감탄사를 연발했다. 그 누구도 그 말을 왜 하는지, 무슨 말인지 몰라 맞장구를 치는 이 없었지만.

서귀포의 중국 자장면 집 춘심사모의 통역으로는 그 중국 노신사의 사연을 제대로 알 수 없어 시장 일행은 정말로 미칠 것 같았다.

그 사이 이재수는 부지런히 감자 씨를 심고 있는 이들을 시장 일행이 있는 데로 모이라고 했다.

"아, 잠시 쉬엉 하게 마씀. 다 저디 시장님 계신 디로 모여 봅서. 혼저 예.(아, 잠시 쉬었다 합시다. 다 저기 시장님 계신 데로 모여보세요. 빨리요.)"

무슨 큰일이라고, 저 '절울이오름'(송악산)으로, 마라도 가려고 저 '생이물개'(산이수동 포구)로 밀려드는 게 다 관광객들인데, 중국 '할으방' 한 사람 구경하려고 일손을 놔? 제주 여성들은 정말로, 대대로 '일이 먼저다.' 그렇게 살아왔기에 이재수의 권고 따위 싹 무시하고 하던 일을 계속했다.

해결책은 어디든 있는 법, 이재수가 서귀포시청에서부터 쭉 마음에 담아온 속뜻을 토파(吐破)하고 말았다.

"무사덜 영 헴수꽈? 저 중국 할으방이 이디 지슬 다 수입허켄 해도 별 볼일 엇일 거 닮으꽈?(왜들 이렇게 하죠? 저 중국 할아버지가 여기 감자 다 수입하겠다고 해도 별 볼 일 없을 것 같아요?)"

농사짓는 농부는 비록 자신의 땅이 자투리여서 구메농사를 할망정 값 잘 받는 것만큼 좋은 일이 또 없다.

"게난 저 중국 할으방이 이디 지슬을 다 사켄 헤연?(그러니까 저 중국 할아버지가 여기 감자를 다 사겠다고 했어?)"

그러면 만나보자고 엉덩이에 붙였던 방석이며 옆구리에 찼던 씨감자 주머니를 벗어놓고 시장 일행이 있는 둔덕으로 모여들었다.

"시장님, 이 이재수가 허는 말이 사실이우꽈? 저 중국 할으방이 이디 지슬 몬딱 상 중국으루 수출허켄 마씀?(시장님, 이 이재수가 하는 말이 사실입니까? 저 중국 할아버지가 여기 감자 전부 사서 중국으로 수출하겠답니까?)"

입 되바라지고 선두에서 진두지휘하기를 똑 부러지게 해내는 해녀회장이 시장에게 질문했다.

시장은 "게메 예.(글쎄요.)" 하고 말머리를 얼버무렸다.

"사실은 이 중국 어르신이 찾는 게 지슬인 건 확실한디 명확하게 어떵 헐건지는 아직 몰르쿠다.(사실은 이 중국 어르신이 찾는 게 감자인 건 확실한데 명확하게 어떻게 할 건지는 아직 모르겠습니다.)"

여기저기서 일하던 여성들 무리가 다 한마디씩 했다. 왜 시장도 모르는 걸 모슬포 이재수가 알고 있느냐? 저 인간이 올겨울에 중국여행 간다고 광고해댄 지는 오래다. 거 뭐 농한기에 간다면 우리들도 같이 갈 생각도 있다. 등등 왁자지껄 시끄럽기가! 그만 이야기는 저 한라산으로 치닫고 말았다. 휴~.

한참 그들이 떠들게 놔두었다가 적당한 때에 그들 토론(?)을 뚫고 시장이 돌진하였다.

"경헌디 예, 지금 문제는 우리가 이 어르신 말씀을 잘 알아들을 수가 엇수다 게. 통역이 예….(그런데, 지금 문제는 우리가 이 어르신 말씀을 잘 알아들을 수가 없습니다. 통역이요….)"

차마 춘심사모가 통역을 잘 하지 못하는 실정이라고 말할 수가 없었다. 가만히 옆에서 보아하니 춘심사모가 나름대로 무진장 애를 쓰고 있었기 때문이다.

"서로 말이 달란 예, 우리영 잘 통하질 안 헴수다 게.(서로 말이 달라서요. 우리와 잘 통하질 않습니다.)"

그야말로 시장은 진땀을 빼고 있었다. 중국도 우리나라처럼 지역마다 말이 다른데 우리보다 더 심해서 같은 중국 사람이라도 지역이 다르면 전혀 말이 통하지 않는다고 했다. 뭐 보통화라고 공통 한자(漢字)를 써서 조금, 진딧물 감로수보다도 찔끔 통해보려 애쓰는 중이라고 했다.

하, 이런 경우를 기적이라고 하는 거다!

"나가 광둥어를 좀 아는디 예.(내가 광둥어를 좀 아는데요.)"

어? 등잔 밑이 어둡다는 격언은 명언 중의 명언이다. 그 일하는 여성 중에 중국에서 모슬포로 시집온 소위 '다문화가정' 여성이 있었던 것이다! 그것도 이재수의 사촌동생 각시였다.

"아, 맞다. 제수씨. 나 잊어부런 게.(아, 맞다. 제수씨. 나 잊어버렸네.)"

이재수 사촌동생이 오십을 넘기기 전에 장가를 꼭 가야 한다고 '조선족' 출신한테 장가를 든 것인데… 아! 정말로.

어? 기적적으로 통역을 마련해 놓고 보니 바로 옆에 있었던 중국 노신사는 저만치 밭담에 잇댄 무너져 내린 집터 바람벽에 가 있었다.

"할아버지. 여기 지슬을 수입하려고요?"

그 노신사가 고개를 저었다.

"아닙니다. 사람을 찾으려고요."

"사람을요?"

광둥어를 하는 이재수 사촌제수 덕분에 소통은 일사천리로 막힌 데 없이 풀렸다.

"예. 내가 1950년에 열다섯 살이었어요. 내가 금문도(金門島

Kinmen Island) 출신인데 우리 집이 잘살았어요. 북경에서 공부하려고 갔다가, 길 가다가 그만 징집되고 말았어요."

그 노신사는 인민지원군 제42야전군에 소속되어 그해 10월 19일에 '6·25한국전쟁'에 참전을 하게 되었다고 했다. 그리고 그해 10월 25일에 처음으로 대한민국 군인과 연합군 중의 미군을 상대로 전투를 했다. 그 전투가 바로 장진호전투(長津湖戰鬪)였다.

중국과 한국에서만 '장진호전투'라고 하고 그 외의 나라나 전사(戰史)에서는 'Battle of the Chosin Reservoir'라고 표기한다. '장진'을 일본어식의 발음으로 'Chosin'이라고 한 때문이다.

그 노신사는 그 장진호전투에서 그만 대한민국 제1군단에 포로로 잡혔지 뭔가. 한국 사람들은 '중국인민군' 포로를 '중공군(中共軍)' 포로라고 했다.

그는 부산을 거쳐 거제도 포로수용소에 수용되었다. 중국인민군대가 30만 명이 참전하다 보니 잡힌 포로가 너무 많았다.

결국은 한국의 최남단이면서 한국군과 미군이 다 주둔하는 제주섬 모슬포로 1951년 6월에 이송되었다.

"우리 중국인민군 포로 5천6백 명이 저기 저 포구로 엘에스디(LSD)아구리군함 타고 와서 내렸어요."

바로 눈앞에 보이는 '생이물 포구'를 가리켰다. 그리고는 그가 짚고 서 있던 바람벽을 손바닥으로 탁탁 두드려 보였다.

열다섯 살에 길 가다 징집되어 '중국인민군'이 된 아이는 제주섬 모슬포 '생이물' 벌판에 내렸을 때는 해를 넘겼으니 열여섯 살이 되어 있었다.

"아마도 이 집터가 우리가 수용되었던 제20수용소였을 거요."

그는 처음 그곳에 도착하고서 그곳이 제주섬 서남쪽 바로 자신의 고향 맞은편이란 것을 몰랐다고 했다. '생이물새미'께를 가리키며,

"참 좋았어요. 바로 저기 저렇게 바닷물이 철썩이는 암반에 잇대어 콸콸 샘솟는 물이 있어서 오랜만에 깨끗이 씻었어요."

그는 섬 출신이어서 헤엄도 잘 쳤지만 바다에는 포로들이 들어갈 수 없었다고 했다.

도착한 그날로 그들은 주변에 지천으로 널린 돌을 줍고 찰흙을 이겨 바람벽을 쌓고 소나무 가지를 끊어다 지붕을 이었다.

그때 '생이물' 벌판은 텃밭이 무수히 많았다. 일제강점 시절부터 바로 옆 알뜨르 일대가 군사기지였다. 하지만 그 옆 '생이물' 벌판은 '아홉동산'으로 구분 지어져서 동네 사람들이 농사를 부치고 있었고 군 당국에서는 알고도 모른 척했던 것이다.

열여섯 살짜리 '중공군' 포로는 배가 너무 고팠다. 그뿐이 아니라 포로들 대부분이 식량 사정이 넉넉하지 않아 배를 주렸다고 했다.

하루는 밭담 한 줄로 경계 지어진 건너 텃밭에서 일하던 이들이 뭔가를 먹고 있는 게 보였다. 열여섯 살짜리 '중공군' 포로가 밭담 너머로 그들을 하염없이 쳐다보았다. 아, 나도 먹고 싶다. 우리 집에서는 어머니가 오늘도 찹쌀떡 간식을 만들었을까? 금문도는 찹쌀떡이 명물이었다. 저도 모르게 그만 소리를 질렀다. 나도 좀 주세요~오.

거짓말처럼 바로 그때, 열여섯 살짜리 '중공군' 포로 또래로 보이는 한 계집아이가, 삶은 감자 두 개를 들고 와 아무 말도 없이 주고는 재빨리 몸을 돌려 가버렸다. 그 이튿날도 그리고 그 이튿날 다음 날도 그 계집아이가 삶은 감자 두 톨을 주었다.

삼 일째였던가 사 일째였던가는 확실하지 않다. 열여섯 살짜리 '중공군' 포로는 삶은 감자를 주고 돌아서는 계집아이를 향해 소리쳤다.

"你叫什么名字?(Nǐ jiào shénme míngzì 너의 이름이 뭐니?)"

계집아이가 돌아서서 대답했다.

"지슬."

그 계집아이는 가족이 있는 데로 돌아가 말했다.

"저 소나이가 예, 이거 미시거닌 물읍디다. 지슬이엔 골아주엇수다.(저 사내가요, 이거 뭐냐고 묻습디다. 지슬이라고 말해줬어요.)"

그 대목까지 이재수 사촌제수가 통역을 했을 때 누군가가 털썩 주저앉으며 한탄했다.

"메께라! 지슬을 게난 그 중국 소나이는 그 비바리 이름으루경 알아들은 거 아니냐 원.(뭣이라고! 지슬을 그러니까 그 중국 사내는 그 여자아이 이름으로 그렇게 알아들은 거 아니냐 원.)"

아이고, 이 노릇을 어떵허민 좋구 게

아이고, 이 노릇을 어떡하면 좋을까

열여섯 살짜리 '중공군' 포로는 그 이후로도 곧잘 삶은 감자를 그 계집아이한테서 받아먹었다. 뿐만 아니라 그 계집아이가 밭에 오는 걸 학수고대했다. 그러다가 보이면 소리쳤다. 지슬~!

열여섯 살짜리 '중공군' 포로는 그 계집아이가 보였다 하면, 지슬! 하고 불렀다. 그 계집아이는 점심때가 될락말락 하면 꼭 삶은 감자 두 톨을 건넸다.

여름이 가고 가을이 왔다. 감자를 수확할 때는 지슬! 하고 부르면 그 계집아이가 한 양동이씩 생감자를 담아주곤 했다.

다른 '중공군' 포로들이 그 열여섯 살짜리 '중공군' 포로를 시켜 감자를 얻게 했다. 나중에는 포로를 감시하던 한국군 병사들이 감자 수확을 도와주고 품삯으로 감자를 얻어와 식량으로 충당하게 했다.

겨울이 왔다. 1952년 새해에 계집아이는 밭에 오지 않았다. 이른 봄이 되어도 오지 않았다. 그 가족이 더 이상 그 밭에 농사를 부치지 않았다.

그해 유월 초, 아직 여름감자 수확기가 되기 직전이었다. 그동안 포로수용소를 시끄럽게 하던 '반공포로'와 '친공포로'가 자의에 의해 자신이 갈 곳을 선택하게 했다. '반공포로'들은 거의 전부 타이완을 택했고 '친공포로'들은 중국본토 송환을 바랐다.

사실 열일곱 살이 된 그 '중공군' 포로 소년은 타이완을 택할 수도 있었다. 하지만 고향에 가고 싶었다. 부모가 보고 싶었다. 일가친족이랑 더불어 살고 싶었다. 그는 당연히 본국송환을 택했던 것이다.

"아, 내 고향 금문도가 타이완에 속했단 걸 그때는 미처 몰랐어요."

중국본토에서 금문도가 가장 가까운 샤먼(厦門)에 자리 잡고 잘 살았다. 이것저것 닥치는 대로 장사를 해서 거부가 되었다.

한국과 수교가 되자마자 한국 사람들이 수없이 중국을 드나들었다. 그가 살고 있는 샤먼에도 많이들 오갔다.

어느 날 한국 사람 보따리장수가 '츄잉껌' 한 상자를 들고 그의 점포를 찾았다. 그때 그는 중국비단 가게를 크게 하고 있었다.

"비단장수 왕서방! 이 껌이랑 비단이랑 물물교환합시다."

그라고 질쏘냐.

"에끼, 이 양반. 그럽시다."

왜냐하면 그 어떤 것도 만들어낼 수 있는 중국 사람들도 그때, 그러니까 1990년대 초에는 껌을 생산하지 않았다. 그래서 중국본토에서 껌은 귀한 '사탕'이며 주전부리였다. 값이 수월찮게 비쌌다.

그 참에 그는 어릴 적 '중공군' 포로 시절을 한국 사람 보따리장수에게 털어놨고 덩달아 제주섬 모슬포에서 포로생활하며 먹었던 감자 이야기도 했다.

"거기 제주도, 한국에서 가장 유명한 관광지예요. 모슬포도 유명하죠. 가파도, 마라도 가는 항구 있고, 또 감자가 유명하답니다."

바로 그때였다. 그의 심장이 쿵, 하고 내려앉았다. 마치 실성한 사람처럼 입을 딱 벌리고 허공만 바라봤다.

한참 후에 그가 겨우 중얼거렸다. 내가 잊고 살다니, 배은망

덕하게. 왜 그동안 '지슬'을 잊었단 말인가. 내 배고픔을 잊게 해준 '지슬'. 내 향수병을 달래준 '지슬'. 내 누이 같았던 '지슬'. 그 후 내 마음 속의 모든 삶의 원천이 된 '지슬'.

그는 그때 비로소 자신의 정체를 똑똑하게 알았다. 그 어떤 여인에게도 눈길이 닿지 않아 독신으로 늙어가는 자신의 참모습을 말이다.

그러구러 '지슬'을 찾으려 용기를 내는 데 또 몇 년이 걸렸다.

"그 아이 지슬을 이제는 찾아야 해요. 꼭 찾고 싶소. 도와주시오. 단 한 번만이라도 좋으니 이 두 눈으로 보고 싶소."

그 중국 노신사가 애원했다. 통역하던 이재수 사촌제수의 눈에서 이슬이 방울져 떨어졌다.

이재수가 퉁명스레 "지슬은 감자라니까요."라고 혼잣말하듯 웅얼거렸다.

시장도 일꾼들도 거기 모였던 그 중국 노신사를 외면하고 모두 슬며시 돌아섰다.

아이고, 이 노릇을 어떵허민 좋구 게.(아이고, 이 노릇을 어떡하면 좋을까.)

구감이 게난

묵은 고구마가 그러니까

만물박사인들

세상에 존재하는 모든 걸 알까?

그 순간 며느리 머리에 확 떠오른 생각이었다. 다 알지는 못할 것 같았다. 그러니까 사람들이, 어느 특정한 분야를 잘 아는 누구는 무슨 박사 어쩌고 하는 게 아닐까. 그걸 정말 몰랐으니까 잠시 버름하다 말고 죽을 맞이지 않은가 말이다.

"게난 뭐꽈?(그러니까 뭐예요?)"

며느리 입장에서는 시어머니와 그걸 두고 수수께끼 놀이하자는 게 아니었다. 사물을 잘못 알고 있던 자의 마지막 심술보가 터진 질문이었다.

"게난 저 사름은 감저도 어떵 농서 짓는지 당치 몰람시멍 하영 아는 티 냄신고라 이.(그러니까 저 사람은 고구마도 어떻게 농사짓는지 당최 모르면서 많이 아는 티 내고 있네.)"

오월이 그 청명하고 향기롭고 상큼한 나날들을 접고 물러나기가 바쁘게 뒤쫓아 달려와 햇볕이 시시때때로 작열하여 대지를 뜨겁게 달궈 초여름농사를 부치는 농부들의 일복이 첫 땀으로 젖게 하는 유월에게 이 세상을 물려주려는 그때, 정확히는 유월 초닷새쯤이었다.

그 시어머니와 며느리가 올레어귀 손바닥만 한 텃밭의 묘판 한가운데 서서 말을 주고받는 품이 남들 눈에는 꼭 입씨름을 하고 있는 듯이 보였다.

"게난 어떵헌 말이라, 저 말[言語] 끝이 ᄀ레착 졍 어디래 들을건고 이?(그러니까 어쩔 말이야, 저 말끝이 맷돌짝 쥚어지고 어디로 달려갈 건가?)"

지나던 동네 여성들 한 무리가 돌담에 하나같이 기대어 고부(姑婦)가 저 말싸움을 어떻게 끌고 가다가 어디쯤에서 마무리 지을지 잔뜩 기대하는 호기심의 발로(發露)를 노골적으로 드러내 있다.

"입은 비투라져도 말랑 바로 헤사주 게. 저 메누리가 감저 농설 지어봐서? 게난 모를 수도 있는 거라.(입은 비뚤어져도 말이야 바로 해야지. 저 며느리가 고구마 농사를 지어 봤어? 그러니 모를 수도 있는 거라.)"

약간의 동정이랄까, 며느리의 입장을 편드는 소리도 들렸다.

"게무로사 감저 순 틔운 그루에 배부른 구감(舊甘)이 있댄 헌 걸 몰랑사 공뷔 하영 햇댄 고를 수가 엇인 거 아니냐 게.(그러기로서니 고구마순 틔운 그루에 배부른 묵은 고구마가 있다는 걸 모르고서는 공부

많이 했다고 말할 수가 없는 거 아니냐고.)"

돌담에 줄주런히 턱을 고이고 서서 그들끼리 주고받는 말이 며느리 입장에서는 편을 들어주기는커녕 기분을 더욱 상하게 했다.

"놈이사 알던 말던 가던 길이나 갑서 예!(남이야 알든 말든 가던 길이나 가세요들!)"

며느리가 버럭 소리를 질렀다.

동네 여성들은 며느리의 역정을 듣고도 뭐가 그리 재미있는지 그냥 돌담에 붙어선 채 서로 눈짓을 주고받으면서 히죽거렸다.

그때는
분명히 모란이었다.

누구 말마따나 '그때는 맞고 지금은 틀렸다.'고 변명하자는 게 아니라고 며느리는 말했다. 확실했다는 것이다. 어디서 어떻게 어쩌다 이토록 틀린 걸까? 며느리로서는 생각할수록 분통이 터질 노릇이었다.

그때가 뭐 그리 오래된 것도 아니다. 어버이날에 시어머니를 뵈러 왔었으니 한 달 전쯤이었다.

어스름이 살짝 대지를 덮기 시작할 무렵이니 아직은 저녁때였어도 다 사위지 않은 노을이 하늘가에 퍼져있어 밝았다. 사물을 식별하지 못할 정도로 어둠이 내려앉지 않았기에 잘못 봐 혼돈한 게 아니라는 말이다.

목단(牧丹)이라고도 하는 모란은 꽃 중의 꽃인 화왕(花王)인 걸 모르는 사람이 아마 없을 것이다.

더구나 역사를 공부한 사람이라면 신라의 선덕여왕 에피소드(왜 중국 사신이 독신인 여왕을 하시(下視) 여겨 모란은 아무리 예뻐도 향이 없으니 나비가 날아들지 않는다고 비꼰 일화 있잖아요.)를 이 대목에 들이대지 않아도 그 화사함이 극치에 이른다는 걸 모르지 않을 터이다.

물론 작약(芍藥)과 모란을 혼동했다면 충분히 수긍할 만하다. 봄에 그루에서 새싹이 틀 때는 모란과 작약도 분별하기 쉽지 않다. 정말로 똑같이 포기로 새순이 모록하게 올라오기 때문이다.

다만 모란은 가을이 되면 잎이 지는 나무(영어이름에서는 그 점이 몹시 선명하게도 Tree Peony이다.) 즉 낙엽관목이고, 작약은 그 한자 이름에서도 알 수 있듯이 뿌리를 약으로 쓰는(마찬가지로 영어 이름을 보면 Peony Root라 하여 똑 부러지게 구별 짓고 있다.) 초본식물이지만 둘은 하나이다. 쌍둥이의 생애가 하나인데 결과적으로 둘이듯이 모란과 작약도 그렇다. 다 다년생이므로 겨울에는 뿌리로 살다가 봄이 되면 싹이 튼다.

그 며느리는 어버이날 그 저녁 무렵에 시어머니를 뵈러 오다가 그 텃밭에서 모록모록 올라온 새순을 봤다.

어머니가 모란을 밭 가득 심었네. 혼잣말을 하면서 집 안으로 들어갔던 그때를 똑 부러지게 기억하는 며느리다.

언제 시어머니는 그 모란꽃 묘판을 그루 뒤어 놓고 고구마 묘종을 심었을까, 부지런하기 짝이 없다 싶은 게 며느리 기를 팍 죽여 놨다. 그러니까 제주 여성 팔자는 '소[牛]로도 태어나지 못한 팔자'라고 하나 싶었다.

한 달도 될동말동한 어간에 모란을 싹 틔워 놓고 또 고구마 모종을 이만큼 키워 이식시킬 정도라니 시어머니 일 능력이야 말로 슈퍼우먼은 저리 가라 해도 누가 토를 달까.

"게난 그 모란은 다
어디로 웽겨 심읍디까?"

그러니까 그 모란은 다 어디로 옮겨 심었습니까?

이리저리 궁리해도 모란과 고구마 모종을 구별 못 한 며느리가 시어머니한테 항복하는 게 당연지사! 그녀는 말 품새를 한껏 다잡아 조신하게 여쭈었다.

"쟈이 보라 게. 무신 모란 말고?(쟤 봐라. 무슨 모란 말이니?)"

시어머니는 여지없이 도끼눈을 떠 며느리 아래위를 신랄하게 훑었다.

"그때 어버이날 어머니 뵈러 왔을 때 보난 모란 심어선게 마씀.(그때 어버이날 어머니 뵈러 왔을 때 보니까 모란 심었던데요.)"

돌담에 턱을 괴고 있던 사람들이 기어이 웃음보를 터트렸다. '우린 이제사 저 시어멍광 메누리가 말 어긋난 사연을 알아지켜이.(우린 이제야 저 시어머니와 며느리가 말 어긋난 사연을 알 수 있을 것 같네.)'

어디서든 늘 조짝(섣불리) 나서기를 즐기는 빌레어멍이 시어머니를 향해 소리쳤다.

"감저 순이 게난 니네 메누리 눈엔….(고구마순이 그러니까 너의 며느리 눈엔….)"

까지 말했을 때 그 시어머니가 말허리를 끊고 엉굴레기(고함치기)를 했다.

"에에~, 모르민 속솜헙서 게. 야이가 게난 제줏사름 아닌 '육지것'이꽈 무사?(에에~, 모르면 조용하세요. 얘가 그러니까 제주도 사람 아닌 육지 사람인가요 왜?)"

제주도 사람이라면 당연히 알아야 할 것도 모른다면 말이 되지를 않고, 알면서도 그따위로 사물을 구별하지 못하는 거라면 그거야말로 순 요망에 등 터질 짓거리가 아니고 뭐냐고 시어머니는 며느리와 구경꾼들을 싸잡아 말로 매를 맵게 때렸다.

"경 막 욕허지 맙서 게. 쟈이가 일찍이 성안에 강 훅교 댕겨부난 감저 순 나는 걸 볼 새가 엇어실거우다 게.(그렇게 막 욕하지 마세요. 쟤가 일찍이 시내에 가서 학교 다녔으니 고구마순 나는 걸 볼 새가 없었을 겁니다.)"

구경꾼 개중에 젊은 축이 초록은 동색이라고 며느리 편을 살짝 들었다.

시어머니는 점점 부아가 치밀었다. 그만 부앗김에 저도 모르게 고구마순을 자르고 난 줄기 끝을 잡고 힘껏 당겼다.

흰 살이 갓난아기 엉덩이처럼 뽀얗게 부풀어 오른 씨고구마가 덩달아 쑥 뽑혔다.

며느리가 팔짝 뛰면서 손뼉을 쳤다.

"아이고 게 어머니, 땅속에서 모란 뿌리영 고구마가 뒤엉켜

부럿수꽈?(아이고 어머니, 땅속에서 모란 뿌리와 고구마가 뒤엉켜 버렸어요?)"

'갈수록 태산이여.' 돌담에 붙어선 구경꾼들이 쿡쿡 웃음을 참지 못해 입 밖으로 튀어 났다.

'나가 시어멍이어도 저 메누리광 말 더불젠 허민 돌아지키여.(내가 시어머니여도 저 며느리와 말 나누려고 하면 돌아버릴 것 같아.)'

대놓고 웃지 못하니 목구멍 깊숙이 사레들려서 이 사람 저 사람 없이 밭은기침을 해대었다.

"구감이 게난 모란 뿌리영
섞어진 걸로 보염시냐?"

묵은 고구마가 그러니까 모란 뿌리와 섞인 것으로 보이니?

시어머니가 눈을 허옇게 떠 흘기며 모질게 며느리를 다그쳤다.

며느리라고 입이 없지 않으니 말을 할 밖에.

"무사 어머닌 굿사부터 감저여 구감이여 영 말을 하영 섞어지게 골암수꽈?(왜 어머니는 아까부터 감저야 구감이야 이렇게 말을 많이 섞이게 하세요?)"

라고 반박했다.

그러니까 며느리가 아는 범위에서 '지슬'은 감자를 뜻하는 제주어이고, '감저'는 고구마를 뜻하는 제주어이다. 그런데 공룡알처럼 커다랗게 부풀어 오른 알뿌리를 들어 올리면서 '구감' 어쩌고 하니 정말 뒤집어질 노릇이었다. 그건 분명 생김새로만 보면 고구마가 임신을 해 산달을 받아놓은 듯이 한껏 부풀었다.

'저 메누리한티 골아줘사 허키여.(저 며느리한테 말해줘야 할 것 같다.)'

구경꾼 중에 누군가가 나섰다. 웃음을 속시원하게 다 웃지 못해 자꾸만 말과 웃음이 입안에서 거품과 뒤섞이면서 버벅거려도 어쩌랴! 저 고부가 더 감정이 엇나가서는 안 될 터, 서둘러 며느리를 상대로 제주어 교육에 들어갔다.

고구마를 겨우내 움에 저장했다가 봄이 되면 이랑을 한껏 높인 밭에 묻는다. 그렇게 고구마의 눈을 틔워 모종을 하려고 줄줄이 묻은 것을 '감저굳'이라고 한다.

그 '감저굳'에 움이 트고 고구마순이 땅을 뚫어 올라오는 품새가 그러니까 모란이나 작약의 새싹이 솟아오른 것과 똑같다. 모양도 색깔도 하나도 다름없이 똑같다. 고구마를 심든 모란을 심든 그걸 심은 사람이 아니면 새싹만 보고는 누구도 구별을 하지 못한다.

그 '감저'싹이 자라서 줄기가 되면 잘라서 밭에 이식하는데 그걸 '감저줄'이라고 하고 그 고구마 줄기를 자르고 난 후 땅속에 있는 고구마를 묵은 고구마라고 하여 '구감'이라고 한다.

거기에 서당 훈장을 시아버지로 두었던 뒷집할망이 한마디 덧붙였다.

"구감은 게난 묵은 감저옌 고르는 한자(漢字)말이라.(구감은 그러니까 묵은 고구마라고 말하는 한자 말이야.)"

그 대목까지 가르치자 그 며느리는 어린 시절 어느 한 해에 나라에 변이 일어 4월 초에 느닷없이 방학을 한 적이 있었던 때를 떠올렸다. 그때 집에 오니 텃밭에 모록모록 새순이 솟구친 게 마치 꽃이 핀 것 같았다.

"저게 뭐꽈?(저게 뭐예요?)"

소녀가 물었더니 어멍(어머니)이 대답하기를 모란이라고 했다. 사실은 작약이었지만 그러면 아이는 혹시라도 모란과 작약을 구별하지 못하여 궁금증만 키울까 봐 그저 모란이라고 했던 것이다.

"무사 모란을 영 하영 심언 마씀?"

소녀는 그 밭 가득 모란이 피어난 오월을 상상했다. 황홀하게 꽃밭이 예쁠 터이지만 왜 밭 가득 심었는지 궁금하기는 마찬가지였다.

며느리는 그 어린 시절에 봤던 모란의 새싹을 너무 선명하게 기억하고 있었다.

그러니까 죽어 무덤 속에 들어갈 때까지 배우는 게 사람이다. 그래서 사람이 죽으면 지방이며 비석에 '학생(學生) 아무개'라고 쓰나 보다.

드디어 모든 게 분명해졌다. 모르면 고구마순과 모란 순을 구별하지 못할 수도 있는 것이고 알면 그 둘을 혼동하는 일도 없다.

"어머니, 잘 몰란 미안허우다. 거기도 잘 가르쳐 줜 고맙수다.(어머니, 잘 몰라서 미안합니다. 거기도 잘 가르쳐줘서 고마워요.)"

며느리는 머리를 꼬박꼬박 숙이면서 시어머니에게는 화해를, 잘 교육을 시켜준 구경꾼들에게는 고마움을 표했다.

“게민 알 벤 구감 썰어낭 니쟁이범벅이나 헤보카.(그러면 알밴 묵은 고구마 썰어 놓고 니쟁이범벅이나 해볼까.)”

언제 분수 모른 며느리한테 화를 냈던가 싶게 시어머니는 묵은 고구마인 구감 서너 덩이를 캐어냈다.

“어머니, 니쟁인 또 뭐꽈?(어머니, 니쟁이는 또 뭐예요?)”

며느리가 물었다. 시어머니도 구경꾼들도, “아이고 대갈빡 터지키여.(아이고 머리통 터지겠네.)” 하며 머리를 감쌌다.

“니쟁이도 몰람시냐? 모물 거피민 쌀이영 껍질이영 쏘래기영 나오지 안허느냐 무사. 그 쏘래기가 니쟁이주 게.(니쟁이도 모르니? 메밀 벗기면 쌀과 껍질과 싸라기가 나오지 않니 왜. 그 싸라기가 니쟁이지.)”

누가 메밀 거핀 후에 나오는 싸라기를 설명했는지는 모르겠다. 어떻든 다시는 시어머니 입에서 ‘구감이 게민….(묵은 고구마가 그러면….)’ 하는 한탄하는 소리는 터지지 않을 게 확실했다.

보리개역에 원수져신가 몰라도

보리미숫가루에 원수(怨讎)졌는지 몰라도

찰나(刹那)가
그렇게 길 줄이야

나는 허공에 내던져지는 순간에 그 생각이 왈칵 달려들자 어처구니가 없었다.

만일 어머니가 권하는 대로 그 사발을 다 비우고 일어섰더라면 상황은 달라졌을까? 그거야 아무도 모른다. 이미 벌어진 일에 무슨 가설(假說)이람!

어머니는 그 징그럽게 장대비가 내리꽂는 보리장마에 언제 그걸 마련했을까 몰라. 나를 보자마자 정지(부엌)로 들어가더니 큰 '모물사발'(제주 자기. 메밀 색깔이 난다 하여 붙여진 이름)이 얹어진 개다리소반을 들고 나와 내 앞에 놨다.

"시원하게 들이싸라.(시원하게 들이켜라)"

오랜만에 보는 아들 이마의 땀을 들여 주고픈 어머니 손길이

나를 헌거롭게 감싸안았다.

그 난리가 나고 엎친 데 덮쳐 3·8선이 터졌다.

나와 불알친구인 그 녀석은 농업고등학교도 같이 다닐 정도로 단짝이었다. 그 녀석이 1947년 '3·1독립투쟁기념행사 제주도위원회' 위원장이며 독립운동가인 안세훈(安世勳) 선생의 새나라 건설계획에 감화되었다면서 그만 남로당 제주도당 청년당원이 되었노라고 하루는 실토를 했다. 그리고는 자취를 감추고 말았다.

그러잖아도 난리통에 이 제주섬에서 젊은 게 죄가 되어 죽을 둥 살 둥 숨어 짐승만도 못한 삶을 살아야 했다.

절대로 이 땅을 두 동강이 내어 반쪽 나라 세우는 걸 막으려 일어선 제주 섬사람 선봉장 '제주인민무력대' 총사령이었던 이덕구 조천중학교 선생을 토벌한 당국이 숨어 지내는 제주 사람들 다 집으로 돌아오라고, 죄를 묻지 않겠노라고 선무(宣撫)했다.

죄짓고 음지로 숨은 섬사람 아무도 없었건만 때를 잘못 만나니 그저 죄인일 밖에. 그때 들판에 뒤날리던 '귀순삐라'를 주워 보고는 이제 집에서 구들장에 등때기 붙이고 편히 잠자는 나를 상상했다.

집 어귀에 들어서기도 전에 먼 올레에 지켜 섰던 어머니가 어디든 아무도 모르는 데 어서 숨으라고 등 떠밀었다.

이번에는 당국이, 북한에서 밀고 내려왔으니 분명 남로당 패거리들이 그쪽에 동조할 거라고, 마을 청년들 그 '빨갱이 새끼'들을 추격한다는 거였다.

나를 그 녀석과 남로당 한패일 거라고 그들이 지레짐작하고는 우리 집을 감시하다 못해 온 동네를 뒤지고 다닌다는 것이다. 그러니까 친구 따라 강남 간다고, 나도 분명히 그 녀석과 함께 남로당 당원 명부에 도장을 찍었을 거라는 게 나에게 씌워진 죄명이었다.

그렇게 나는 억지로 또 숨었던 것이다. 숨을 수밖에 없었다.

그러구러 얼마나 지났을까, 그들은 '문서에 있는 잡아들일 사람'은 다 잡아서 임시로 마련한 감옥인 절간고구마창고에 가둬놨다고 했다.

그 발 없는 말[言語]을 내가 숨은 뒷밭 '궤'(동굴)에서도 들을 수 있었다.

어느덧 보리장마 뒤끝이어서 그런지 때 이른 무더위가 '궤' 밖을 나서는 나를 확 덮쳤다.

나는 안심하고 집에 갔다. 우선 어머니를 뵈어야지. 한숨 돌리고 나서는 첫 번째로 '갯물'(바닷가의 생수 터)에 가서 시원하게 물맞이를 할 생각이었다. 깨끗하게 몸을 씻을 생각에 기분이 절로 상쾌했다. '궤'에 숨어 지내니 비 냄새, 땀 냄새, 오줌똥 냄새… 그리고 들이쉰 숨을 내쉰 냄새가 다 몸에 배었다.

흐음… 한 모금 들이킬 새도 없이 누군가가 '모물사발'을 탁 쳐내고는 나를 옴쭉달싹 못 하게 제압했다.

어머니가 울부짖었다.

"그거 흔 직 들이싸게 말밀 줍서 게, 이 사람들아!(그거 한 모금 들이켜게 말미를 주시오, 이 사람들아!)"

그 사람들은 내가 집에 나타나기만을 기다린 게 아닌 성싶었다. 그랬다면 툇마루에 걸터앉아 개다리소반을 바투 무릎 가까이 끌어당겨 '모물사발'을 들어 입술에 갖다 대도록 시간을 끌지 않았을 것이다.

아니다. 바로 그 찰나를 노렸던 것 같다. 아주 쉽게 나를 붙잡을 수 있는 절호의 순간! 그때가 언제든 그들은 내가 쉽사리 자신들을 뿌리치고 달아나지 못할 그 상황을 노렸던 게 분명하다. 그러니 나의 입술과 '모물사발'과 내 두 손이 일체가 되어 딱 붙는 그 시간에 그들이 달려든 게지.

나는 한 무리 건장한 사나이들한테 이끌려 물결이 맑게 그러나 힘차게 내달리다 저 아래 천길 낭떠러지로 떨어져 부서지는 폭포 위 '내창'(바닥에 암반이 깔린 냇가) 끝으로 끌려갔다. 거기에는 이미 수많은 사람들이 나란히 그 끝, 물결이 마지막으로 머무는 암반에 두 발을 담그고는 줄주런히 늘어서 있었고 그 사람들 뒤로 또 한 줄 사람들이 짝을 이루듯 서 있었다.

뒤편 저 멀리 병풍의 그림자처럼 한라산 봉우리로부터 허리를 지나 내가 서 있는 '내창'까지 내리뻗은 산세가 안온했다. 그러나 제주 사람들은 말한다.

"영주한락산은 악산(惡山)이라!(한라산은 악산이다!)"

그들은 나를, 꺾은 한 가닥 나뭇가지를 땅에 꽂듯이 힘주어 맨 오른쪽 가에 쿡, 세웠다. 왜 폭포가 시작되는 '내창' 끝에다 세워두는 걸까 의아하기 짝이 없었다.

내 두 발이 암반을 막 밟은 바로 그 시각이었다. 아, 무슨 신호 같은 소리가 분명히 들렸다. 사진을 찍을 때 셔터를 누르면 나는 그 소리였던가, 찰깍. 그 소리가 끝나기도 전에 뒤에서 누군가가 힘껏 내 허리께를 밀었다.

내 몸뚱이가 허공을 흐르는 물줄기에 얹어졌다. 물보라가 진주처럼 알알이 부서지면서 갓난쟁이를 포대기로 감싸주듯 내 몸뚱이를 휩쌌다.

그 덕분에 푸르고 맑게 빛나는 하늘과 저 아래 물웅덩이를 에워싼 사람들과 그 너머 큼지막한 바위를 지나 바다가 달려왔다 또 달려 나가는 풍경을 선연히 그러나 아련하게 꿈결엔 듯 다 볼 수 있었다.

그 바다가, 폭포가 바다로 지는 서귀포 앞바다의 풍경이, 아름다운 세상이 황홀할 만치 곱게 펼쳐진 걸, 그렇게 허공에 떠 물보라에 안긴 채 구경하기는 난생처음이었다.

옆을 보니 나와 앞서거니 뒤서거니 더불어 물보라 진주탄(眞珠彈)에 안긴 이들이 꽤 되었다. 하나 둘 세엣 네엣 다서…엇, 열둘? 열하나? 다 셀 수가 없었다.

어? 저 아래 폭포가 만든 물웅덩이를 에워싼 사람들 무리에 어머니가 있네. 어머니는 어떻게 내가 여기로 끌려온 줄 알고 오셨을까? 넋이 나간 얼굴이네.

어머니를 안심시켜야 했다. 나는 있는 힘을 다 내어 소리쳤다.

"어멍! 그 개역 정말, 시원하….(어머니! 그 미숫가루, 정말 시원하….)"

그 찰나가
영원(永遠)인 것을

누가 뭐라고 해도 보리개역(보리미숫가루)은 '줄노리'(겹질보리로 지네보리라고도 함)로 해야 제맛이다. '솔노리'(쌀보리)는 볶아서 맷돌에 갈면 다소 껄끄러운 게 입안에서 느껴지지만 '줄노리'는 껍질째 볶아도 맷돌에 멘짝하게(매끄럽게) 갈린다.

지난 동지(冬至)에, 그 난리통에 먼 밭에 보리농사나 부치게 놔주질 않았다. 그렇다고 아들이 저의 단짝 친구랑 '통시'(제주섬의 재래 변소)에서 '돗거름'(통시에다 짚이며 해조류 등을 두툼하게 두어 돼지 분뇨와 함께 발효시키는 밑거름) 내고 '줄노리 보리씨'를 뿌려 올레에 쌓아놓은 걸 버릴 수 없는 노릇. 푸성귀나 심어 겨우내 국거리 하던 '우영밭'(텃밭)에다 흩뿌려놓고 괭이로 땅을 갈아엎었다.

언젠가는 이 난리도 진정이 되어 '곱아'(숨어) 사는 아들내미도 집으로 오겠지. 금세 올 것이다.

나는 스스로 예언했다. 이덕구 선생도 저들이 잡아 죽였으니 이제 더는 '산폭도(山暴徒)'로 내몰릴 제주섬 사람 아무도 없다. 그러니 아들은 금방 집으로 돌아올 것이 틀림없다.

무슨 놈의 보리장마가 이리도 독한가, 장맛비가 장대처럼 하늘에서 내리꽂기를 이거 몇 날 며칠째인가. 푸념하던 중에 옛말 그대로였다. 오뉴월 장마에도 밥해 먹을 '지들거'(땔감) 말리라고 햇살이 쨍하고 내리퍼부었다.

나는 그 틈에 보리걷이를 했다. 아이고 참말로사! 섬살이가 본래 이러지는 않았다.

보리 벨 시기에 섬 물그릇은 다 넘치도록 채우고도 쉼 없이 내린 장대비였으니 흠뻑 젖은 이삭마다 틈틈이 싹이 트고 있었다.

이만하기 다행이지. 한두 시간 낫질로 다 베어 놓고, 마당에서 또 해질녘까지 널어놓으니 바싹 말랐다.

이튿날 이른 아침이었다.

"남로당 명부에 도장 찍은 사람들 다 검거했고 이제 숨은 사람 죄 없다 헴수다(합니다)."

저, 저 주둥이 되는 대로 놀리는 거 봐! 저 사람 저 '한청'(韓青 한국청년단 준말)놈 말을 어떻게 믿어?

누구 오라고 하지 않았지만 하루에 한 번은 꼭 우리 집에 와 뒤뜰까지 살피는 저놈.

하긴 난리통에 점쟁이 저리 가라 할 만치 저 한청 놈이 '씨부린'(지껄인) 것 중에 그대로 안 된 것도 드물었다.

어느 백사장에서 '빨갱이들' 일백 명도 넘게 잡아 죽였다고 했을 때, 사람이 되고 어찌 사람을 그리 죽일 수 있나 하고 곧이 듣기 힘들었다.

다 사실이었다.

혹이면 아들이 당장 집에 올지도 모른다.

이 초벌 더위에는 뭐니 뭐니 해도 갓 볶아 만든 '줄노리개역'을 시원한 '산물'(생수)에 타 한 사발 들이켜는 것이 최고다. 어서 개역을 만들어 놓자.

그 쨍하게 퍼부은 '장마가운딧햇볕' 덕분에 잘 마른 '줄노리'를 '보리클'(보리이삭을 훑어내는 도구)에 걸어놓고 죽, 주욱~ 훑으니 싹이 그루째 터버려서 쭉정이뿐이겠거니 했는데 그래도 낟알이 스륵스륵 멍석 위로 떨어졌다.

바쁜 대로 '개역' 만들 것이야 한두 되만 수확해도 충분하고 말고. 아! 한 말도 넘어 두 말 하고도 석 되나 되었다.

솥뚜껑을 뒤집어 안을 아궁이 바깥으로 놔 하늘 보게 하고는 삭정이로 불을 피우니 잉걸이 벌겋게 달아올라 '줄노리' 두어 되는 금세 타다탁 탁탁 속살을 하얗게 까발리며 볶아졌다.

맷돌을 큰 함지박에 앉혀 어처구니를 잡은 손아귀에 힘을 실어 휘휘 둘렀다. 참으로 고소한 냄새를 풍겨가며 가루가 곱게도 맷돌 아래로 흘렀다.

이여 이여 이어도 사나 이여 이여 이어도 사나
이 ᄀᆞ렐 ᄀᆞᆯ앙 개역 헤놓으민 이 맷돌을 갈아서 미숫가루 해놓으면
우리 아들 '코시롱'한 냄새만 맡아도 우리 아들 고소한 냄새만 맡아도
어멍이 나 먹을 개역 만들었구나 어머니가 나 먹을 미숫가루 만들었구나
ᄒᆞᆫ ᄃᆞᆯ음에 ᄃᆞᆯ아올거여 한달음에 달려올 거야
이여 이여 이어도 사나 이여 이여 이어도 사나

오랜만에 'ᄀᆞ레 ᄀᆞ는 소리'(맷돌 가는 소리)까지 불러가며 스스로 흥을 돋우었다.

시간 가는 줄 모르게, 금방 볶은 '줄노리'를 다 맷돌로 갈아놓

고 안방 바람벽에 걸어둔 '풀바른 바구리'(사용한 지 오래된 바구니를 한지나 헌 무명옷 등을 이용하여 겉을 말끔하게 단장한 바구니)를 내렸다. 그 바구니를 끼고 앉아 거기에 솔솔 '개역'을 체 쳐서 고운 가루만 받았다. 매끈한 가루가 소리 없이 내려앉았다.

그사이에도 나는 '올레'에서 눈을 뗄 수 없었다. 아들이 저 '올레'로 들어서는 걸 놓치고 싶지 않았다.

그래도 먼 '올레' 끝에 있는 우물에서 이가 시리도록 찬물 한 두레박은 길어다 놔야 아들이 오자마자 개역을 타 줄 게 아닌가.

찰랑찰랑 넘치는 두레박을 들고 막 '정지' 문턱을 넘을 때였다.

"어멍!(어머니!)"

내 새끼, 그토록 몽매에도 눈에 밟히던 아들이었다.

나는 두레박을 든 채 뒤돌아섰다.

아들 이마에 굵은 땀방울이 송글송글 맺혀 있었다.

인사를 받는 둥 마는 둥 어서 '살레'(찬장)에서 하얀 사기 국그릇을 내어 거기 개역을 탔다. 개역은 흰 사발에 타야 제맛이 난다.

그 개역사발을 아들 앞에 놓고 어서 시원하게 마시라고 권하자마자 저들이 달려들었다.

나는 아들을 틀어쥔 그 억센 팔 자락에 매달렸다.

"저 개역 한 모금 들이싸건 예, 아이 어디 돌아나지 안 헙니다.(저 미숫가루 한 모금 들이켜거든요, 아이 어디 도망가지 않습니다.)"

애원했다.

막 집에 온 아들, 땀을 들일 여유도 없단 말인가.

말이 끝나기도 전에 누군가가 휘두른 '쇠좇매'에 맞아 정신이 아찔하였다.

그렇게 아들이 끌려가게 할 수는 없었다. 어서 정신을 차리려고 죽을힘을 내었다.

그들은 두 패로 나뉘어 한 패는 아들을, 한 패는 나를 끌고 갔다.

먼 올레 끝 우물가에 그동안 숨어 산 사나이들의 각시며 어머니들이 무리 지어 있었다. 나처럼 끌려온 사람들이었다.

아들은 어디로 끌려갔을까. 다 끝났다더니 왜 끌고 갔을까.

그들이 거기 나를 포함하여 끌려온 사람들을 앞, 뒤, 옆에서 포위하듯 에워싸더니 어딘가를 향해 행군을 시켰다.

서귀포 북쪽 끝 바닷가, 폭포가 바다로 떨어지는 그 벼랑 끝으로 몰고 가더니 가파른 절벽을 내려 바닷가로 가라고 '쇠좇매'를 휘둘러대었다.

우리들은 난리가 나기 전까지는 그 절벽 아래 바다에서 물질을 했으므로 그 아래로 내려가는 거야 그리 어렵지 않았다. 다만 왜 거기로 우리를 몰아가는지, 그게 궁금하여 내딛는 발이 제 걸음을 할 수 없어 자꾸만 미끄러졌다.

우리는 그 절벽을 다 내려와 폭포와 마주서서야 비로소 물줄기가 바다로 떨어질 채비를 차리는 그 '내창' 끝에 늘어선 사람들을 봤다.

너무나 아뜩하여 거기 줄 맞춰 선 사람들이 누군지는 알 길이 없었다.

우리들 중에 누군가가 신음하듯, '저기에 사람들 과짝하게 세운 걸 보니 이 폭포 아래로 밀어서 죽이젠 헴저.(저기에 사람들 빼곡하게 세운 걸 보니 이 폭포 아래로 밀어서 죽이려고 하네.)'라고 혼잣말을 나직이 웅얼거렸다.

그럴 리가 없다. 차마 사람이면 그런 짓 못 한다.

입 밖에 내어 전주르지는 못하고 그렇게 혼잣말을 한 사람에게 눈을 흘겼다. '저노무 예펜, 입살이 보살이지!(저놈의 여편네, 입이 보살이지!)'

바로 그때였다. 아! 거짓말 같은 일이 눈앞에 벌어졌다.

저 폭포 꼭대기에 세워졌던 사람들이 나풀나풀 나비처럼, 바람에 흩날리는 꽃잎처럼 물보라에 싸여 떨어지기 시작했다.

분명 폭포 소리에 어우러졌지만 아들 목소리였다. 어멍…!

"아이고, 아들아, 내 아들 어디 있…."

나는 나비처럼 날다가 꽃잎처럼 떨어지는 폭포 속의 사람들을 향하여 내달렸다.

아들아….

쾅쾅 소리 지르며 떨어지는 폭포를 향해 돌진했다.

마치 기다리고 있기라도 한 듯 뒤에서 힘껏 내 등짝을 누군가가 발로 찼다. 내 몸뚱이는 가속도가 더해져 폭포로 냅다 내던져졌고 바로 그 찰나, 폭포수와 함께 떨어진 사람이 정통으로 내 정수리를 덮쳤다.

나는 깊은 물속으로 빨려들면서도 아들을 찾았다.

아들과 나는 동시에 손을 뻗었다. 맞잡았다.

아, 아슴아슴 정신 줄을 놓으면서도 그 찰나에 잡은 아들과 나의 손이 영원을 사를 것이란 걸 알았다 돌이킬 수 없는.

어미가 되고서 아들 입에 시원한 '개역' 한 모금 먹이지 못한 게 한으로 가슴에 맺히지만 어찌하랴.

돗걸름이 제주섬에 엇어시민

돼지거름(돼지우리의 밑거름)이 제주섬에 없었다면

'돗통시'에 검은 '도새기' 있는 거

몰른 사름은 제주섬사름 아니라.

돼지우리에 검은 돼지 있는 거

모르는 사람은 제주섬 사람이 아니라.

언제나 그랬듯이 도사공(都沙工)할으방(할아버지)이 빼끔빼끔 피우던 담뱃대를 뒷목 옷섶에 꽂으며 누군가에게 지청구를 하고 있었다.

내 생각에는 제주섬 사람이어도 제주성안에 있는 집 화장실에서는 돼지를 키우지 않을 테니 모르는 사람도 있을 것만 같았다.

그러고 보니 제주시내 농업고등학교에 다니는 '이북집' 오빠가 도사공할으방 옆에 서 있었다.

그 '이북집'은 '제주4·3사건'에 제주섬에 들어온, 북한에서 넘어왔다는 서북청년단 출신 조순경(趙巡警)네 집을 일컫는 별호였다.

우리 마을에서는 그 집 누구에게도 말 한마디 함부로 하지 않고 조심히 대하였다. 그 집 '어멍'은 상군 잠수(潛嫂; 해녀)로 말발도 세어 그 집 제삿날에는 마을 잠수 그 누구도 물질을 못하게 막을 정도였다. 그런데 그 집 아들 고등학생 오빠는 휴일이면 집에 와 곧잘 동네 사람들과 어울리려 들었다.

"요크셔영 바크셔는 예, 막 몸집도 크고 몸이 허영헌 게 빨리 커 마씀. 우리도 돼지 개량헤얍니다 게.(요크셔와 바크셔는요, 막 몸집도 크고 몸이 하얀 게 빨리 커요. 우리도 돼지 개량해야 합니다.)"

그 오빠가 도사공할으방 말씀에 뒷말을 힘주어 야무지게 받아쳤다. 마치 제주섬의 돼지우리에 검은 돼지를 그냥 놔둬서는 안 되는 법이라도 국가가 공포(公布)한 것처럼 어른의 말을 되받는 투가 확고하였다.

"그 도새기덜도 돗걸름을 잘 맨들아? 느가 봔댜?(그 돼지들도 돼지거름을 잘 만들어? 네가 봤어?)"

맞다. 도사공할으방 말이 백번 천번 맞다. 어떤 '도새기'라도 제주섬의 '돗통시'에 살 자격을 얻으려면 '돗걸름'을 만들 줄 알아야 했다.

탁배기가 제격인 날은

돗걸름 내는 날입주.

막걸리가 제격인 날은 돼지거름 내는 날이지요.

아버지가 어색해진 분위기를 지울 요량이었는지 큰소리로

너털웃음에 버무려 말머리를 돌렸다.

나는 소피를 보려고 마당으로 나가다 말고 주춤, 미닫이문에 기대어 분위기를 살폈다. 우리 마을에서는 우리 집 미닫이문만이 안팎이 훤히 보이는 유리를 박았다.

마당 가득 동네 사람들이 들어차 있었다. 누구는 쇠스랑을 들고 누구는 '갈래죽'(삽)을 들고, 동산집 '삼춘'은 '돗걸름착'을 '바래기'에서 내리며, 저기 올레로 가져가라고 연신 지시를 하고 있었다. 일 잘하기로 소문난 '삼춘'의 말이니 누구든지 그의 지시를 잘 따를 밖에.

그제서야 나는 그렇지, 오늘 우리 집 '돗통시'에서 '돗걸름'을 낸다고 했지.

바람살에 살짝 매운맛이 서린 품이 곧 매서운 추위로 무장한 겨울이 올 것임을 예고하는 듯했지만 어떻든 시끌벅적한 가을날 아침이었다. 하지만 하늘이 푸르기가, 흰옷을 입고 있었다면 아마도 파랗게 물들고 말았을 그런 헌거롭고 말끔한 날씨였다.

그때였다. 아버지와 눈이 마주쳤다.

"찔레야, 행선이할망네 가게에 강 탁배기 한 말만 줍센 허라. 혼저!(찔레야. 행선이할머니네 가게에 가서 막걸리 한 말만 달라고 해라. 빨리!)"

아, 아버지는 그런 술심부름을 꼭 나한테 시키더라.

나는 순순히 심부름을 할까 말까 궁리를 좀 하려고 막 머리를 굴리려던 찰나였다. 순간, 아버지가

"너 찔레야, 대갈빡 굴리지 말앙 확 강 오라 게.(너 찔레야, 머리

통 굴리지 말고 얼른 갔다 와라.)"

정말로 아버지는 내 속을 환히 들여다보는 사람이었다. 그렇다고 내가 순순히 물러날 딸도 아니었다.

아버지가 '찔레꽃 붉게 피인~' 어쩌고 하는 유행가를 좋아해서 내 이름을 찔레라고 지었다는 사연을 안 이후부터 나는 좀 삐딱해졌다. 오로지 아버지한테만 말이다.

"참말로사 아방 마씀, 행선이할망이 탁배기 한 말을 어떵 가져옵니까? 그 어기작어기작 걷는 걸음에 예, 한 말씩이나 되는 탁배길 버처그네 당치 원, 못 앗아옵니다 게. 저 이북집 오라방이라도 강 탁배기 허벅을 짊어정 오민 몰르카 그 할망이 어떵 무슨 재주로 마씀!(참말로 아버지, 행선이할머니가 막걸리 한 말을 어떻게 가져와요? 그 어기적어기적 걷는 걸음에, 한 말씩이나 되는 막걸리를 무거워서 당최 원, 못 가져온다고요. 저 이북집 오빠라도 가서 막걸리 허벅을 짊어져 오면 모를까 그 할머니가 어떻게 무슨 재주로요!)"

나의 이유 있는 변명에 아버지가 뒤통수를 긁었다.

도사공할으방이 아버지한테 한마디 했다.

"자네, 저 대갈빡은 총명허곡 몸땡인 쪼끌락흔 뚤한티 대갈빡 굴리지 말랜 웨지 말아. 아이가 가늠헌거 봐. 어디 틀린 디 셔?(자네, 저 머리통은 총명하고 몸뚱이는 조그마한 딸한테 머리통 굴리지 말라고 소리치지 마. 아이가 가늠한 거 봐. 어디 틀린 데가 있어?)"

결국은 술 좋아하는 아버지의 심부름에서 발을 빼지 못하고 막걸리를 사러 '이북집' 오빠와 같이 가야만 했다.

"찔레야. 이제 제주섬에도 돗통시를 없애야 하지 안허크냐 무사?(찔레야. 이제 제주섬에도 돼지우리를 없애야 하지 않겠니 왜?)"

그가 뜬금없이 내게 질문을 했다.

사실 나는 돗통시에 '도새기'(돼지)를 기르는 거 진즉부터 반대였다.

대변을 보려고 디딜팡(디딤돌)에 올라서자마자 밑에서 기다리는 그놈, 주춤 앉으면 기다릴 사이도 주지 않고 빨리 싸지 않는다고 주둥이로 내 궁둥이를 툭툭 치는 그 성미 급한 놈, 그놈 때문에 사실 대소변을 가린 후 통시에서 똥 한번을 마음 놓고 싸지 못했기 때문이다.

우리 집 통시의 돼지가 아무리 바뀌어도 변하지 않는 수난이었다.

제주섬 집집마다 외진 마당 모퉁이에 야외화장실을 겸한 퇴비장이랄까, 돼지우리가 그때는 다 있었다.

돼지는 당연히 검은 '도새기'(돼지)였다.

통시에 사는 돼지는 맡은 바 막중한 임무가 있었던 것이다. 그것도 제주섬 사람들을 먹여 살릴 뿐만 아니라 생활하는 데에도 더없이 이롭게 하는 그런 거… 그러니까 식구대로 싸는 똥을 즉시 말끔하게 먹어치우니 구린내 날 새 없었다.

또 '정지'(부엌)에서 설거지한 허드렛물이며 잔반이며를 '돗도고리'(꼭 돼지 구유는 현무암을 미음(ㅁ)자 모양 직사각형 꼴로 파내어 만들었다.)에 부어주면 그 자체가 '도새기 것'(돼지먹이)이어서 음식 찌꺼기 처리에도 별 문제가 없으니 위생적으로도 좋았다.

돼지가 그런 것들을 처리해 줬다면 섬사람 입장에서도 돼지

우리에 꼭 해줘야만 하는 일이 있었다.

그러니까 여름에 태풍이 불고 나면 갯바위에 얹어진 마미조며 '테우'를 띄워서 잠수들이 각종 해조류인 '듬북'을 물질하면 뭍으로 건져 올렸다.

마을 사람들은 '구미'(어, 일본에서도 '구미'라고 하던데)별로 어느 반에든지 속해 있어서 다 같이 그 '듬북'을 '조물었다(채취했다)'.

만일 피치 못할 사정으로 그 작업에 참여하지 못한 집이 있어도 반원이면 빠짐없이 몫은 똑같이 나눴다.

배분된 '듬북'은 집마다 자기들 마음대로 완전 건조를 하거나 아니면 대충 말리거나 혹은 바닷물만 슬쩍 빼고는 '바래기'로 '수눌어' 실어 날라서 '돗통시'에 가득 담았다.

'듬북' 작업이 끝나는 끝에 연이어 들로 오름으로 다니면서 풀을 베어 또 몇 '바래기'씩 해조류 담은 위로 덧깔았다. 어떤 집은 보릿대도 '통시' 가득 담았다.

그뿐이 아니라 바람에 먼지 날리는 걸 방지하려고 타작마당이 끝나면 마당 가득 깔았던 짚도 발걸음에 '봉글아 불민'(뭉개져 버리면) 그것도 걷어서 다 '통시'로 쓸어 넣었다.

그렇게 차곡차곡 사람이 장만해 놓으면 다음에는 '통시'에 사는 돼지가 다 알아서 밟고, 오줌똥 싸놓고 발효를 시켜 밭농사에 쓸 밑거름을 만들었다. 밭농사에 꼭 있어야 하는 질 좋은 밑거름을 사람과 돼지가 같이 생산하는 자원 순환시스템이었다고나 할까.

참, 돼지는 보기 같지 않게 깔끔 떠는 가축이다.

믿지 못할 테지만 오줌똥은 일정한 구역을 정해놓고 꼭 거기에만 싼다.

다시 말하면 돼지도 반드시 자신만의 '통시'를 가진다고나 할까, 그러니까 제주섬 돼지우리인 '돗통시'에는 남향으로 입구를 낸 돼지가 잠자고 쉬는 작은 집을 짓고 말끔하게 짚을 깐다.

어떤 돼지라도 그 '돗통시'에 네가 살 집이라고 넣어주면 제일 먼저 집과 가장 멀리 떨어진 곳에다 구획을 그어 자신의 '통시'를 설정한다.

덕분에 화산섬 척박한 땅에나마 '돗걸름'을 뿌려 철 따라 농사를 부쳤으니 입에 풀칠은 할 수 있어 너나없이 그만그만하게 살아갔던 것이다.

아? 그 돼지우리를 없애면 그럼 보리농사 부칠 밑거름은 어디서 누가 생산해낼까 몰라. 바로 그 점을 도사공할으방도 걱정했잖은가.

나는 썩 대답할 수가 없었다. 생각이 복잡하게 내 머리를 돌아다녔다.

"저~ 오라방 마씀, 행선이할망은 옛날 일제강점 시절에 일본군한티 잡현 남양군도에 끌려가네 죽을 고생헤부난 정 두 다리가 벌어정 잘 걷지 못헴댄 합디다 예.(저~ 오라버니, 행선이할머니는 옛날 일제강점 시절에 일본군한테 잡혀서 남양군도에 끌려가 죽을 고생해서 저렇게 두 다리가 벌어져 잘 걷지 못한다고 하더군요.)"

돼지우리를 없애야 한다는 그의 강한 신념을 돌려 보려고 나는 탁배기 술집을 열고 앉은 행선이할망에 관한 뜬소문을 건넸다.

내 말이 끝나기가 무섭게 그가 몹시 엄한 표정으로 나와 마주 보고는 내 두 팔을 힘주어 꽉 잡았다. 팔에 피가 통하지 않아 아팠다.

"찔레야! 다시는 행선이할망 남양군도로 잡혀갔다 온 거 입 밖에 내지 말라 이. 큰일 난다 너! 그건 세상없어도 우리가 지켜야 될 비밀이여.(찔레야! 다시는 행선이할머니 남양군도로 잡혀갔다 온 거 입 밖에 내지 말아라. 큰일 난다 너! 그건 세상없어도 우리가 지켜야 할 비밀이야.)"

그는 고등학생이고 나는 초등학생이었으니 어쩔 수 없이 그의 허리가 기역(ㄱ)자처럼 내 쪽으로 굽었다.

내 눈높이에서 마주하는 그의 눈에서 불꽃이 튀었다.

살짝 무서웠다.

내가 뭐 잘못 말한 것 같았다. 무턱대고 고개를 주억거렸다.

보리씨 중에 돗걸름에 착 앵기는 것사

'줄노리'여.

보리씨 중에 돼지거름에 착 안기는 것이야

'줄노리'(지네보리, 겉보리)지.

한 해를 두고 가장 바쁜 날이 언제였느냐고 물으면 서슴없이 해마다 동짓달 중순이면 어김없이 돌아오던 '돗걸름' 내는 날을 꼽는다.

뭐 큰언니는 일 년 열두 달 삼백육십오 일이 다 바쁜 날이었다고 하지만 그거야 식구 많은 집에 큰딸로 태어난 숙명이고. 여기에서는 큰언니 '예왁'(이야기)은 접어두기로 한다.

왜 그날이냐고 되묻지 않아도 짐작이 가지 않는가? 새벽부터 아버지는 '바래기'에 말[馬]을 메우고는 고삐를 잡고 나가 몇 집을 돌며 '돗걸름착'(돼지우리에서 꺼낸 거름을 담아 밭으로 나를 때만 쓰는 짚으로 짠 멱서리)들을 빌려 오고, 큰언니는 허벅을 지고 동네에 하나밖에 없는 우물을 들락거리며 큰 물항아리 두 개를 채울 때까지 길어오고, 어머니는 밥을 짓느라 솥마다 불을 지피고, 나는 좀 뺀질거리기는 했지만 동생들을 거두어 어른들 일하는 데 방해가 되지 않게 하거나 해도 그만 안 해도 그만인 심부름을 했다.

아직 해가 뜨기도 전에 동네 사람들이 다 몰려들어 마당이 그득하게 찼으니 가장 바쁜 날에 손색이 없었다.

그날 몰려든 동네 사람들 중에는 전혀 일을 하지 않고 훈수만 두는 할아버지나 할머니들도 있었다.

일을 하지 않아도 그분들에게는 밥도 제일 먼저, 탁배기도 먼저, 건지로 돼지고기를 썰어놓고 토란이며 말렸다 불린 고구마순이며 듬뿍 넣어 푹 끓인 후 메밀가루를 푼 '듬삭'(맛이 기름진)한 국도 먼저 대접했다.

노인들은 일꾼들에게 시시콜콜 훈수를 두는 것으로는 모자랐던지 나처럼 좀 꾀를 부리는 아이가 눈에 잡혔다 하면 온갖 세상의 훈계는 다 들어라 하는 것도 그들이 해야만 하는 '돗걸름' 내는 날의 일이었다.

"돗통시에 들어 사라.(돼지우리에 들어서라.)"

상일꾼인 그 '삼춘' 한마디가 신호였다.

탁배기까지 '춘(䡅?, 입구가 좁고 어깨에 손잡이가 있으며 몸체는 위아래로 길쭉한 술항아리. 한자의 뜻은 쌀자루.)으로 '이북집' 오빠가 둘러메고 와 마당 가운데 심어놓자 드디어 '돗통시'에서 '돗걸름'을 낼 차례가 되었다.

장정 몇이 통시로 뛰어 들어가 우선 돼지 한쪽 다리를 잽싸게 낚아채어 밧줄로 묶었다.

마을에서는 '돗걸름' 내는 날 미리 단속을 하지 못하여 통시에서 탈출한 돼지가 집집마다 돌아다니며 소란을 피우는 일이 심심찮게 일어났다.

그래서 노인들 훈수 중에 이구동성으로 입 맞추어 소리 지르는 게,

"먼저 도새기 뒷다리를 묶엉 통시 베꼇디로 퀴엉 들아나지 못 허게 가두라.(먼저 돼지 뒷다리를 묶어서 돼지우리 바깥으로 뛰어넘어 도망치지 못하게 가둬라.)"

그다음은 통시 돌담을 '커렁'(울타리의 돌담 일부를 치워서 입구를 내어) 드나들기 쉽게 '도'(샛길)를 내고, 이제 본격적으로 일꾼들이 들어서서 쇠스랑과 삽으로 거름을 뜨면서 '태기'(들것) 가득 싣기 시작한다.

거름을 뜰 때면 서로 호흡을 맞추느라,

이어 싸 이어도 사나이어 싸 이어도 사나

느영나영 '심벡'헤여 보게느영나영 힘겨루기하여 보자

기여 기여 경 헤여 보게그래 그래 그렇게 해 보자

누게 '풀'이 더 센가 보게누구 팔이 더 센가 보자

이어 싸 이어도 사나이어 싸 이어도 사나

하며 구령을 붙이듯 스스로 힘을 북돋우는 일노래를 불렀다.

'태기' 가득 거름을 실으면 네 사람이 네 귀퉁이에 각각 자리 잡아 '우끗'(치켜) 들고는 올레로 날랐다.

거름을 내고 옮기는 틈틈이 일꾼들은 탁배기 '춘'으로 가서 한 사발씩 물 마시듯 들이켜곤 했다. 어떤 이는 안주 따위 안중에도 없는 듯이 마신 입을 쓰윽 소맷자락으로 닦는가 하면 또 누군가는 꼭 젓가락으로 김치 한 조각이라도 집어먹고 봤다.

그렇게 다들 알아서 척척 손발을 맞추며 통시에 쌓였던 거름을 올레로 다 옮기면 해가 눈높이로 옮겨 앉은 게 열 시를 넘길락말락 했다.

아니, 우리 집 '빈지'(벽)에 걸린 벽시계가 댕댕 열 점을 선명하고도 우렁차게 쳤다.

때맞추어 할아버지들은 마루로 올라앉고 할머니들은 찬방으로 스몄다.

마당에 멍석이 대여섯 질 넘어 질펀하게 깔리고 일꾼들이 그 위로 자리를 잡았다.

아침 겸 점심이 왁자지껄한 말소리와 웃음소리 속에 무르익어 갔다.

"올히엔 무신 보리 갈 것과?(올해엔 무슨 보리 갈 건가요?)"

마당에서 누군가가 마루에서 밥을 먹는 아버지를 향해 질문했다.

"게메 이~.(글쎄다~.)"

아버지 대답이 애매했다.

정작 우리 가족이 합의를 보기를, 올해는 쌀보리를 갈기로 했다.

그런데 아버지는 왜?

"아부지 무사 올힌 솔누리 갈기로 하지 안헤수꽈?(아버지 왜 올해는 쌀보리 갈기로 하지 않았어요?)"

내가 마당 한켠에 숨듯이 앉아 사람들이 신나게 밥을 먹는 모습을 관찰하다 말고 '조짝'(경망스럽게 발딱) 나섰다.

"무사는 칼 찬 왜놈이고 이. 솔누리로 갈기로 헤연?(무사는 칼 찬 왜놈이고. 쌀보리로 갈기로 했니?)"

또 도사공할으방이 내 말을 받아 겨를 없이 내게 질문을 던졌다.

"저 무사냐 허민 예, 솔누리가 볶아 먹기도 좋고 예.(저 왜냐하면요, 쌀보리가 볶아 먹기도 좋고요.)"

확 도사공할으방이 내 대답에 꼬리를 붙이지 못하게 잘라버렸다.

"느 요노무 비바리 찔레야, 몰르는 소리 말라. 볶앙 멘짝헌 개역 맨드는 딘 줄노리만 헌 보리가 세상에 엇다.(너 요놈의 계집애 찔레야, 모르는 소리 마라. 볶아서 매끄러운 미숫가루 만드는 데는 줄노리만 한 보리가 세상에 없어.)"

"할으바님, 아니우다 게. 줄노린 고스락 때문에 궂어 마씀.(할아버지, 아니에요. 줄노리는 까끄라기 때문에 궂어요.)”

“하영 곧지 말라. 줄노리가 최고여. 이 할으방이 영 골으민 경 헌가 허지 안헤영 무신 말대꾸라?(많이 말하지 말아라. 줄노리가 최고야. 이 할아버지가 이렇게 말하면 그런가 하지 않고 무슨 말대꾸야?)”

나는 무서워서 그만 입을 다물고 말았다.

분했다.

아버지가 정말로 미웠다.

비겁한 아방!

“맞수다 게. 돗걸름에 착 앵기는 보리씨야 줄노리가 최곱주.(맞아요. 돼지거름에 착 안기는 보리씨야 줄노리가 최고입지요.)”

사람들이 합창을 했다.

몰라! 다 나빠~. 도사공할으방이영 아방이여 어른덜 다 나쁜 사름덜.(도사공할아버지랑 아버지랑 어른들 다 나쁜 사람들.)

나는 그해 ‘돗걸름’을 내던 날 되게 어른들한테 삐졌다.

내가 삐졌거나 말거나 그날은 계속되었다.

돗걸름착 줆어진 늙은 몽생이, 걸음걸이가 어떵헤여?

돼지거름짝 줆어진 늙은 조랑말, 걸음걸이가 어떻다고?

내가 그토록 원하는 쌀보리 농사를 망쳐놓은 일꾼들은 아점 자리에 앉은 그대로 탁배기 ‘춘’굽을 보고는 투덜거렸다.

“오늘 같은 날에 탁배기가 영 일찍이 동나도 되는 거우꽈?(오늘 같은 날에 막걸리가 이렇게 일찍 동나도 되는 겁니까?)"

마당에 자리 깔고 앉은 상일꾼들의 투덜거림은 마루로 순식간에 감염되었다. 다들 막걸리가 동난 것이 무슨 큰 천재지변이나 일어난 것처럼 난리를 피웠다.

아버지가 마당으로 내려섰다.

"아, 웨지 말앙 누게 확 행선이할망네 돌아 강 술춘 하나 둘러매영 와 게.(아, 떠들지 말고 누가 얼른 행선이할머니네 뛰어가서 술춘 하나 둘러메고 오라고.)"

마당의 일꾼들을 둘러보며 자진하여 막걸리 심부름할 사람을 찾았지만 다들 오금이 멍석에 달라붙었는지 누구 한 사람 썩 일어서는 이가 없었다.

술 없다고 타령할 때는 언제고 심부름을 마다할까, 탁 털고 그 자리에서 일어서 버리면 그때까지 피어오른 아점상의 술 분위기 깬다 그거지 아마.

그런데, 그런데 말이다. 이 세상에 텔레파시로 서로 통하고자 한다면 사람과 사람, 하늘과 사람, 땅과 사람, 사물과 사람은 물론이고 사물과 사물이 다 마음먹는 즉시 통한다는 걸 나는 그때 절절하게 알았다.

알았다기보다 눈으로 직접 봤다.

그 야단법석이 난 우리 집 올레로 행선이할망이 지팡이를 짚고는 앞으로 쏠리는 몸을 가눠가며 겨우겨우 발걸음을 내디뎌 들어오고 있었다!

"아방! 저 올레에….(아버지! 저 올레에….)"

아버지를 향해 나는 귀청이 찢어져라 숨넘어갈 듯이 소리치면서 행선이할망을 가리켰다.

아버지 눈길이 내 손가락 끝을 따라 휘이~ 반원을 그리며 올레에 가 닿았다.

그리고는 쏜살보다도 더, 청총마(靑驄馬)보다도 더 빨리 뛰어 행선이할망한테 달려갔다.

"아이고, 이거 무신 일이꽈 게. 그 몸으루 이 술춘을 등짐 정 어떵 걸어옵디가!(아이고, 이거 무슨 일입니까. 그 몸으로 이 술춘을 등짐 져서 어떻게 걸어오셨어요!)"

"무사 탁배기 다 되지 안헤연? 나가 다 짐작헤연 영 져 왓주.(왜 막걸리 다 되지 않았어? 내가 다 짐작해서 이렇게 져 왔지.)"

행선이할망이 아버지 부축을 받으면서 '술춘'을 부렸다.

그 조그맣고 허리 굽고 안짱다리인 분이 등짐으로 나르기에는 '술춘'의 무게며 크기가 가당치 않았다.

사람들이 다 자리를 박차고 아버지와 행선이할망과 '술춘'을 에워쌌다.

다들 기가 막혔는지 고작 한다는 말이, 할망! 할망! 할망! 할망! 할망! 할망! 할망!

행선이할망이 허리를 폈다.

머리에 썼던 수건을 벗어 이마의 땀을 훔치고는

"돗걸름착 대신 술춘 짊어진 늙은 암몽생이, 걸음걸이가 어떵 괜길찮주 이?(돼지거름짝 대신 술춘 짊어진 늙은 암컷 조랑말, 걸음걸이가 어떻게 괜찮지?)"

온 얼굴에 듬뿍 웃음을 머금은 채 좌중을 둘러봤다.

누구 한 사람 입을 여는 이가 없었다.

그 가을 한낮의 소슬한 바람을 가르고 행선이할망이 '술춘'을 지고 온 걸음걸이에 감히 무슨 말로 그 침묵을 깰 수 있단 말인가. 다들 차마 말문을 열지 못하는 눈치였다.

역시 도사공할으방이 다 알아들을 만치 그러나 혼잣말을 중얼거렸다.

"저 어른이 저런 기백이 있이난 그 지옥 곹은 일본놈덜 친 덫, 남양을 벗어낭 고향에 온 거주기.(저 어른이 저런 기백이 있으니까 그 지옥 같은 일본놈들 친 덫, 남양을 벗어나서 고향에 온 거지.)"

더욱더 아점 판은 숙연해져만 갔다.

결국 행선이할망이 수건으로 탁탁 일바지 양쪽을 털고는 마당을 가로질러 정지 문께로 가면서 청명한 가을날과 조금도 어울리지 않는 더할 나위 없이 무거운 침묵을,

"나도 밥 ᄒᆞ끔 먹어사주.(나도 밥 좀 먹어야지.)"

라고 하는 한마디로 사위어 버렸다.

큰언니가 달려 나와 행선이할망 손을 이끌고 찬방으로 들어갔다. '할마님 토란국 끓렷수다.(할머니, 토란국 끓였어요.)'라며. 그러자,

"에에, 난 토란국은 말다.(에에, 난 토란국은 싫다.)"

음? 토란국을 싫어하는 사람이 나뿐인 줄 알았더니 행선이할망도 싫어하는구나.

나는 국 건지로 토란과 같이 넣은 검은 '도새기 괴기' 때문에

싫어했다.

그런데 행선이할망은 왜 토란국을 싫어할까?

"아이고! 나 남양서 서너 해 동안 배고팡 죽지 안허젠 그디 하영 잇인 물토란을 얼매나 캐연 숢아 먹어신디사 이젠 토란이옌 말만 들어도 신물이 난다 게.(아이고! 나 남양에서 서너 해 동안 배고파 죽지 않으려고 거기 많이 있는 물토란을 얼마나 캐서 삶아 먹었는지 이젠 토란이란 말만 들어도 신물이 난다.)"

마당이며 마루에서는 흠, 흠, 흠, 헛기침을 해대었다.

"토란국 아니라도 반찬 하수다.(토란국 아니라도 반찬 많습니다.)"

도사공할으방이 찬방에다 대고 너무 큰 소리로 말하는 것을 신호 삼아 다시 '돗걸름' 내는 집의 시끌벅적한 분위기가 되살아났다.

"멜젓국 놩 무친 몰망이나 먹어시민 좋키여.(멸치젓 놓고 무친 마미조나 먹었으면 좋겠네.)"

행선이할망은 마당이며 마루로 탁배기 잔이 오락가락하거나 말거나 아랑곳하지 않고 주문해 받아 앉은 달랑 한 가지 '몰망' 무친 반찬에 밥술을 떴다.

돗걸름 뿌린 밭에는 '휘우도리 황발갈쇠'가 들어사사

돼지거름 뿌린 밭에는 '휘우도리 황발갈쇠'가 들어서야

행선이할망이 '탁배기 춘'을 지어오는 바람에 일꾼들은 넉넉히 술배를 채웠다.

그래선지 원래 일 잘하는 이들이어서 긴 아점 후에는 단 한 번도 쉬는 사이 없이 '돗걸름'에 '줄노리' 씨를 뿌리고 '볼리는'(밟는) 것쯤 일도 아닌 듯이 해치웠다.

'돗걸름착'이 '바래기'에 층층이 쌓고 가득 실어도 남아 '몽생이'들도 대여섯 필이 동원되었다.

'이북집' 오빠가 '돗걸름착'을 양 옆구리에 지고 이리 맹글 저리 맹글 꾀부리는 아이 걸음걸이 하듯 하는 '몽생이' 한 마리를 '이 놈은 나가 이껑 가쿠다.(이놈은 제가 이끌고 가겠습니다.)' 하며 '녹대'(고삐)를 잡았다.

그 옆으로 '돗걸름' 삔(뿌린) 밭을 갈 '잠대'(쟁기)를 짊어진 '삼춘'이 다가가자 그 오빠가 또, 말을 걸었다.

"나가 오늘은 그 잠대로 밭 갈아 보카 마씀?(제가 오늘은 그 쟁기로 밭 갈아 볼까요?)"

이제도 저런 할으방 있는지 몰라.(지금도 저런 할아버지가 있는지 몰라.)

저 짐 다 실은 '바래기' 옆에 서 있던 도사공할으방이 귀도 밝았다.

"당치 느 힘으룬 안 되여. 이 돗걸름 삘 밭은 땅이 떠. 휘우도리 황밭갈쇠(사래 긴 밭을 단숨에 휘~ 하고 갈 수 있는 누런 황소)가 들어사사. 잠댄 누게 잡을 거니? 느네 중에 제일 힘 좋은 청년으루 나사라.(당최 네 힘으로는 안 돼. 이 돼지거름 뿌릴 밭은 땅이 되다. 휘우도리 황밭갈쇠가 들어서야. 쟁기는 누가 잡을 거니? 너희 중에 제일 힘 좋은 청년으로 나서라.)"

아주 그냥 모질게 농업고등학교 학생의 현장실습 하겠다는 의지를 단번에 막아버리고 말았다.

'이북집' 식솔을 상대로 말발이 서는 우리 마을의 유일한 사람이었던 도사공할으방.

그날이라고 할 말을 참을 리 없었다.

그 오빠가 되게 실망하는 것 같았다.

우리 아버지가 누구인가, 오지랖 넓기로 제주섬 제일인데 기가 팍 죽은 '이북집' 오빠를 모른 체하고 돗걸름 내는 날을 마무리하지 않을 것임을 나는 알고 있었다.

"기여. 처음에랑 느가 흔 파니 갈아보라.(그래. 처음에는 네가 한 이랑 갈아봐라.)"

내가 아는 그대로 아버지는 '이북집' 오빠에게 은밀히 도사공할으방이 듣지 못하도록 속삭이듯 귀띔을 해 그의 선한 의지에서 비롯된 현장실습을 할 수 있게 북돋웠다.

평지ᄂᆞ믈이 지름ᄂᆞ믈인거 세상이 다 알지 못헤신가?

평지나물이 기름나물인 것을 세상이 다 알지 못했을까?

이 세상에는 말도 하고 또

푸십새도 하주마는!

이 세상에는 말[言語]도 많고 또 채소도 많지만!

"무시거? 이 ᄂᆞ믈이 강간ᄂᆞ믈이라?(뭐라고? 이 나물이 강간(强姦) 나물이라고?)"

함행선[1] 할망이 검질(잡초) 매던 골갱이(호미)를 휙 내던지며 발칵 화를 냈다.

"야! 느 말이여, 양코배기 조름 좇아 댕기멍 통역 똑바로 허라.(야! 너 말이야, 양놈 뒤 좇아다니면서 통역 똑바로 해라.)"

막 평지나물 모종을 옮겨 심던 '수눌음'꾼들이 일손을 놓고 갑자기 길 가는 이를 세워놓고 삿대질을 해대는 함행선 할망 곁으로 달려왔다.

"무사? 무사 영 웨염수꽈?(왜? 왜 이렇게 소리 지르세요?)"

유채를 심고 있는 밭의 돌담을 따라 아스라하게 이어진 오솔길을 걷던 이들도 발걸음을 멈추었다. 그들은 젊지도 늙지도 않아 뵈는, 그저 한 삼사십 세 안팎일 것 같은 서양 남자 둘과 우리말을 하는 걸로 봐서 틀림없이 한국 사람일 성부른 스무 살쯤 나 보이는 청년 하나, 그렇게 셋이었다.

갑자기 돌담을 사이에 두고 열댓 명이 무리를 지었다.

"게난 저노무 소나이덜이 우리가 심는 이 ᄂᆞ믈을 강간ᄂᆞ믈이옌 저 양코배기덜한티 ᄀᆞᆯ암수께 게!(그러니까 저놈의 사나이들이 우리가 심는 이 나물을 강간나물이라고 저 양놈들한테 말하잖아요!)"

함행선 할망이 여전히 복통이 터지는지 주먹 쥔 손으로 자기 가슴을 쿵쿵쿵 두드렸다. 북소리가 났다.

"아니 그게 무신 말고?(아니 그게 무슨 말인가요?)"

밭에서 일하던 이들이 '귀눈이 왁왁허게'(정신을 차리지 못하게) 함행선 할망 말에 다 ᄒᆞ끔썩이라도(조금씩이라도) 대거리치는 와중에도 더 어리둥절해 하는 이들은 담 밖의 세 소나이(남자)들이었다.

두 서양 남자가 저들끼리 마주 보고 '왜 우리를 불러 세우고 이 난리야?' 하고 속닥거렸다.

재깍 함행선 할망이 그들을 향해 또 눈에 쌍심지를 돋우어 불을 확 당겼다.

"무사 영 헴신지 몰르크라? 어느 나라 소나이나 '가운딧다리' 잇인 것덜은 한가지구나 게. 너네가 헌 말을 너네가 몰르민 누게가 알크냐?(왜 이렇게 하는지 모르겠어? 어느 나라 사나이나 '가운뎃다리'

있는 것들은 한가지구나. 너희가 한 말을 너희가 모르면 누가 알겠어?)"

사건의 발단이 무엇인지 어디서부터 일이 시작되었는지 자초지종을 모르면서도 수눌음꾼들은 미리 입을 맞춘 듯이 함행선 할망 뒤를 이어 그 소나이들을 족치는 것이었다.

"사름이민 코로 공기를 뺄아들영 입으루 밭으는 걸 숨 쉰댄 동서양을 막론허고 동서고금 시간 가늠어시 다 골아 이.(사람이면 코로 공기를 빨아들여서 입으로 뱉는 걸 숨 쉰다고 동서양을 막론하고 동서고금 시간 가늠 없이 다 말하지.)"

역시 왜 나서지 않나 싶었다. 드디어 훈장집의 며느리가 사건과 전혀 관계없어 뵈는, 그러나 진리를 역설하고 나섰다.

"너네덜이 입으루 공기 먹곡 코로 내뿜어도 그건 졸바로 숨 쉬는 게 아니고 임시 방편백이 안되어 게. 하영 붕당거리지덜 마심.(너희가 입으로 공기 먹고 코로 내뿜어도 그건 제대로 숨 쉬는 게 아니고 임시방편밖에 안 된다고. 너무 구시렁거리지들 말라고.)"

불평불만을 싹 거두고 뭔가 모르지만 이실직고하라고 다들 사내들에게 삿대질을 하며 닦달이 이난서민이 아니었다.

참말이사, 아니 이 세상에는 말도 하고 푸십새도 한디 그렇게 '골을 말'이 엇어신가? 더럽지도 안헤영 'ㅊ마가라' 강간 'ᄂᆞ물'이라니, 열불이 나다가도 남지 않는가 말이다.(정말로, 아니 이 세상에는 말도 많고 나물도 많은데 그렇게 할 말이 없었는가? 더럽지도 않아서 맙소사 강간나물이라니, 열불이 나다가도 남지 않는가 말이다.)

함행선 할망의 지론인즉슨 이랬다. 이 세상에 셀 수 없이 많은 사물이 다 식물은 물론이고 제 이름을 지니고 있다. 세상의

하고많은 언어가 이를 증명한다. 이름 없는 뭐 어쩌고 씨부렁거리는 건 자신이 무식하다는 증거이다.

하지만 정말로 인간으로서 하지 말아야 할 건 따로 있다. 무식한 것은 공부하면 만회된다. 함부로 남을 판단하여 별명을 붙여 부르거나 욕지거리를 참말인 것처럼 아무렇게나 쓰는 행위는 그야말로 '두린 것'(미친 사람)이나 하는 짓거리다. 고로….

이 세상에 둘도 엇인 '쫌부'도 '펭지ᄂᆞ물' ᄒᆞᆫ 줌을 '튿아가지' 못허게 헷주마는 그런 더러운 말은 허지 안헷어.

이 세상에 둘도 없는 수전노도 평지나물 한 줌을 뜯어가지 못하게 했지마는 그런 더러운 말은 하지 않았어.

어느새 두 서양 남자와 한국 남자 한 사람은 여남은 명이나 되는 여성들이 마치 '모당매'(모둠매, 여기서는 따돌림)를 주듯 저들끼리 악다구니하는 양을 즐기는 듯이 여유가 만만했다.

처음 당황해서 확 가버리지도 못하고 본의 아니게 그 자리에 발이 묶여 맴돌던 자세와는 달리 척 팔짱을 끼고 발 한쪽을 앞으로 쑥 내민 자세로 건들거리면서 얼굴에는 웃음기가 가득했다.

그들 모습이 꼭 20세기 60년대쯤 한가락 하는 이들이,

"어쭈구리 요 아지망덜(아줌마들), 잘들 노네. 참 구경 좋시다."

했던 양상과 진배없었다.

그 꼴이 또 고깝기가, 함행선 할망 입장에서 보면 '저노무 소

나이덜'(저놈의 사내들)은 온 마을에서 '입돌림'(입방아 찧기)하기 딱 좋은 '고슴'(물건; 대상)인 '쫌부(수전노)'보다도 나쁜 인간성을 가진 '것'들이었다.

왜냐하면 쫌부는 정말로 이 세상에서, 영국 소설가 찰스 디킨스(Charles Dickens)가 쓴 '크리스마스 캐럴'(A Christmas Carol a Ghost story of Christmas)에 나오는 지독한 구두쇠 에브니저 스쿠르지(Ebenezer Scrooge) 영감 있잖은가 왜, 세계가 두고두고 크리스마스 계절이 아니어도 툭하면 끌어내어 그 영감탱이한테 치를 떨지만 그 따위는 아예 명함도 내밀지 못할 정도로 되게 짜기가 소금의 백 배쯤 간이 센 사람으로 마을에서 정평이 나 있었다.

그 쫌부 하는 양을 여기 슬쩨기(살짝) ᄒᆞ끔만(조금만) 소도리해보면(얘기해보면) 이렇다.

쫌부네 밭이 마을 한가운데 있어 마을 사람들은 지나다니면서 그 밭에 부친 농작물을 자연스레 알게 된다.

한겨울에도 푸르른가 하면 일찍 쏯대를 세워 노랗세 꽃피우는 평지나물이 그 밭 가득 넘실대면 그 마을이 다 환해지곤 했다. 그래서 더 많이 가지를 '거려서'(벌려서) 꽃도 많이 피우고 열매도 많이 맺으라고 동네 사람들이 오며가며 가장자리에 있는 것들 꼭지를 따 주곤 했다.

개중에는 실한 포기들이 많아서 보면 누구나 중동으로 톡 꺾는다. 그렇게 위 꼭대기를 꺾어준 평지나물은 '1백 가지로 손을 벌린다.'고 한다. 그 곁으로 나눠 솟아나는 가지 수가 무려 1백

개가 된다는 말이다. 그러니까 평지나물 꼭지를 꺾어주는 건 농사에 일손을 보태는 거나 매한가지다.

그렇게 꺾은 평지나물 꼭지 자루는 버리는 게 아니라 가져다 김치를 담그기도 하고 전을 부치거나 살짝 데쳐 나물로도 먹었다.

그런데 마을에서 단 한 사람, 쫌부만은 절대로 그 꼭지를 자신이 아닌 다른 사람이 꺾지도 못하게 했을뿐더러 꺾은 것도 가져가지 못하게 했다.

"아이구 참말로, 일손 도왕 부쥐헤주는 것도 말댄 허는 사름은 저 사름이라.(아이구 참말로, 일손 도와서 부조해주는 것도 싫다고 하는 사람은 저 사람이야.)"

하면서 침을 퉤퉤 뱉곤 했다.

어쩌다 너무 웃자라는 가지를 본 이가 어쩔 수 없어서 꺾어준 경우에도 예외는 없었다. 누가 당신한테 책임 지운 것도 아닌데 웃자라거나 말거나 그냥 놔두지 왜 꺾었냐고 지청구를 해대었다.

쫌부는 욕도 잘했다. 그 욕지거리 앞에 당해낼 위인이 그 아무도 없었다.

하지만 찬바람 불고 눈이 펑펑 내리는 한겨울에 제주섬 사람 채소 굶지 않게 하고 봄 내내 샛노란 꽃으로 마을을 환하게 밝혀 주고 또 여름이면 잘 영근 씨로 기름을 짜 두고 먹기를, 그 평지기름에 갈치 튀김을 해먹어보지 않은 이 드물 정도로 부엌살림을 풍부하게 하는 작물이 평지나물이어서 뭐 쫌부의 역성을 그리 고까워하는 이 드물었다.

마을 안에서 쫌부가 그런 더러운 말을 쓰지 않는다면 정말로 나쁜 말이 분명했다. 다시 말하면 쫌부라도 말을 할 때 단어를 골라 썼다는 말이다.

평지ᄂᆞ물은 제주섬이 태손땅인디
경 좋은 ᄂᆞ물 고라 썹지근헌 이름 붙여뒁
저 붉은 해아지를 어떵 보젠?
평지나물은 제주섬이 태손땅(태를 사를 곳; 고향)인데
그렇게 좋은 나물에게 몸서리치게 무서운 이름 붙여 놓고
저 붉은 노을을 어떻게 보려고?

함행선 할망이 소나이덜(사내들) 서이한티(셋에게) 다시 불호령을 치면서 중천에 뜬 해를 가리켰다.

"아, 무사 눈 아프게 한낮이 저 해를 봅니까 게.(아, 왜 눈 아프게 한낮에 저 해를 본답니까.)"

소나이(사내) 셋 중에 통역을 했다는 그노무 소나이가(그놈의 사내가) 제주 말로 말대답을 했다. '제주몽생이(제주 출신 남자로서 똑똑한 인재를 빗대어 일컫는 별명)'라고는 아무도 생각하지 않았다. 당연히 저 양코배기를 쫓아온 '육지 것'인 줄 막연히 짐작했던 터다. 함행선 할망은 물론이고 수눌음꾼들 다 너무 놀라 입을 딱 벌리고 다물 줄 몰랐다. 한참 만에야 훈장집 며느리가 이성을 차렸다.

"게난 느 이디 아인댜?(그러니까 너는 여기 아이니?)"

"예."

그 제주몽생이가 힘주어 대답했다.

"느 무시거옌 이 평지ᄂᆞ물한티 ᄀᆞᆯ안 행선이할망이 부애 나시니?(너 뭐라고 이 평지나물한테 말해서 행선이할머니가 화났니?)"

"나 무시거옌 안헷수다. 저 미국분들이 저 여자덜 작업하는 것이 뭐냐, 물으난 난 그 이름을 영어로 ᄀᆞᆯ아준 것 뿐이우다!(나 뭐라고 안 했어요. 저 미국분들이 저 여자들 작업하는 것이 뭐냐, 물으니까 난 그 이름을 영어로 말해준 것뿐이에요!)"

훈장님 며느리와 제주몽생이가 주거니 받거니 사건의 발단을 엮어갔다.

"야, 누게 아덜인줄 몰르키여마는 느 말랑 바로 허라.(야, 누구 아들인 줄 모르겠지만 너 말은 바로 해라.)"

함행선 할망이 제주몽생이가 말한 게 사건의 발단이 아니라고 악을 쓰고 나섰다.

"이노무 소나이야, 곤밥 먹곡 곤옷 입곡 곤물 먹엄주이? 경허민 ᄂᆞ물이름도 있는대로 ᄀᆞᆯ아사주 느 무시거옌 헨디? ᄀᆞᆯ아보라 어디 들어보게.(이놈의 사내야, 쌀밥 먹고 고운 옷 입고 맑은 물 먹지? 그러면 나물 이름도 있는 대로 말해야지 너 뭐라고 했어? 말해봐라 어디 들어보게.)"

아, 함행선 할망은 ᄋᆢ망지기가(똑똑하기가) 말하는 품이 탱탱 얽어정(얽혀서) 하늘이 보이지 않을 '고지수월'(한라산의 삼림지대)에 들어도 '곧은 낭'(쭉 뻗은 나무)은 눈에 확 보이듯이 그렇게 사건을 펼쳐놓는 말솜씨에 논리가 정연했다.

"아 무사 이 ᄂᆞ물이름이 유채 아니꽈? 영어이름은….(아 왜 이

나물 이름이 유채 아니에요? 영어 이름은….)"

더는 말을 이을 사이를 주지 않고 함행선 할망이 중간으로 달려들어 그 제주몽생이 말을 낚아채었다.

"느 분명 이디 아이라고 헷주 이? 평지ᄂᆞ물 아니민 지름ᄂᆞ물 그 좋은 이름 다 내불고 무사 일본쪽바리덜 불르는 이름을 앗아당 붙염시니? 는 그것덜한티 당헌 세월이 아깝지도 안헤영 그 지긋지긋헌 것덜, 사름사농헤영 노리개 삼는 개노무 새끼덜 더러운 내음살 팡팡 나는….(너 분명 여기 아이라고 했지? 평지나물 아니면 지름나물 그 좋은 이름 다 내버리고 왜 일본 쪽발이들 부르는 이름을 가져와서 붙이니? 너는 그것들한테 당한 세월이 아깝지도 않아서 그 지긋지긋한 것들, 사람 사냥해서 노리개 삼는 개놈의 새끼들 더러운 냄새 팡팡 나는….)"

함행선 할망이 말을 마무리하지 못하고 털썩 주저앉았다. 동시에 맥을 놓고 울었다.

제주몽생이가 어쩔 줄 몰라 쩔쩔매고, 미국 것들 둘도 도무지 상황을 몰라 눈치를 살폈다.

"울지 맙서 게. 나 무시거옌 ᄀᆞᆯ아수꽈? 영 비지럽게 운민 나 어떵허랜 말이꽈! 영어로 이 ᄂᆞ물이름을 저 미국사름덜한티 말헤준거 뿐이랜 몇 번을 골아사 알아 들으쿠과?(울지 마세요. 제가 뭐라고 말했어요? 이렇게 부끄럽게 울면 저는 어떡하란 말이에요! 영어로 이 나물 이름을 저 미국 사람들한테 말해준 것뿐이라고 몇 번을 말해야 알아들으시겠어요?)"

사실 우리 제주섬에서는 평지니 지름ᄂᆞ물이니 하지만 일본뿐 아니라 세계 곳곳에서 유채(油菜)라고 한다. 단 일본 사람들

이 평지를 부를 때 '하루나'(アブラナ라고 하는데 이 이름이 유채인지는 확실하지 않다.)라고 한다 해서 뭐 달라지는 것은 없다. 그렇지만 일제강점기가 닥치고 일본말이 난무할 때도 제주섬 사람들은 유채라고 하지 않았다. 그 이름은 일본을 거쳐 섬에 들어온 게 분명하기 때문이었다.

"이 몽생이야! 느 저 사름들한티 강간이엔 허는 말, 영어로 '래이프'엔 ᄀᆞᆮ는 걸 나가 똑똑이 들었는디?(이 몽생이야! 네가 저 사람들한테 강간이라고 하는 말, 영어로 rape라고 말하는 걸 내가 똑똑히 들었는데?)"

수눌음꾼들이 또 와싹 박싹 말[言語] 돌멩이를 제주몽생이한테 일제히 던졌다.

"이 행선이 할망이 성산 단추공장에서 일본놈한티 사농 당해연 남양군도로 끌려간 해방될 때 당혜여사 '씹 주는 종년'에서 벗어낫저. 그 사실을 몰르난 느가 차마 그 말을 입에 담앗주 알앙사 어떵 이 평지ᄂᆞ물 심는 할망한티 경 ᄀᆞᆯ을 말이니?(이 행선이 할머니가 성산 단추공장에서 일본놈한테 사냥당해서 남양군도로 끌려가서 해방될 때 되어서야 '씹 주는 종년'에서 벗어났어. 그 사실을 모르니까 네가 차마 그 말을 입에 담았지 알면서는 어떻게 이 평지나물 심는 할머니한테 그렇게 할 말이니?)"

그때 남양군도의 어느 섬에서는 연합군이 점령해 들어오니 일본군은 '성노예'로 부리던 한국 여성들에게 절벽에서 떨어지든 할복을 하든 자살하라고 윽박질렀다.

행선이 할망은 죽을 생각이 눈곱만큼도 없었다.

어떻게 해서라도 살아서 제주섬에 가야 한다는 일념으로 도망갈 채비를 차리느라 바쁜 일본군 눈을 피해 진격해 들어오는 연합군인 미국군대를 향해 질주했다.

그리고는 포로 생활이 시작되었다.

그때 수도 없이 미국군인 앞에 불려가 일본군 '성노예'로 끌려가게 된 경위와 거기서 당한 사연을 말하고 또 말해야만 했다. 그럴 때마다 조사하던 미군들은,

"이 여자들 수도 없이 일본군한테 강간당했어."

라고 했다.

함행선 할망은 그 말을 기억했다. 그 먼 곳에서 한국으로 그리고 제주섬까지 가 닿으려면, 자신의 신분을 밝혀야만 한다면, 미국군인들 말로 딱 부러지게 하자. 그래서 기억했다.

"나는 일본 군인한테 사냥당하여 이제까지 강간당하면서 노예 생활을 했다."

하필 평지나물 영어 이름이 '강간'이라고 할 때의 'rape'와 왜 똑같단 말인가?

이 세상에 하고많은 언어가 다 하나의 단어로 이루어졌는데 왜?

'강간'이라는 말과 '평지ㄴ물' 이름이 영어로는 똑같다는 걸 알았더라면 함행선 할망은 그래도 그 단어를 기억했을까 모르겠다.

하늘에 오른 테우리

테우리 마씀.

옛날 옛적이, 나가 살던 ᄆᆞ슬 어귀에 미여지뱅뒤가 시작되는 테우리동산이 잇엇는디 예, 음력 칠월 열나흘 밤광 보름 새벽 어간에 백중제옌도 허는 '테우리코서'를 지냇수다.

테우리가 어떤 일 허는 사름인 것사 다 압주 예.

경헤도 몰른 사름 잇인디사 설명해 보쿠다. 쇠나 몰을 저 곶 산전이나 자왈에 탱탱 얽어진 중산간 드르에서 ᄀᆞ꾸는 일을 전문으루 허는 사름이라 마씀.

아, 예 게, 옛날사 제주섬에 살멍 쇠나 몰을 ᄀᆞ꾸와 보지 안헌 이 누게 잇수과마는 이디선 직업으루 그 일을 허는 사름만 딱 짚엉 ᄀᆞ는 겁주 마씀.

하늘에 오른 목자(牧者)

목자 말입니다.

옛날 옛적에 제가 살던 마을 어귀에 허허벌판이 시작되는 목자동산이 있었는데요, 음력 칠월 열나흘 밤과 보름 새벽 어간에 백중제(伯仲祭)라고도 하는 목자제사를 지냈습니다.

목자가 어떤 일을 하는 사람인 거야 다 아시죠.

그래도 모른 사람이 있을까 봐 설명해 보겠습니다. 소나 말[馬)]을 저 산속 깊숙한 밀림지대나 잡목과 청미래덩굴과 찔레 등이 돌무지와 어우러진 들에 빼곡하게 얽어진 중산간 들판에서 가꾸는 일을 전문으로 하는 사람입니다.

아, 그렇습니다, 옛날에야 제주섬에 살면서 소나 말을 가꿔 보지 않은 이 누구 있습니까마는 여기에서는 직업으로 그 일을 하는 사람만 딱 짚어서 말하는 겁니다.

테우리는 제주섬이서 아주 오래된 직업이라 마씀.

테우리를 한자로 쓰민 목자랜 헙디다. 언어학자 ᄀᆞ튼 사름덜은 거 무신거냐, 몽골 중세 언어에 뿌리를 박은 '모으다'에서 유래헌 말이옌도 헤여 예.

우리가 경 원불휘를 캐멍 유식헐 필요는 엇인 것 닮안에 그냥 ᄉᆞᆯ째기 넘어가쿠다마는, 제주섬에 태를 사른 테우리를 경 단순헌 의미로만은 말을 ᄀᆞᆮ기가 쉽지 안헌 이유가 잇수다.

무사냐 허민 테우리옌 허는 직업이, 우리 탐라가 고려에 속헤분 이래루 국가가 공인헌 국가기능직 공무원이어시난 말이우다.

그 시절에 우리나라에 국가가 인정헌 직업이 멧 개나 잇엇일거 ᄀᆞ트우꽈?

목쉬여, 갖바치여, 바농질아치여, 불미쟁이여, 피쟁이여, 뱃사공이여… 영 세어 보민 제법 있는 거 닮아도 그 수가 스무나문개도 되질 안헷수다.

또 육지광 제주를 나란히 놩 ᄀᆞᆮ지 못헐 헹펜이 뭔구 허난 목쉬, 불미쟁이, 사공, 보제기, 잠수, 테우리 말곤 전문 직업이옌헌 게 엇이 누게나 다 살아가는 일을 헐 줄 알아시난 말이우다.

허기사 조공품을 생산허던 갓모자 공예가덜도 잇엇수다 예.

목자는 제주섬에서
아주 오래된 직업입니다.

'테우리'를 한자(漢字)로 쓰면 목자(牧者)라고 합니다. 언어학자 같은 이들은 거 무엇인가, 몽골 중세 언어에 뿌리를 둔 '모스다'에서 유래한 말[言語]이라고도 합니다.

우리가 그렇게 원뿌리를 캐면서 유식할 필요는 없는 것 같아서 그냥 슬그머니 넘어가려고 합니다만, 제주섬 태생인 목자를 그렇게 단순한 의미로만은 설명하기가 쉽지 않은 이유가 있습니다.

왜냐하면 목자라는 직업이, 우리 탐라(耽羅)가 고려(高麗)의 속국이 된 이래로 국가가 공인한 국가기능직 공무원이었으니까 말입니다.

그 시절에 우리나라에 국가가 인정한 직업이 몇 개나 있었을 것 같으세요?

목수(木手)니, 갖바치[皮鞋匠人]니, 바느질 장인(匠人)이니, 대장장이니, 백정이니, 뱃사공이니… 이렇게 세어 보면 제법 있는 것 같아도 그 수가 스무남은 개도 되지 않았습니다.

또 육지와 제주를 나란히 놓고 말하지 못할 형편이 뭔고 하니 목수, 대장장이, 뱃사공, 어부, 잠수(潛嫂; 해녀), 목자 말고는 전문 직업이라고 한 게 없이 누구나 다 살아가는 일을 할 줄 알았으니까 말입니다.

하기야 조공품을 생산하던 갓모자 공예가들도 있었습니다.

조정에 진상허는 물품을 생산허곡 관리허는 사름을 다 전문 직업인으루 계산헤시냐 허민 그건 아니었던 것 닮아 예.

그 근거 하나 대어 보카 마씀? 조선시대에는 귤도 중요헌 진상 품목이어신디 그 농사에 종사허는 농부하니덜을 전문 직업인으루 치지 안헷던 게 확실헤여 예.

귤원은 관리헌 흔적이 문세 닮은 걸루 더러 잇수다마는 그 농사를 짓던 사름덜에 대헌 언급은 벨루 엇인 것이 그 증거우다.

귤낭 죽인 귤밭 주인을 문책헌 거 말곤 관련 문세가 엇이난 영 짐작허는 겁주.

공식적으루만 보민 제주섬에는 조정에 납부허는 조공품목이 잇어그네, 메역 ᄌᆞ무는 잠수, 생북 잡는 포작배, ᄆᆞ쉬 담당헌 테우리, 배 맨드는 목쉬, 경 허곡 이러헌 사름덜이 생산헤낸 물품을 배에 실어 날라 댕기는 뱃사공, 영 멧 손가락을 꼽는 이덜은 국가가 안을 맨들아그네 관리를 철저허게 헷다고 볼 수 잇입주.

그러헌 전문가덜 가운디서도 테우리엔 헌 직업에 종사허는 사름덜은 ᄆᆞ쉬나 관리허는 차원을 넘어산 사름덜이 된 유일헌 경우라 마씀.

조정(朝廷)에 진상(進上)하는 물품을 생산하고 또 관리하는 사람을 다 전문 직업인으로 계산했느냐 하면 그건 아니었던 것 같습니다.

그 근거를 하나 대어 볼까요? 조선시대에는 귤도 중요한 진상 품목이었는데 그 농사에 종사하는 농부들을 전문 직업인으로 치지 않았던 게 확실합니다.

귤원은 관리한 흔적이 문서 같은 걸로 더러 있습니다만 그 농사를 짓던 사람들에 대한 언급은 별로 없는 것이 그 증거입니다.

귤나무를 죽인 귤밭 주인을 문책한 거 말고는 관련 문서가 없으니까 이렇게 짐작하는 겁니다.

공식적으로만 보면 제주섬에는 조정에 납부하는 조공품목이 있어서, 물질하여 미역을 생산하는 잠수(潛嫂), 생복(生鰒; 전복) 잡는 포작배(鰒作輩), 마소의 무리를 담당한 목자, 배 만드는 목수, 그리고 또 이러한 사람들이 생산해낸 물품을 배에 실어 날라 다니는 뱃사공, 이렇게 몇 손가락을 꼽는 이들은 국가가 안[案; 종사하는 사람 관리대장]을 만들어서 관리를 철저하게 했다고 볼 수 있습니다.

그런 전문가들 가운데서도 목자라는 직업에 종사하는 사람들은 마소나 관리하는 차원을 넘어선 사람들이 된 유일한 경우입니다.

경헤도 테우리는 세경신 중에 하세경입주.

아, '세경본풀이'에 등장허는 그 요망진 예ᄌ 잇잖우꽈, '상세경' 자청비 마씀.

그 예ᄌ네 집이서 일을 도부족 허던 장남인 '정이어신 정수남'이가 테우리 원 조상이옌 골아사 헐건가? 그 신화에 분명허게, ᄆ쉬덜 관장허는 '하세경'으루 분부받아시난 예.

아이구 참말로사, 세경본[2] 푸는 거 ᄀ만이 듣당 보민 하도 재미졍 웃음이 절루 나구말구… '정이어신 정수남'이가 하님 주제에 그 상전되는 자청비를 넘봐시난 예.

이 시대에 살아시민 당장 성추행범으루 잽혀가실 거우다마는 그때사 그 헤댕기는 꼴이 웃으완 밉게 보질 안헤신가, 이것사 원, 누게가 골은대로 '다정도 벵이여' 굿인 짓거리 헌건 오꼿 잊어불곡 배 두드리멍 웃으난 마씀.

그 시절 테우리는 드르에서 ᄆ쉬허고만 사난 게, 어디 사름 시늉을 잘 헤여 져실 것과, 산도채비왕 한가지엿일테주 마씀.

그 서양신화 잇잖우꽈 무사, 우리가 그냥 '그리스·로마신화'옌 허는거 예. 그디도 '판'이옌 허는 목축신이 등장허는디, '정이어신 정수남'이광 똑 닮앗수다.

그래도 목자는 세경신(世經神) 중에 하세경(下世經)입니다.

아, '세경본풀이'에 등장하는 그 똑똑한 여자 있잖아요, '상세경' 자청비 말입니다.

그 여자네 집에서 일을 거들던 머슴인 '정이어신 정수남'이가 목자의 원 조상이라고 말해야 할까? 그 신화에 분명하게, 마소를 관장하는 '하세경'으로 분부받았으니까요.

아이고 참말이지, '세경본' 푸는 거 가만히 듣다 보면 너무 재미있어서 웃음이 절로 나고말고… '정이어신 정수남'이가 하인 주제에 그 상전 되는 자청비를 넘봤으니까 말예요.

이 시대에 살았다면 당장 성추행범으로 잡혀갔을 겁니다만 그때야 그 하고 다니는 꼴이 우스워서 밉게 보질 않았는지, 이거야 원, 누군가가 말한 대로 '다정도 병이여' 궂은 짓거리 한 것은 그만 잊어버리고 배 두드리면서 웃으니까요.

그 시절 목자는 들판에서 마소하고만 살았으니까, 어디 사람 시늉을 잘 할 수 있었겠습니까, 산도깨비나 매한가지였을 겁니다.

그 서양신화 있잖아요 왜, 우리가 그냥 '그리스·로마신화'라고 하는 거요. 거기에도 '판'(pan; 파우누스, 그리스어는 Πάνας)이라고 하는 목축신이 등장하는데, '정이어신 정수남'이와 꼭 닮았습니다.

테우리직도

벼슬이 되고말고 마씀 게.

역사적으루 봥사 게, 테우리 중에 테우리 저 김만일 같은 사름덜… 조선시대에 김만일은 좋은 물을 하영 진상허난 그 공으루 국가가 헌마공신이옌 예우햇댄 마씀.

경허난 대대손손이 상테우리로 자리를 잡안 감목관이라 허는 베슬자리를 맡아 놘 조선조가 문 닫는 그날ᄁᆞ지 그 자릴 누렷댄 허는 것사 우리가 다 아는 거 아니꽈 무사.

테우리 불휘가 원나라라 마씀?

아니우다.

제주섬이 국가가 정해놓은 테우리 본고장이 된 사연을 곧젠 허민 저 고려적으루 말머리를 돌려얍주.

고려시대부터 나라가 제주섬을 국마장으루 쓰기 시작헤신디, 저 원나라 관리덜이 제주섬을 봐그네 그냥 한눈에 반헤연 환장을 햇댄덜 무사 곧지 안 헙니까 예.

그게 무신 말인고 허난, 원나라 관리덜이 제주엘 완 보난, 아! 이건 뭐, 미여지뱅뒤에 봉긋봉긋 솟은 오름 허멍 또 '할로영산 영주산' 짚은 디 보민 자왈이멍 풀 좋은 뱅뒤가 번번허게 널어진 거라 마씀.

목자직도
벼슬이 되고말고요.

역사적으로 봐야 뭐, 목자 중의 목자 저 김만일 같은 사람들… 조선시대에 김만일은 좋은 말[馬]을 많이 진상하니까 그 공으로 국가가 헌마공신(獻馬功臣)이라고 하여 예우하였다고 합니다.

그렇게 하여 대대손손(代代孫孫)이 상목자(上牧者; 목자의 우두머리)로 자리를 잡아서 감목관(監牧官)이라고 하는 벼슬자리를 맡아 놓고 조선조가 문 닫는 그날까지 그 자리를 누렸다 하는 거야 우리가 다 아는 거 아닙니까 왜.

목자의 뿌리가 원(元)나라라고요?
아닙니다.

제주섬이 국가가 정해놓은 목자의 본향이 된 사연을 말하려면 저 고려적으로 화두(話頭)를 돌려야 합니다.

고려시대부터 나라가 제주섬을 국마장(國馬場)으로 쓰기 시작하였는데, 저 원(元)나라 관리들이 제주섬을 보고는 그냥 한눈에 반해서 환장을 했다고들 왜 말하지 않습니까.

그게 무슨 말인고 하니, 원나라 관리들이 제주에 와서 보니까, 아! 이건 뭐, 허허벌판에 봉긋봉긋 솟은 오름 하며 또 한라산 깊은 데 보면 덤불이며 풀 좋은 벌판이 질펀하게 널려 있는 겁니다.

목장으룬 이보다 더 좋은 땅이 이 지구상에 어디 또 엇다! 영 감격헌 그 사름덜이 이 섬으루 몽생이뿐 아니고 낙타도 들여왓댄 헙디다. 흰낙타 마씀, 몽골사름덜이 '차강티메'엔 부르는 종자말이우다. 그것도 그때 들여왓엇댄 헙디다. 처음 보는 낙타 그것도 털 색깔이 희영허난 사름덜이 막 구경허젠 몰려들엇댄 마씀.

그때 제주섬에 설치헌 챗 목장이 지금 제주시 애월 근방 수산평광 서귀포시 성산 근방에 붙은 수산평 두 곳이엇입주.

그 시절부터 ᄆᆞ쇠를 '놔 멕일 때' 무리 짓는 걸 놓 '둔 무었다' 영 몽골식인지는 몰르주마는 ᄀᆞᆯ았댄 헙디다.

정말로 무리를 두고 '둔'이엔 허는 한자 문화권에서 그 용어가 유입된 건 맞아 뵈우다.

원나라는 그때로부터 제주섬을 꼭 한 세기 동안 직할을 헷수게.

직할통치 허는 내내 원나라 관리덜이 막 악정을 허곡 민간을 상대루 약탈허곡 예ᄌᆞ만 보였다 허민 겁탈허곡… 이제 생각해도 니가 박박 ᄀᆞᆯ아져 마씀.

예를 하나 들어보쿠다. 그 원나라 족속덜이 제주섬 부녀자덜 겁탈허는 걸 저 드르에 가당 탈 타 먹듯 헷댄 마씀.

오죽헷이민 경 당헌 여자가 스스로 목숨을 끈치난 동네사름덜이 비석을 세와신디 그디 사연을 ᄍᆞᄍᆞᆽ이 다 새겨놓으난 이제

목장으로는 이보다 더 좋은 땅이 이 지구상에 어디 또 없다! 이렇게 감격한 그 사람들이 이 섬으로 조랑말뿐 아니고 낙타도 들여왔다고 합니다. 흰낙타 있잖아요, 몽골사람들이 '차강티메'라고 부르는 종자요. 그것도 그때 들여왔었다고 합니다. 처음 보는 낙타 그것도 털 색깔이 하야니까 사람들이 막 구경하려고 몰려들었다고 합니다.

그때 제주섬에 설치한 첫 목장이 지금 제주시 애월 근처 수산리 평원과 서귀포시 성산 근방에 연이어진 수산리 평원 두 곳이었답니다.

그 시절부터 마소를 방목할 때 무리 짓는 것을 두고 '둔(屯)무었다' 이렇게 몽골식인지는 모르지만 말하였다고 합니다.

정말로 무리를 두고 '둔'이라고 하는 한자 문화권에서 그 용어가 유입된 건 맞아 보입니다.

원나라는 그때로부터 제주섬을 꼬박 1세기 동안 직할을 했습니다.

직할통치 하는 내내 원나라 관리들이 마구 악정(惡政)을 하고 또 민간인을 상대로 약탈하거나 여자만 보였다 하면 겁탈하고… 이제 생각해도 이가 마구 갈립니다.

예를 하나 들어보겠습니다. 그 원나라 족속들이 제주섬 부녀자들 겁탈하는 걸 저 들에 가다가 산딸기를 따 먹듯이 그렇게 했다고 합니다.

오죽했으면 그렇게 당한 여자가 스스로 목숨을 끊으니 동네 사람들이 비석을 세웠는데 거기에 사연을 자세하게 다 새겨 놓

두 직접 보곡 읽어집니께게.

경 사름이 못헐 짓을 예사로 헤 가난 제주사름덜은 입모둠을 헌 것이, 이제도 사름 닮지 안헌 놈한티 궂인 소릴 헐 때는, “저 몽고 놈…”, 그 욕으루두 부족헌, 영 골으민 헤도 세상이 살아봣자 험헌 짓 백이는 안허는 놈한틴, “저 몽고 놈 좆으루 맨들아분 놈…” 허멍 노골적으루두 욕을 허게 된 거우다, 그 역사를 닮아 보민 마씀.

오죽 그 사름덜 폐해가 커시민 ‘황금을 보기를 돌 같이 하라.’ 영 가르친 최영 장군이 멧 달썩 걸려도 꼭 가야 헌댄 우겨대견 제주섬으루 군사덜을 ᄃᆞ랑 왕 서귀포 앞 바당이 떵 잇인 섶섬에 들어강 저항허는 그 원나라 관리덜을 쫓아가그네 섬멸헤시쿠과!

테우리는 조선조 내내
공무원이엇수다.

제주섬광 테우리 역ᄉᆞ는 조선조가 들어사멍 더 험헤젓댄 헙니다. 그노무 국마장 십이소장을 맨들라 영 멩령을 조정이서 ᄂᆞ려 보내난 제주 사름 다 동원헤연 목장마다 ᄏᆞ찡허게 한일 자로 돌담을 다완 제주 토종 쇠 있지 안허꽈 무사, ‘감은쇠’, ‘휘우돌이 황밭갈쇠[3]’만 외우는 목장도 또 이디 저디 맨들아서 마씀.

먹고살아갈 도리도 마련헤주지 안허멍 게나저나 그 테우리으니 이제도 직접 보고 읽을 수 있습니다.

그렇게 사람이 못할 짓을 예사로 하니 제주 사람들이 입을 모은 말이, 이제도 사람 도리를 하지 않는 놈에게 궂은 말을 할 때는, "저 몽고 놈…", 그 욕으로도 부족한, 이렇게 말하면 그렇지만 세상에 살아봤자 험한 짓 외에는 하지 못하는 놈에게는, "저 몽고 놈 좆으로 만들어버린 놈…" 하면서 노골적으로도 욕을 하게 된 거예요, 그 역사를 더듬어 보면 말예요.

오죽 그 사람들 폐해가 컸으면 '황금을 보기를 돌 같이 하라.' 이렇게 가르친 최영 장군이 몇 달씩 걸려도 꼭 가야 한다고 우겨대면서 제주섬으로 군사들을 데리고 와서 서귀포 앞바다에 떠 있는 섶섬에 들어가서 저항하는 그 원나라 관리들을 쫓아가서 섬멸했을까요!

목자는 조선조 내내
공무원이었습니다.

제주섬과 목자의 역사는 조선조가 시작되면서 더 험해졌다고 합니다. 그놈의 국마장 십이소장(國馬場 二十所場)을 조성하라 이렇게 명령을 조정(朝政)에서 내려 보내니 제주 사람 다 동원하여 목장마다 똑바르게 한일(一) 자로 돌담을 쌓아서 제주 토종소 있잖아요 왜, 검은 소, '휘우돌이황밭갈소'만 울타리를 쳐서 가두는 목장도 또 여기저기 만들었습니다.

먹고살아갈 길도 마련해주지 않으면서 이러나저러나 그 목

노릇을 헤여그네 ᄆᆞ쉬덜을 '난 자국'에 오고생이 키왕 조정에 바치랜 허난 그 역경이 어떵헤시쿠과! 이루 다 말로 골을 수가 엇엇댄 어른덜은 예왁 삼아 이제도 곧습니다.

경허난 테우리 직을 맡으라! 영 국명이 ᄂᆞ려 오민 제주 소나이덜이 지냥으루 지 몸을 벵신도 맨들아불곡 경허당도 벨 수가 엇이민 육지루, 저디 외국으루 돌아나불곡 헤십주.

1700년경부터는 "국마장 모롱이 쪽이 콩이나 모물 따위 농사를 지엉 먹으라." 영 대책을 세완 제주레 노려 보냇댄 헙디다. 그것이 테우리 품삯이옌 허는 '팔량전'이라 마씀.

철철이 그 철에 안 쓰는 국마장 모롱이에 가시낭 끈쳐다그네 빙 에왕 ᄆᆞ쉬덜 달아나지 못허게 우잣을 둘른 다음에 그 쏘급더레 ᄆᆞ쉬를 몰아다 놩 밤새 분뇨를 받주 마씀.

그 다음인 '따비'멍 '갈래죽'이멍 그런 걸로 대충 땅을 갈아엎어그네 그디 씨 뿌령 놔 두민 때가 되민 예, 곡석이 여물 거 아니우꽈. 경 헌 후제 거두와 들영 양석을 헷댄 전해져 옵니다 게.

팔량전은 순전히 영 단순허게 메와진 테우리 품삯이엇수다.

다시 도시리민 국마장 ᄆᆞ쉬덜을 책임지는 테우리로 제주 소나이덜이 지정된 후제로는 국가가 인정헌 제주섬 땅에서 쳇 직업인이 탄생을 헌 겁주.

경허주마는 그 때문에 우리 제주사름덜이 또 무지막지허게 고생허곡 핍박을 받으난, 못헐 소리우다마는, 국마장 테우리루 낙점되민 다리몽뎅일 모딘 마께멍 뭐 손에 심어지는 걸로, 제 손자 노릇을 해서 마소들을 태어난 그대로 온전하게 키워서 조정에 바치라고 하니 그 역경이 어땠겠어요! 이루 다 말[言語]로 할 수 없었다고 어른들은 옛이야기 삼아 이제도 말합니다.

그러니까 목자 직을 맡아라! 이렇게 국명(國命)이 내려오면 제주 사나이들이 스스로 제 몸을 병신도 만들어버리고 또 그렇게 하다가도 별 수가 없으면 육지로, 저 외국으로 도망가 버렸죠.

1700년 즈음부터는 "국마장 구석 쪽에 콩이나 메밀 따위 농사를 지어서 먹어라." 이렇게 대책을 세워서 제주로 내려 보냈다고 합니다. 그것이 목자 품삯이라고 하는 '팔랑전'입니다.

철철이 그 철에 쓰지 않는 국마장 구석에 가시나무를 끊어다가 빙 에워서 가축들이 달아나지 못하게 울타리를 두른 다음에 그 안으로 가축을 몰아넣고 밤새 분뇨를 받습니다.

그다음에는 '따비'랑 삽이랑 그런 걸로 대충 땅을 갈아엎어서 거기에 씨를 뿌려 두면 때가 되면 있잖아요, 곡식(穀食)이 여물지 않겠어요. 그런 후에 수확해서 양식을 했다고 전해져 옵니다.

팔랑전은 순전히 이렇게 단순하게 책정된 목자의 품삯이었습니다.

다시 되풀이하여 말하면 국마장 가축들을 책임지는 목자로 제주 사나이들이 지정된 이후로는 국가가 인정한 제주섬 땅에서 첫 직업인이 탄생을 한 거예요.

그렇더라도 그 때문에 우리 제주 사람들이 또 무지막지하게 고생하고 핍박을 받으니까, 못할 소리입니다마는, 국마장 목자로 낙점되면 다리몽둥이를 단단한 방망이며 뭐 손에 쥐어지는

으루 바싹 무사그네 절름뱅이를 일부러 맨드는 그 심정, 제주사름 심정이 어떵헤신구, 이제 생각해두 가슴이 멍멍헤져 예.

경 역사적으루는 고생을 헷주마는 그 테우리덜 고난 덕에 제주물이 오널날꾸지도 각광을 받게 된 거주 마씀.

테우리가 아니라도 제주 사름은 다 압니다.

제주물 허민 콩방울 닮아그네 족주마는 영리허곡 지구력 있곡 허난, '몽생이' 허민 똑똑헌 제주사름 대명사가 된 거 아니우꽈!

참말로사, 테우리는 이제도 몽생이에 대헌 건 몰르는 게 엇인 전문가우다.

테우리덜이 좋고 구진 몽생이를 색깔루다 등급을 매경 구분허는 거, 골아보카 마씀?

일등품은 흑색 '가라물', 진흑색이민 '먹가라', 다갈색이민 '츄가라'옌 허곡, 몸은 적갈색이고 갈기 허곡 총은 흑색인 '졸유마'가 잇고 예.

이등품은 흑색광 백색이 섞어졍 푸른빛이 짙게 도는 '청총매'가 잇고.

또, 붉은 색깔 나는 '적다물', 색깔이 막 붉엉 진허민 '고치적다', 약간 색깔이 바래시민 '초적다', '고치적다'엔 허곡 '초적다'

걸로, 제 손으로 바싹 부러뜨려서 절름발이를 일부러 만드는 그 심정, 제주 사람 심정이 어땠는지, 이제 생각해도 가슴이 멍멍해집니다.

그렇게 역사적으로는 고생을 했지만 그 목자들 고난 덕에 제주마(濟州馬)가 오늘날까지도 각광을 받게 된 겁니다.

목자가 아니라도
제주 사람은 다 압니다.

제주마[濟州馬] 하면 콩방울 닮아서 작지만 영리하고 또 지구력 있고 하니까 '몽생이' 하면 똑똑한 제주 사람 대명사가 된 거 아니겠습니까!

정말로, 목자는 이제도 조랑말에 대한 건 모르는 게 없는 전문가입니다.

목자들이 좋고 궂은 조랑말을 색깔로 등급을 매기고 구분하는 거, 말해볼까요?

일등품은 흑색 '가라말', 진흑색이면 '먹가라', 다갈색이면 '츄가라'라고 하고, 몸은 적갈색이고 갈기하고 총은 흑색인 '졸유마'가 있고요.

이등품은 흑색과 백색이 섞여서 푸른빛이 짙게 도는 '청초마'가 있고.

또, 붉은 색깔 나는 '적다말', 색깔이 막 붉어서 진하면 '고치적다', 약간 색깔이 바래면 '초적다', '고치적다'라고 하고 '초적

중간색이민 '구렁적다'옌 헤영 삼등품 마씀.

ᄉ등품에는 흑색 반점이 잇인 '올라몰'이 잇인디 검은 반점만 찍어진 건 '감은올라'고 황색 반점이 찍어져시민 '노린올라'옌 헙니다.

또 오등품이 잇입주, 흑갈색 '감은유마' 허곡 황갈색 '부인유마' 마씀.

육등품은 의외라 예, 사름덜이 '백몰'을 좋아허주마는 등급은 영 늦수다.

칠등품도 잇어 마씀, 회색깔 터럭인 '고라몰'입주.

경허곡 최하등품은 각 다리 우에가 백색인 '거을몰'이우다.

등품이 늦은 몽생이덜은 성깔도 고약허댄 헙니께.

테우리 아닌
나한티도 잇엇수다.

나두 두린아이 적에 몽생이 한 마리 잇어신디 예, 청총매랏수다. 족아도 참말로 영리헷주 마씀.

눈이 담뿍 묻어도 나 몽생이는 나가 여물을 주어신디 예, 나가 몸이 하도 부실헤연 하늬바람 살에 그냥 날아날 것 ᄀ타십주. 경헤도 때 되민 아바지 갈적삼 둘러썽 그 몰 매어논 밭디 강 촐광 줄노리를 주민… 아, 이제도 잊어불 수가 엇입니께, 날 보던 그 선량헌 눈빛, 또 히힝~ 날 아노랜 말을 곧는 거라 예. 코 존둥

다'의 중간색이면 '구렁적다'라고 해서 삼등품입니다.

사등품에는 흑색 반점이 있는 '올라말'이 있는데 검은 반점만 찍어진 건 '감은올라'고 황색 반점이 찍어져 있으면 '노린올라'라고 합니다.

또 오등품이 있습니다, 흑갈색인 '감은유마'하고 황갈색인 '부인유마'예요.

육등품은 의외인데요, 사람들이 '백마(白馬)'를 좋아하지만 등급은 이렇게 낮습니다.

칠등품도 있어요, 회색 터럭이면 '고라말'입니다.

그리고 최하등품은 각 다리 위가 백색인 '거을말'입니다.

등품이 낮은 조랑말들은 성깔도 고약하다고 합니다.

목자가 아닌
나에게도 있었습니다.

나도 어린아이 시절에 조랑말 한 마리가 있었는데요, 청총마였습니다. 작아도 정말로 영리했습니다.

눈[雪]이 담뿍 묻어도 내 조랑말은 내가 여물을 주었는데요, 내가 몸이 하도 부실하니까 하늬바람 결에 그냥 날아갈 것만 같았어요. 그래도 때 되면 아버지 갈적삼(갈물 들인 적삼)을 둘러쓰고 그 말을 매어놓은 밭에 가서 꼴과 지네보리를 주면… 아, 지금도 잊어버릴 수가 없습니다, 나를 보던 그 선량한 눈[目]빛, 또 히힝~ 나를 알고 있노라고 말을 하는 거예요. 콧잔등을 살살 쓰을 살살 씰어 주민 경 좋앙…….

나한틴 성제나 다름 엇인 벗이난 그 몽생이가 의리 하나는 대단헤십주. 다른 사름이 촐 주레 가민 봐랜 체도 안 허곡, 그뿐이 엇이민 말을 안 협주 마씀, '에이 씨발 것' 허듯이 발로 차 불곡… 말 몰른 짐승이라도 참말로 영특헷수다.

경헌디, 아명 생각해도 그 몽생이가 어떵헤영 나 옆이서 엇어져신디 몰라 마씀 게. 나가 ᄒᆞ끔만 해도 잘 아파신디 그때도 하영 아파그네 어디 벵완이 간 사이에 우리 아바지가 어떵 처분을 헤실 거우다. 아니민 우리덜이 학교 따문에 성안으루 서울루 집 떠난 살단 보난 나가 그 몽생일 잊어분 것도 닮수다.

테우리가 아닌
보제기가 예.

아이구, 오널도 서설이 영 지러젼 미안허우다.

테우리 예왁허젠 허민 누겔 막론허고 다 영 말발이 질어질 수 벳긔 엇수다 게.

나가 ᄒᆞ끔 철 들만 허난 무사 경 눈에 뵈우는 세상이 이상헷던고 마씀, 우리 아바지는 조실부모헌 대신 키와준 손 우윗 누님네를 부믜추룩 모셧수다.

당연지사, 보제기로 바당을 땅 삼앙 동서남해에 도채비 닮은 것사 저레 거려밀려불멍 배질헤영 댕기당도 예, 버치민 태풍에 다 배를 턱 앚져 놩 정처 엇이 그 바람에 불려그네 이어도 해역 다듬어 주면 그렇게 좋아서…….

나에게는 형제나 다름없는 벗이니까 그 조랑말이 의리 하나는 대단했습니다. 다른 사람이 꼴을 주러 가면 본 척도 하지 않고, 그뿐이었으면 말을 하지 않죠, '에이 씨발 것' 하듯이 발로 차 버리고… 말 모른 짐승이라도 정말로 영특했습니다.

그런데, 아무리 생각해도 그 조랑말이 어떻게 해서 내 옆에서 없어졌는지 몰라요. 내가 조금만 해도 잘 아팠는데 그때도 많이 아파서 어디 병원에 간 사이에 우리 아버지가 어떻게 처분을 했을 겁니다. 아니면 우리들이 학교 때문에 제주시로 서울로 집 떠나서 살아가다 보니 내가 그 조랑말을 잊어버린 것도 같고요.

목자가 아닌
어부가요.

아이고, 오늘도 서설(序說)이 이렇게 길어져서 미안합니다.

목자 이야기를 하려고 하면 누구를 막론하고 다 이렇게 말[言語]발이 길어질 수밖에 없습니다.

제가 조금 철들만 하니까 왜 그렇게 눈에 보이는 세상이 이상했었는지 말예요, 우리 아버지는 조실부모한 대신 키워준 손위 누님네를 부모처럼 모셨어요.

당연지사(當然之事), 어부로 바다를 땅 삼아 동서남해에 도깨비 같은 거야 저리 쓰러뜨려 버리면서 배질하며 다니다가도, 버거우면 태풍에다 배를 턱 앉혀 놓고 정처 없이 그 바람에 불려

넘엉 타이완으루 베트남으루 후리쳐 댕기난 유별난 괴기덜 어디 사는 디도 훤허게 알았댄 헙니다.

경 돌아 댕기당도 귀헌 바당괴기 잡아지민, 우리 아바지 말대로 이래 욍기민, 집이 이신 우리 똘덜 '설룬애기덜'광 누님덜을 생각헤져랜 헙디다. 돍개나 저릲이멍 귀헌 괴기 잡아지민 아바지는 억만금을 준댄 헤도 팔지 안헷수다.

우리덜이 먹을 거 덜어놔뒁 어떤 날은 청산 사는 족은 누님네 아사[4] 가라, 어떤 날은 성안 정의사[5] 선싱님네 아사 가라, 부름씨를 허게 허난 집이 있인 사름덜이 그 벨난 거 잡아오는 걸 술째기 굿영 헷수 게.

경 헌 줄도 몰르곡 우리 아바진 혼자 신나그네 예, 저 멀찍이 개맡드레 뱃머리를 돌려 놩 배질헤 오멍 막 고동을 빠앙~빵~ 부는 거라 마씀.

아바지 뱃고동 부는 소리만 들어도 우리 동네 사름덜은 저 보제기가 어떤 괴기를 잡앙 왐저, 짐작을 헷일 정도여시난 예.

우리 집이선 아바지가 뱃고동을 신나게 불어제쳐도 확 일어상 개맡드레 돋는 식구가 엇엇수다.

어떵허당 나나 개날에 흔 번 쇠날에 흔 번 조왁조왁 걸어 감시민, 개맡드레 가던 사름덜 중에 흔 사름은 꼭 업어다 주는 거라 마씀.

"이디 족은 년 업엉 왓수다."

영 외울루민 우리 아바지는 하도 좋아그네 강낭대축 맨치록 이어도 해역 넘어서 타이완으로 베트남으로 훑어 다니니까 유별난 바닷고기들이 어디 사는지도 훤하게 알았다고 합니다.

그렇게 돌아다니다가도 귀한 바닷고기 잡으면, 우리 아버지 말대로 이리 옮기면, 집에 있는 우리 딸들 '서글픈 아가들'과 누님들을 생각하게 되더라고 합디다. 랍스터(돎개; Lobster의 일종)나 재방어 같은 귀한 고기를 잡으면 아버지는 억만금을 준다고 해도 팔지 않았습니다.

우리들이 먹을 것을 덜어놓고는 어떤 날은 청산(지금의 성산포) 사는 작은 누님네 가져가라, 어떤 날은 성안(지금의 제주시) 정의사 선생님네 가져가라, 심부름을 하게 하니 집에 있는 사람들이 그 별난 거 잡아오는 걸 살짝 싫어했답니다.

그런 줄도 모르고 우리 아버지는 혼자 신나서요, 저 멀찍이 포구로 뱃머리를 돌려놓고 배질해 오면서 마구 고동을 빠앙~ 빵~ 부는 거예요.

아버지 뱃고동 부는 소리만 들어도 우리 동네 사람들은 저 어부가 어떤 바닷고기를 잡아 오는지, 심삭을 했을 정도였답니다

우리 집에서는 아버지가 뱃고동을 신나게 불어 젖혀도 얼른 일어서서 포구로 내달리는 식구가 없었습니다.

어쩌다 제가 개날에 한 번 소날에 한 번 조심조심 걸어가고 있으면, 포구로 가던 사람들 중에 한 사람은 꼭 업어다 주는 거예요.

"여기 작은 딸 업어 왔습니다."

이렇게 소리치면 우리 아버지는 하도 좋아서 옥수수와 마찬

ᄏᆞ찡헌 니빨을 들렁 허덩싹 웃으멍 나를 개맡디 업어다 준 그 사름한티,

"무신 괴기 주카?"

허멍, 젤루 귀헌 괴기를 확 대껴주는 거라 예.

우리 아바지만 ᄒᆞᆫ 기분파가 그때 우리 ᄆᆞ슬에는 엇어십주.

만선을 헹 개맡디로 들어왕 경 인심을 써도 아바지가 분명히 곱져 논 거 더 있는 걸 우리는 알앗수다.

배에서 꼴등으루 ᄂᆞ리는 아바지 ᄂᆞᆾ만 봐도 아바지 '바릇구덕'[6]에서 청산고모네로 고성고모네로 아사 갈 괴기가 잇인가 엇인가 알아져서 마씀 게.

테우리 말고
우리 큰성 말이우다.

아바지가 귀헌 괴기 하영 잡앙 오민 젤루 그거 궂어 허는 사름이 우리 큰성이엇수다.

그때사 게, 바당괴기 신선도 유지허는 건 순전히 재게 먹는 거, 소금 짭쪼름허게 헤영 잘 말리는 거벳긔 엇엇수다.

경허난 아바지가 집이 왕 바릇구덕 부려놩 우리 먹을 거, 청산고모네, 고성고모네 아사갈 거, 경 곱갈라 놓으민 큰성이 그걸 날라십주.

우리 집이서 고성고모네집 거리는 두 참이고 예, 청산고모네 집은 세 참이 아슥 넘엇수다.

가지로 가지런한 이가 보일 만큼 벌쭉 웃으면서 나를 포구에 업어다 준 그 사람에게,

"무슨 생선을 줄까?"

하면서, 제일 귀한 생선을 확 던져주는 거예요.

우리 아버지만 한 기분파가 그때 우리 마을에는 없었죠.

만선(滿船)을 하여 포구로 들어와서 그렇게 인심을 써도 아버지가 분명히 숨겨놓은 게 더 있는 걸 우리는 알았습니다.

배에서 꼴등으로 내리는 아버지 얼굴만 봐도 아버지 '바릇구덕'에서 청산고모네로 고성고모네로 가져갈 바닷고기가 있는지 없는지 알 수 있었답니다.

목자 말고
우리 큰언니 말입니다.

아버지가 귀한 생선을 많이 잡아 오면 제일 싫어하는 사람이 우리 큰언니였습니다.

그때야 뭐, 생선의 신선도를 유지하는 건 순전히 빨리 먹는 거, 소금을 짭조름하게 해서 잘 말리는 것밖에는 없었습니다.

그러니까 아버지는 집에 와서 '바릇구덕'을 내려놓고는 우리 먹을 것, 성산포고모네, 고성리고모네 가져갈 것, 그렇게 구별해 놓으면 큰언니가 그걸 가져갔죠.

우리 집에서 고성리고모네 집 거리는 두 참이고, 성산포고모네 집은 세 참이 조금 넘었어요.

냉중에 큰성한티서 들은 소리우다마는 큰성이 일곱 살 되던 해부터 고모네덜한티 바당괴기 배달을 헷댄 마씀. 그 두린 아이가 두 집 몫 바당괴기를 몽생이에 질매 매왕 등짐 지와 주민 몽생이에 맨 녹대 잡앙 이꺼그네 날라 간겁주 게.

우리 큰성은 그 덕인가 참말로 담대헌 여장부루 펭생 살암수다.

그 테우리, '못뱅뒤 쇠구신'은 전설이우다.

우리 ᄆᆞ슬서 다른 ᄆᆞ을루 가젠허민 ᄒᆞᆫ 참[7]을 가사 허는디 그 질 신작로 중간에 '돌깬동산'이옌 허는 높은 ᄆᆞ루를 넘어야만 헷수다.

일제강점시절에 차 댕길 신작로를 딲으멍 그 높은 ᄆᆞ루를 부수완 자갈로 썻댄헤연 붙여진 이름이랜 어른덜이 골읍디다.

우리 아바지가 무자년, '제주4·3사건'이 일어난 해를 두고 제주섬 사름덜은 영 골아마씀, 난리 이후부터 마흔두 술 나던 해에 죽을 때ᄁᆞ지 잊어불지 못헤영 술만 입에 블르민 그 '돌깬동산'으루 돌려강 잉잉 울멍 그 일름을 하늘에 대고 엉굴래기가 천둥소리 닮은 목청으루 불르던 '못뱅뒤 쇠구신'이옌 허는 테우리가 잇엇수다.

이 '못뱅뒤 쇠구신'이옌 헌 벨호가 붙은 건 그 테우리가 살던

나중에 큰언니로부터 들은 말입니다만 큰언니가 일곱 살 되던 해부터 고모들에게 생선을 배달했다고 하는 거예요. 그 어린 아이가 두 집 몫의 생선을 조랑말에 길마를 얹어서 등짐으로 꾸려주면 조랑말을 묶은 고삐를 잡고는 이끌고 배달을 간 거예요.

우리 큰언니는 그 덕인지 정말로 담대한 여장부로 평생을 살고 있습니다.

그 목자, '못뱅뒤 쇠구신'은 전설(傳說)입니다.

우리 마을에서 다른 마을로 가려고 하면 한 참(站)을 가야 하는데 그 길 신작로 중간에 '돌깬동산'이라고 하는 높은 마루를 넘어야 했습니다.

일제강점시절에 차가 다닐 신작로를 닦으면서 그 높은 마루를 부숴서 자갈로 썼다고 하여 붙여진 이름이라고 어른들이 말합니다.

우리 아버지가 무자년(戊子年; 1948년), '제주4·3사건'이 일어난 해를 두고 제주섬 사람들은 이렇게 말합니다, 난리 이후부터 마흔두 살 나던 해에 죽을 때까지 잊어버리지 못하여서 술만 입에 바르면 그 '돌깬동산'으로 달려가 잉잉 울면서 그 이름을 하늘에 대고 고함소리가 천둥소리 닮은 목청으로 부르던 '못뱅뒤 쇠구신'이라고 하는 목자가 있었습니다.

이 '못뱅뒤 쇠구신'이라고 한 별명이 붙은 건 그 목자가 살던

디가 큰 연못 옆이 잇인 미여지뱅뒤가 갯것이, 바당으루 주욱 이어젼 나앗이난 '연못이 있는 넓은 벌판'이다 헤연 '못뱅뒤'옌 불르는 동네엿어 마씀.

본디 '쇠구신'은 지 고집대로, 지 ᄆᆞ슴 먹은 대로만 허는 사름신디 붙영 불르던 벨호엿댄 헙디다. 그 두 뜻을 합헤여네 '못뱅뒤 쇠구신'이랜 헌겁주.

난 예, 이제도 '못뱅뒤 쇠구신'의 진짜 일름이 무신거여신디 몰릅니다. 그 테우리를 직접 본 적두 엇수다. 나가 이 세상이 나오기 전에 하늘루 올라가분 우리 ᄆᆞ슬 전설이어시난 마씀 게.

테우리가
이어도 바당이 가민 예.

무자년에 그 난리가 낭 섬이 피로 물들엄댄 헤도, 대대적인 토벌대가 섬에 투입뒈영 그 듣기도 썹지근헌 '삼진작전'이여 뭐여 허기 전에 '못뱅뒤 쇠구신'은 우리 ᄆᆞ을 ᄆᆞ쉬덜 몰앙 '고지'[8]로 멕이레[9] 댕겻댄 헙디다.

그 사건이 잇던 날은 본격적으루 토벌이 시작되고도 좀 시간이 흘러서 막 저슬이 들언 ᄇᆞ름도 하늬ᄇᆞ름으로 바꽈그네 어디 잇당 휙~ 불민, 하도 매완 옷섶을 다잡앙댕길만이 헷일 때옌 헙디다.

데가 큰 연못 옆에 있는 드넓은 벌판이 바닷가, 바다로 주욱 이어져서 나앉았으니 '연못이 있는 넓은 벌판'이라 하여서 '못뱅뒤'라고 부르는 동네였답니다.

본디 '쇠구신'은 자기 고집대로, 자기 마음먹은 대로만 하는 사람에게 붙여서 부르던 별명이었다고 합니다. 그 두 뜻을 합하여서 '못뱅뒤 쇠구신'이라고 한 겁니다.

저는요, 이제도 '못뱅뒤 쇠구신'의 진짜 이름이 무엇이었는지 모릅니다. 그 목자를 직접 본 적도 없습니다. 제가 이 세상에 나오기 전에 (그는) 하늘로 올라가버린 우리 마을 전설이었으니까 말입니다.

목자가
이어도 바다에 가면요.

무자년에 그 난리가 나서 섬이 피로 물든다고 해도, 대대적인 토벌대가 섬에 투입되어서 그 듣기도 지가 떨려 무 섬중이 이는 '삼진작전(三盡作戰)'이네 뭐네 하기 전에 '못뱅뒤 쇠구신'은 우리 마을 가축들을 이끌고 '고지'로 방목하러 다녔다고 합니다.

그 사건이 있던 날은 본격적으로 토벌이 시작되고도 좀 시간이 흘러서 막 겨울에 접어들어 바람도 하늬바람으로 바뀌서 어디 있었는지 휙~ 불면, 하도 매워서 옷섶을 다잡아 당길 정도였을 때였다고 합니다.

우리 ᄆᆞ슬 국민ᄒᆞᆨ교 관사에 짐 푼 토벌대가 우리 아바지한티 완 맛좋은 바당괴기 잡아당 지네덜 밥반찬으루 헤내랜 멩령을 ᄂᆞ리난, 그 멩 받들언 바당에 일 나간 돌아온 날이엇댄 헙디다.

무자년사건 터지난 제주사름덜이 바당이 괴기잡으레 가는 것도 막아부런 마씀 게.

경헤부난 바당 구신이 다 된 우리 아바지는 막 몸살 낭 죽을 판이어신디, 괴기 잡앙 오랜 허난 신이 낫주 마씀.

성제덜추룩이 지내오던 뱃동세 멧 사름 수소문헤연 막 개맡디 나가신디, 아, 고지에 ᄆᆞ쉬 멕이레 가지 못헤연 몸살 난 그 '못뱅뒤 쇠구신'이 막 돌아와네,

"나도 같이 가쿠다. 태와 줍서."

손발 비비멍 ᄉᆞ정허난, 우리 아바지는 그 사름 답답헌 심정을 알다가도 남으난 두 말 엇이,

"겨, 타라."

선선허게 뱃동세로 붙여준 거라 마씀.

바당 출어를 금헌 지 얼마 되지도 안헤신디 곳바당에도 괴기가 바글바글 헤연 예, 참말로 물 반 괴기 반이엇댄 헙디다.

다시 어느 제나 나와 보쿠 허는 ᄆᆞ슴에 이어도 바당 솔래기밭으루 배를 놧댄 헙디다.

이어도 바당ᄁᆞ지 배질헌 보람이 있어네 솔래기영, 돎개영, 또 저립도 멧 마리나 잡앗댄 예.

우리 마을 초등학교 관사(官舍)에 짐을 푼 토벌대가 우리 아버지에게 와서 맛좋은 바닷고기를 잡아다 자기들 밥반찬으로 하게 하라고 명령을 내리니까, 그 명을 받들어서 바다에 고기잡이 나갔다가 돌아온 날이었다고 합니다.

무자년사건이 터지니까 제주 사람들이 바다에 고기잡이 가는 것도 막아버렸습니다.

그러니 바다귀신이 다 된 우리 아버지는 그만 몸살이 나서 죽을 판이었는데, 바닷고기 잡아오라고 하니 신이 났던 겁니다.

형제들처럼 지내오던 배의 동료 선원 몇 사람을 수소문하여서 막 포구에 나갔는데, 아, '고지'에 가축을 방목하러 가지 못하여서 몸살 난 그 '못뱅뒤 쇠구신'이 마구 달려와서는,

"나도 같이 가겠습니다. 태워 주세요."

손발 비비면서 사정하니까, 우리 아버지는 그 사람 답답한 심정을 알다가도 남아서 두말없이,

"그래, 타라."

선선히 배의 동료 선원으로 받아준 거였납니다.

바다로 고기잡이 가는 것을 금한 지 얼마 되지도 않았는데 가까운 바다에도 바닷고기가 바글바글해서요, 정말로 물 반 고기 반이었다고 합니다.

다시 언제나 나와 볼 수 있을까 하는 마음에 이어도 바다 옥돔이 잡히는 바다로 뱃머리를 두었다고 합니다.

이어도 바다까지 항해한 보람이 있어서 옥돔이여, 랍스터여, 또 재방어도 몇 마리나 잡았다고 합니다.

테우리가 무사 저립을
잡아신고 마씀 게.

제주섬에서는 이제도 저립이 바당괴기 중에 젤 맛잇댄 헙니다. 그땐 이 괴기를 아무나 잡지도 못헷댄 허난 아주 귀헌 괴기로 취급을 헌 모양이우다.

이 괴기는 살이 짒으난 잡은 그 자리에서 구생이영 내장은 다 도려내불곡 피도 다 뽑아불어사 신선도가 유지된댄 마씀.

경 신속허게 처리헤영 굿디 오는 질루 소금가맹이에 온채루 괴길 팍 묻엉 간을 헤낳 두고두고 토막내멍 먹엇수다.

일이 경 되젠 허난 경헤신가 몰라도, 그 토벌대는 귀헌 바당괴기가 뭣인지 잘 몰랏던 모양이라 예.

잡아온 괴기덜 보멍 지꺼질 법도 헌디 이건 뭐 시비조로, 조기는 어느 거냐? 무사 이런 것덜만 잡아왔느냐? 막 전주르는 거라 마씀.

우리 아바지허곡 뱃동세덜은 어이가 엇언 골을 말을 촟지 못허난 헛웃음을 웃엇던 모양입디다.

그걸 빌미로 그노무 토벌대덜 한티 뱃동세들 다 죽도록 맞앗댄 헙디다.

목자가 왜 재방어를 잡았는지요.

제주섬에서는 지금도 재방어가 바닷고기 중에 제일 맛있다고 합니다. 그때는 이 바닷고기를 아무나 잡지도 못하였다고 하니까 아주 귀한 고기로 취급을 한 모양입니다.

이 바닷고기는 살이 깊으니 잡은 그 자리에서 아가미와 내장은 다 도려내 버리고 피도 다 뽑아 버려야 신선도가 유지된다고 합니다.

그렇게 신속하게 처리하여서 뭍에 오는 길로 소금 가마니에 통째로 팍 묻어서 간을 해놓고 두고두고 토막 치면서 먹었습니다.

일이 그렇게 되려고 하니까 그리했는지 몰라도, 그 토벌대는 귀한 바닷고기가 무엇인지 잘 몰랐던 모양이에요.

잡아온 고기들을 보면서 기쁠 법도 한데 이건 뭐 시비조로, 조기는 어느 거냐? 왜 이런 것들만 잡아왔느냐? 마구 전주르는 거예요.

우리 아버지하고 또 배 동료 선원들은 어이가 없어서 할 말을 찾지 못하니까 헛웃음만 웃었던 모양입디다.

그걸 빌미로 그놈의 토벌대한테 배 동료 선원들이 다 죽도록 맞았다고 합디다.

테우리가 바래기 몰앙 나사민
제격 아니우꽈 무사.

우여곡절 끝에 토벌대덜을 어루달래연 저릾을 토막치고 숯불에 구원 내어놓으난 ᄒᆞᆫ 저붐 ᄌᆞᆸ아 먹어보는 체헨 마씀.

아! 그 토벌대덜 눈깔이 홰등잔처룩 희번뜩 커지멍 그때사 막 더 구워 오랜 사름 숨도 못 쉬게 굴더랍니다.

그 토벌대가 저릾 말고 다른 괴기는 본체만체허난 우리 아바지는 잘 되엇젠 들입다 구워주언 마씀. 누게라도 배 불민 만사오케이 예.

아바지가 그노무 토벌대덜 몽니를 잠재와 놯 남은 괴기덜은 뱃동세들한티도 ᄂᆞ놔주고 오랜만이 누님덜한티도 보내사키옌 집으루 바래기 대연 실어왓댄 마씀.

그때쯤에는 산에 곱은 ᄆᆞ을 청년덜 먹을 거 걱정허는 말이 소리 엇이 온 ᄆᆞ슬에 퍼젓댄 헙디다. 곱은 사름덜한티 술째기 보내던 양석이멍 출레를 토벌대가 완 주둔헌 뒤로는 대어주질 못헌 겁주 게.

ᄆᆞ을 베꼇디 나가젠 허민 토벌대에 강 허락받곡 증명에 도장 받아사만 헷는디 무시거옌 헤영 그 증명을 받을것과, 경허난 그 죄 엇인 청년덜만 어디 고지에 널어진 굴 소굽에 곱안 배고팡 죽을 지경에 이르럿던 거 다 알지 안헙니까 예.

목자가 수레 끌고 나서면
제격 아니에요 왜.

우여곡절 끝에 토벌대들을 어르고 달래어서 재방어를 토막 치고 숯불에 구워 내어 놓으니 한 젓가락을 집어 먹어보는 체를 했더랍니다.

아! 그 토벌대들 눈깔이 화등잔처럼 희번덕 커지면서 그제서야 마구 더 구워 오라고 사람 숨도 못 쉬게 굴더랍니다.

그 토벌대가 재방어 말고 다른 고기는 본체만체하니 우리 아버지는 잘 되었다고 들입다 구워주었죠. 누구라도 배가 부르면 만사오케이니까요.

아버지가 그놈의 토벌대들 몽니를 잠재워 놓고 남은 고기들은 배 동료 선원들에게도 나눠주고 오랜만에 누님들한테도 보내야겠다고 집으로 수레 가득 실어왔다고 했죠.

그때쯤에는 산에 숨은 마을 청년들 먹을 거 걱정하는 말이 소리 없이 온 마을에 퍼졌다고 했습니다. 숨은 사람들에게 몰래 보내던 양식과 반찬을 토벌대가 와서 주둔한 뒤로는 대어주지 못했던 겁니다.

마을 밖으로 나가려고 하면 토벌대에 가서 허락받고 또 증명(증명서)에 도장을 받아야만 했는데 뭐라고 하고 그 증명을 받을 거예요, 그러니까 그 죄 없는 청년들만 어디 고지에 널어진 굴 안에 숨어서 배고파서 죽을 지경에 이르렀던 거 다 알지 않겠어요.

우리 아바지가 큰성을 불러 앗젼 토벌대한티 받은 증명 주멍 두 고모네 집이 괴기덜을 몽생이에 실엉 강 앗당 안내뒝 오랜 허난, 엺이서 고만이 듣던 '못뱅뒤 쇠구신'이 출락 나산 거라 마씀.

"나가 훈디 갓당 오쿠다."

영허난 우리 아바지는 욕심이 생겻댄 헙디다. '못뱅뒤 쇠구신'이 갈거민 바래기에 소금이영 쏠이영 괴기영 바리바리 실엉 보내자, 영 결심을 허고는 집이 약간 넉넉허게 잇인 것덜을 내놩 바래기 짐을 짠거라 예.

그 짐 짜멍 우리 아바지가 '못뱅뒤 쇠구신' 보멍 눈을 찡긋, 혯댄 마씀. 요새 말론 '윙크'를 혯댄 헤살건가 예?

테우리영 윙크를 헤시난
게메마씀 게.

후에 사단이 나난 바래기에 짐을 훈디 싣거 준 아무개가 토벌대에서 증언허기를, 우리 아바지광 '못뱅뒤 쇠구신' 사이에 분명히 음모가 잇어실거란 증거루 그 눈 찡긋, 헌걸 예로 들엇댄 헙디다.

아닐커라 그노무 음모론이 설득력이 잇젠 헤신디사, 짐을 다 싣거네 물에 질매 매우잰 헐 때 '못뱅뒤 쇠구신'이 허는 말이,

"나 혼자 갓당 오쿠다. 몰르는 질도 아니곡… 쟈이끄지 고생

우리 아버지가 큰언니를 불러 앉혀서 토벌대한테서 받은 증명을 주면서 두 고모네 집에 생선을 조랑말에 실어 가서 가져다가 드리고 오라고 하니, 옆에서 가만히 듣던 '못뱅뒤 쇠구신'이 갑자기 나서는 거였죠.

"제가 더불어서 갔다 오겠습니다."

이러니까 우리 아버지는 욕심이 생겼다고 합디다. '못뱅뒤 쇠구신'이 간다면 수레에 소금과 쌀과 바닷고기를 바리바리 실어서 보내자, 이렇게 결심을 하고는 집에 조금이라도 넉넉하게 있는 것들을 내어놓고 수레에 짐을 실었던 거예요.

그 짐 실으면서 우리 아버지가 '못뱅뒤 쇠구신' 보면서 눈을 찡끗, 했다고 해요. 요새 말로는 '윙크'를 했다고 해야 할 건가요?

목자와 윙크를 했으니

글쎄요.

후에 사달이 나니까 짐을 수레에 함께 실어 준 아무개가 토벌대에서 증언하기를, 우리 아버지와 '못뱅뒤 쇠구신' 사이에 분명히 음모가 있었을 거란 증거로 그 눈 찡긋, 한 걸 예로 들었다고 합니다.

아닌 게 아니라 그놈의 음모론이 설득력이 있으려고 하였는지, 짐을 다 싣고 말[馬]에 길마를 얹으려고 할 때 '못뱅뒤 쇠구신'이 하는 말이,

"나 혼자 갔다 올게요. 모르는 길도 아니고… 저 아이까지 고

시킬 필요 잇수과, ᄒᆞᆫ 돌음에 갓당 올거난 걱정말앙 그 증이나 이래 줍서."

'못뱅뒤 쇠구신'은 본디 엇인 집이 태어낭 놈의 집 ᄆᆞ쉬나 ᄀᆞ꾸멍 살아도 네 귀가 반듯헌 청년으루 퍵판이 좋앗댄 헙디다. 우리 집이 왕 탁배기 ᄒᆞᆫ 대접을 얻어 먹어도 그 멧 곱절 값을 허난 우리 아바지는 참말로 '못뱅뒤 쇠구신'을 일가붙이나 진배엇이 대헷댄 마씀.

들언 보난 거참 기특헌 제안이라 담배 봉초 ᄒᆞᆫ 봉허곡 화심[10] ᄒᆞᆫ 조럭허곡 바래기 매운 ᄆᆞᆯ 녹대를 '못뱅뒤 쇠구신' 손에 쥐어 주어십주.

"야 느! 배또롱 아래 단전이 또뜻허게 탁배기 ᄒᆞᆫ 사발 들이쌍 가라."

우리 아바지가 탁배기 사발을 주난 ᄒᆞᆫ숨에 들이싸네,

"곧 강 오쿠다."

ᄒᆞᆫ마디 허고는 ᄆᆞ을을 나산 겁주 마씀.

테우리나 경 허카

보제기는 당치 깜냥 엇수다 게.

경헤연 '못뱅뒤 쇠구신'이 고모네 집이 가신디, 그 날 저물녁이 뒈난 아! 우리 아바지한티 토벌대가 들이닥쳔 포승줄로 막 사름을 묶어가멍 문초허는 말이,

"너 이 쌍간나, 빨갱이 새끼! 산 폭도에게 식량을 보내?"

생시킬 필요 있습니까, 한달음에 갔다가 올 거니까 걱정 말고 그 증(證)이나 이리 주세요."

'못뱅뒤 쇠구신'은 본디 없는 집에 태어나서 남의 집 가축이나 돌보면서 살아도 네 귀가 반듯한 청년으로 평판이 좋았다고 합니다. 우리 집에 와서 막걸리 한 대접을 얻어먹어도 그 몇 곱절 값을 하니 우리 아버지는 정말로 '못뱅뒤 쇠구신'을 일가붙이나 진배없이 대했다고 했어요.

듣고 보니 거참 기특한 제안이어서 잎담배 한 봉지하고 또 화심 한 자루하고 수레를 단 말의 고삐를 '못뱅뒤 쇠구신'의 손에 쥐어 주었죠.

"야 너! 배꼽 아래 단전이 따뜻하게 막걸리 한 사발 들이켜고 가라."

우리 아버지가 막걸리 사발을 주니까 한숨에 들이켜고는,

"곧 갔다가 오겠습니다."

한마디 하고는 마을을 떠났던 겁니다.

목자나 그렇게 할까

어부는 당최 깜냥 없습니다.

그렇게 해서 '못뱅뒤 쇠구신'이 고모네 집으로 갔는데, 그날 저물녘이 되니까 아! 우리 아버지에게 토벌대가 들이닥쳐서 포승줄로 마구 사람을 묶으면서 문초를 하는 말이,

"너 이 쌍간나, 빨갱이 새끼! 산 폭도에게 식량을 보내?"

기자 우리 아바지를 이레 착, 저레 착, 비 오듯, 눈 오듯, 마당에다 패대기 쳐놓고 예, 막 발로 붋으멍 태작헤연 반 죽여 놧댄 헙디다.

경해도 분이 안 풀려신고라 정지 빈지에 가로로 걸어놓은 멍석을 확 뽑아다그네 우리 아바지를 눅젼 둘둘 몰안 마씀 게.

올레 정주먹에 걸쳐놓은 '정낭'[11]을 아사단 막 멍석몰이를 허는디… 그냥 놔 둬시민 우리 아바지는 그때 죽어실거랜 헙디다.

그때 우리 ᄆᆞ을 구장님이 돌려완 토벌대장 앞이 탁, 종애를 거껀 꿇어 앉으난 ᄆᆞ을 사름덜도 다 ᄀᆞ찌 또란 꿇언 눈물로 호소를 헷댄 예.

"보시다시피 이 사름은 산광 내통헐 위인이 절대루 못됩니다. 이 사름은 그날그날 바당괴기나 잡아먹엉 살아가는 불보제기에 불과헤여 마씀 게. 경 통비분자엿이민 어떵헤영 이 동짓돌에 저 한강바당(드넓은 바다; 大洋)에 배띄왕 강 당신님네덜 드실 저립을 잡아옵니까! 거, 엔간헌 충성심으루는 절대루 못허는 배질이라 마씀…."

경 간곡허게 우리 아바지의 무고험을 호소허멍,

"저 못난 위인이 조실부모허난 그 누님덜이 키와주엇댄 헙디다. 그 은혤 갚는다군 요만헌 거라도 무신 벨난 거 잇이민 그 누님덜한티 보냅니다. 그 사실을 몰르는 사름이 우리 멘 관내엔 ᄒᆞᆫ 사름도 엇일거우다."

그저 우리 아버지를 이리 착, 저리 착, 비 오듯, 눈 오듯, 마당에다 패대기를 쳐놓고요, 마구 발로 밟으면서 타작을 하여 반죽여 놨다고 합니다.

그렇게 하고도 분이 안 풀렸는지 부엌 벽에 가로로 걸어놓은 멍석을 확 뽑아 와서는 우리 아버지를 눕혀서 둘둘 말았다고 하네요.

올레 정문 돌틀에 걸쳐 놓은 '정낭'을 가져다가 마구 멍석말이를 하는데… 그냥 놔뒀으면 우리 아버지는 그때 죽었을 거라고 합니다.

그때 우리 마을 구장님이 달려와서는 토벌대장 앞에 탁, 종아리를 꺾어서 꿇어앉으니까 마을 사람들도 다 같이 따라서 무릎 꿇고 눈물로 호소를 했다고 해요.

"보시다시피 이 사람은 산(여기서는 산에 숨은 폭도들을 지칭)과 내통할 위인이 절대로 못 됩니다. 이 사람은 그날그날 바닷고기나 잡아먹으면서 살아가는 '배냇어부'에 불과합니다. 그렇게 통비분자(通匪分子)였으면 어떻게 이 농싯날(11월)에 저 대양으로 배를 띄우고 가서 여러분들 드실 재방어를 잡아 오겠습니까! 거, 어지간한 충성심으로는 절대로 하지 못하는 출어입니다…."

그렇게 간곡히 우리 아버지의 무고함을 호소하면서,

"저 못난 위인이 조실부모(早失父母)하여서 누님들이 키워줬다고 합니다. 그 은혜를 갚는다고 조그마한 것이라도 무슨 별난 거 있으면 그 누님들께 보냅니다. 그 사실을 모르는 사람이 우리 면(面) 관내에는 한 사람도 없을 겁니다."

요추룩 말을 막 수수범벅에 썩은 감저 썰어 놓듯 헤신디, 우리 아바지가 목숨을 부지허젠 허난 참말로사 그런 우연도 잇이카, 그 토벌대장이 또 조실부모헌 사름인디 누님덜 손에 컨 김일성이 이북에 나라 세우멍 그 토지덜을 다 몰수헤가난 남한으루 도망 온 사름이엇던 거라 예.

테우리 행방을 영 골아도
정 골아도 예.

그 토벌대장이 경허민 영 허라 허멍 허는 말이, 우리 아바지 신분을 구장님허곡 이 ᄆᆞ을 사름 전원이 보증허민 살려주켄 헷댄 마씀. 그런 연유루 우리 아바지는 살아낫댄 헙디다.

아, 그 사단이 일엇는디도 '못뱅듸 쇠구신'이 어디루 가신고? 행방이 묘연헌 것만은 사실이엇어 마씀 게.

그 바당괴기영 이것저것 하영 실은 바래기를 우리 고모네덜한티 이껀 간 게 아니라고, 어떤 사름은 ᄀᆞᆫ기를, 산에 올랏저, 어떤 사름은 고모네 집이 가단 도채비한티 홀련 어디레 천방지축 발 가는 디로 갓저, 막덜 씨부렷댄 예.

뙬아진 입으루 무신 말인덜 못헙니까마는 백 사름이 백 가지 소견을 내놓더랍니다.

요렇게 말을 마구 수수범벅에 썩은 고구마를 썰어놓듯이 했는데, 우리 아버지가 목숨을 부지하려고 하니 정말로 그런 우연도 있을까, 그 토벌대장이 또 조실부모한 사람인데 누님들 손에 자라서 김일성이 이북에 나라 세우면서 그 토지들을 다 몰수하니 남한으로 도망 온 사람이었던 거예요.

목자 행방을 이렇게 말해도
저렇게 말해도 글쎄요.

그 토벌대장이 그렇다면 요렇게 하라 하면서 하는 말이, 우리 아버지 신분을 구장님하고 또 이 마을 사람 전원이 보증하면 살려주겠노라고 했대요. 그런 연유로 우리 아버지는 살아났다고 합니다.

아, 그 사달이 일었는데도 '못뱅뒤 쇠구신'은 어디로 갔을까? 행방이 묘연한 것만은 사실이었답니다.

그 바닷고기랑 이것저것 많이 실은 수레를 우리 고모네로 이끌고 간 게 아니라고, 어떤 사람은 말하기를, 산에 올랐을 거야, 어떤 사람은 고모네 집으로 가다가 도깨비에게 홀려서 어디로 천방지축 발 가는 데로 갔을 거야, 마구 떠들썩하게 지껄였다고 해요.

뚫어진 입으로 무슨 말인들 못 할까마는 백 사람이 백 가지 소견을 내놓더랍니다.

테우리는 엇고

돌무지만 ᄒᆞ나 그디 잇이난.

'못뱅듸 쇠구신'이 굴묵에 내 ᄀᆞᇀ치록 사라젼 종무소식헌 후로 여나문 날은 지낫댄 헙디다.

토벌대가 우리 동네 사름덜 모다놩 골은 말은, 면소재지에 주둔헌 토벌대의 정찰대가 어스름에 관내를 군 짚차로 돌아보던 중인디, 아, 그 돌깬동산 거뱅이를 ᄂᆞ리단 보난 그 아래 굴형에 분명히 사름덜이 어른거리더랍니다.

'정지! 정지!' 외울루멍 차를 신작로에 세와된 그 거뱅이를 ᄂᆞ 려산 굴형더레 가는 동안에 어른거리던 사름 그림자는 내나 ᄒᆞᆫ 가지로 사라져 부럿댄 마씀.

경헌디, 그디 전에 어신 돌무지가 ᄒᆞ나 맨들아전 잇언 예.

그 토벌대는 그 돌무지를 대수롭게 보질 안헷던 모양이우다.

테우리가 연기추룩 엇어져도

세월은 흘런 마씀.

참말로 무상헌 게 세월이라 마씀. '못뱅듸 쇠구신'이 경 내ᄀᆞ 찌 엇어져도 세월은 흘런 두 해 후젠가 1950년에 6·25한국전쟁이 터지난 산에 곱안 제우 목숨을 부지허던 ᄆᆞ을 청년덜이 집으루 완 마씀.

그 청년덜은 느나엇이 집이 온 바로 그날로 빨갱이가 아니랜

목자는 없고
돌무지만 하나 거기 있어서.

'못뱅뒤 쇠구신'이 아궁이의 연기처럼 사라져서 종무소식(終無消息)한 후로 여남은 날은 지났을 거라고 합디다.

토벌대가 우리 동네 사람들을 모아놓고 한 말은, 면소재지에 주둔한 토벌대의 정찰대가 어스름에 관내를 군 짚차로 돌아보던 중이었는데, 아, 그 돌깬동산 벼랑을 내려가다 보니까 그 아래 구렁텅이에 분명히 사람들이 어른거리더랍니다.

'정지! 정지!' 소리치면서 차를 신작로에 세워놓고 그 벼랑을 내려가서 구렁텅이로 가는 동안에 어른거리던 사람 그림자는 연기나 마찬가지로 사라져 버렸다는 거예요.

그런데, 그곳에 전에는 없던 돌무지가 하나 만들어져 있었죠.

그 토벌대는 그 돌무지를 대수롭게 보지 않았던 모양입니다.

목자가 연기처럼 없어져노
세월은 흘렀죠.

정말로 무상한 것이 세월이에요. '못뱅뒤 쇠구신'이 그렇게 연기같이 없어져도 세월은 흘러서 두 해 후엔가 1950년에 6·25 한국전쟁이 발발하니까 산에 숨어서 겨우 목숨을 부지하던 마을 청년들이 집으로 돌아왔답니다.

그 청년들은 너나없이 집에 돌아온 바로 그날로 빨갱이가 아허는 그 증표를 뵈우젠 해병대 3기루 군에 입대헤엿수다.

1953년에 휴전이 되난 참전헷던 그 청년덜도 혁혁헌 공로를 세우멍 멧은 죽단도 더러 살아남안 돌아왓댄 예. 섧고 고달픈 가운데도 햇빛이 비추난 그 얼마나 다행한 일이우꽈!

ᄒᆞ루긴 우리집이서, 전장이서 무사허게 온 청년덜 모다 놘 우리 아바지가 아무도 몰르게 곱안 담근 탁배기를 ᄒᆞᆫ 사발썩 들이싸게 허멍 무사귀환 헌 걸 축하헷는디, 누게가 영 혼잣소릴 허더랍니다.

"아! 그때, '못뱅뒤 쇠구신'이 아사 온 걸 굴 쏘굽이 곱안 멩게낭 삭다리루 구워먹은 저륿 맛, 세상에서 최고엿입주."

영 골으멍 입맛을 촉촉 다시더랍니다.

그 말이 끝나기가 무섭게 우리 아바지가 눈을 탁 뒈싼 돌려들멍 그 청년 멕살을 잡안,

"야! 가이 어떵 헷나?"

허난, 그 청년덜은 무신 말 골암신디 몰란 눈만 헤뜩헤뜩 허더랍니다.

그 테우리는
하늘루 올라갈 벳긔….

냉중에 정신 출린 그 청년덜 곧는 말 들언보난, '못뱅뒤 쇠구

니라는 그 증표를 보이려고 해병대 3기로 군에 입대하였습니다.

1953년에 휴전이 되니 참전했던 그 청년들도 혁혁(赫赫)한 공로를 세우면서 몇은 죽었고 더러 살아남아서 돌아왔다고 합니다. 서럽고 고달픈 가운데도 햇빛이 비추니 그 얼마나 다행한 일입니까!

하루는 우리 집에서, 전장(戰場)에서 무사하게 온 청년들을 모아 놓고 우리 아버지가 아무도 모르게 숨어서 담근 막걸리를 한 사발씩 들이켜자 하면서 무사귀환한 것을 축하했는데요, 누군가가 이렇게 혼잣말을 하더랍니다.

"아! 그때, '못뱅뒤 쇠구신'이 가져온 걸 동굴 안에 숨어서 청미래덩굴나무 삭정이로 구워 먹은 재방어 맛, 세상에서 최고였지요."

이렇게 말하면서 입맛을 촉촉 다시더랍니다.

그 말이 끝나기가 무섭게 우리 아버지는 눈을 탁 뒤집은 채 달려들면서 그 청년 멱살을 잡고는,

"야! 그 아이 어떻게 했어?"

하니까, 그 청년들은 무슨 말을 하는지 몰라서 눈만 끔벅끔벅하더랍니다.

그 목자는
하늘로 오를 수밖에….

나중에 정신을 차린 그 청년들이 하는 말을 들어보니, '못뱅

신'이 바래기에 ᄒᆞᆫ 짐 양석을 실건 벌건 대낮이 ᄆᆞ을 청년덜이 곱은 굴 쏘굽으루 와서랜 예.

그디 청년덜이 곱은 줄 아는 사름이 아무도 엇어신디 '못뱅뒤 쇠구신'이 양석이영 소금이영 잔뜩 실은 바래기를 이껀 나타나난 그만 혼비백산헷댄 마씀.

경 곱은 디는 아무도 몰라사 좋주 마씀. 비밀이 지켜져사 그디 곱은 사름덜 목숨도 보전될거난 경 헐만 헷주 예.

그 근방 자왈이멍 굴쏘굽에영 곱은 청년덜이 스무나문 명이 더 되엇댄 헙디다. 그중에서 무리를 이끄는 대장급 멧 사름이 비밀회의를 헌 것 ᄀᆞ타랜 마씀.

그 회의 끝난 다시 ᄒᆞᆫ 자리에 다 모이난, '못뱅뒤 쇠구신'은,

"니네, 이디 곱앙 살암시민 나가 ᄐᆞ멍 보멍 다시 양석 실엉 오마."

영 골아된 ᄆᆞ을루 ᄂᆞ려가켄 헷댄 마씀.

"우리가 너 돌깬동산ᄁᆞ지 돌아다 주마."

그 대장덜이 경헤연 '못뱅뒤 쇠구신'을 돌안 그 자왈을 나가더랍니다.

그디 싯던 ᄆᆞ을 청년덜은 그디ᄁᆞ지 벳긔 모른댄 헨 마씀 게.

우리 아바지허곡 ᄆᆞ을 사름덜은 그 환향(還鄕) 술자리를 털언 나산 돌깬동산으루 돌아간 그 굴헝에 있인 돌무지를 헤집엇댄 마씀.

아, 어미 뱃속에 든 애기 모양으루 웅크려 앚인 백골이, 오고

뒤 쇠구신'이 수레에 한 짐 양식을 싣고는 환한 대낮에 마을 청년들이 숨어 있는 동굴 속으로 왔더랍니다.

거기 청년들이 숨은 줄 아는 사람이 아무도 없었는데 '못뱅뒤 쇠구신'이 양식이며 소금이며 잔뜩 실은 수레를 이끌고 나타나니 그만 혼비백산했다고 해요.

그렇게 숨은 곳은 아무도 몰라야 좋죠. 비밀이 지켜져야 거기 숨은 사람들 목숨도 보전될 터이니 그리 할만 했죠.

그 근방 덤불이며 동굴 속에 숨은 청년들이 스무남은 명이 더 되었다고 합니다. 그중에서 무리를 이끄는 대장급 몇 사람이 비밀회의를 한 것 같았답니다.

그 회의가 끝나고 다시 한자리에 다 모이니까, '못뱅뒤 쇠구신'은,

"너희들, 여기 숨어서 살고 있으면 내가 틈새를 보면서 다시 양식을 실어 올게."

이렇게 말하고는 마을로 내려가겠다고 했답니다.

"우리가 너를 돌깬동산까지 데려다 주마."

그 대장들이 '못뱅뒤 쇠구신'을 데리고 그 덤불을 나갔다고 합니다.

거기 있던 마을 청년들은 거기까지밖에는 모른다고 했어요.

우리 아버지하고 마을 사람들은 그 고향에 돌아온 걸 환영하는 술자리를 털어버리고 돌깬동산으로 달려가서 그 구렁텅이에 있는 돌무지를 헤집었다고 합니다.

아, 어미 뱃속에 든 아기와 같은 모양으로 웅크려 앉은 백골

생이 솔그랑허게 잇이난… 우리 아바지나 다른 사름이나 그 자리에 털싹, 고꾸라지멍 넋을 놓댄 헙디다.

"아, 야! 하늘에 올라신가 땅으루 곱아신가 우리가 몰랑 애 ㅈ 자신디… 너가 영 퉤엇구나."

우리 아바지는 당신 탓이옌 땅을 치멍 세상을 원망헷댄 마씀.

"아! 가이, 그노무 구신, 하늘루 올란 '정이어신 정수남'이영 ᄀ찌 앚아실거난 우리 그만 울게! 이승에서 울민 저승에선 쇠 울음소리로 들린댄 헤라."

ᄆ을 웃어른 ᄒ 말씀에 당장 눈물 걷울 수는 엇어도 어떵합니까 꾹 참을 벳긔.

ᄀ만이 생각헤보난 '못뱅듸 쇠구신'이 경 된 건 아멩헤도 그때 그디 곱앗단 사름덜 생각에 예, '못뱅듸 쇠구신'을 ᄆ을루 보냇다 그네 토벌대 신문에라도 걸려들민 그디 곱은 청년덜이 몰살될 거난 ᄒ 사름을 희생시켱 많은 사름덜을 살리자, 헷일 거우다 마는 게메 예?

경헌 연유루 테우리 '못뱅듸 쇠구신'은 백중제 때에 상(床) 받읍니께.

그 뒷해 음력 칠월 열나흘 날 이 밤광 저 밤 새에 '테우리코서'를 지내젠 제물 출령 '테우리동산'으루 몰려든 ᄆ을 사름덜은 무이, 온전히 그대로 있으니… 우리 아버지나 다른 사람이나 그 자리에 털썩, 고꾸라지면서 넋을 놨다고 합디다.

"아, 야! 하늘에 올랐는지 땅으로 숨었는지 우리가 몰라서 애가 다 잦아들었는데… 네가 이렇게 되었구나."

우리 아버지는 당신 탓이라고 땅을 치면서 세상을 원망하였다고 합니다.

"아! 그 애, 그놈의 귀신, 하늘로 올라서 '정이어신 정수남'이랑 같이 앉았을 테니 우리 그만 울자! 이승에서 울면 저승에서는 소의 울음소리로 들린다고 하더라."

마을 웃어른 한 말씀에 당장 눈물을 거둘 수는 없어도 어떻게 하겠습니까 꾹 참을 밖에.

가만히 생각해보니까 '못뱅뒤 쇠구신'이 그렇게 된 건 아무래도 그때 거기 숨었던 사람들 생각에요, '못뱅뒤 쇠구신'을 마을로 보냈다가는 토벌대 신문(訊問)에라도 걸려들면 거기 숨은 청녀들이 몰살될 거니까 한 사람을 희생시켜서 많은 사람을 살리자, 했을 겁니다만 글쎄요?

그런 연유로 목자 '못뱅뒤 쇠구신'은
백중제 할 때 상을 받습니다.

그 뒤 해 음력 칠월 열나흗날 이 밤과 저 밤 사이에 '테우리고사'(목자를 위한 제사; 백중제[百中祭; 일명 마불림제])를 지내려고 제물(祭物)을 차려서 '테우리동산'으로 몰려든 마을 사람들은 무슨

신 약조 ᄀᆞ뜬 거 허지 안헷주마는 다덜 '못뱅뒤 쇠구신' 나시도 출령완 제상 ᄒᆞᆫ귀퉁이에 벌려 놓더랍니다.

정말루 테우리 구신이 되연 마씀 게. 하늘루 올라강 자리를 잡은 겁주.

그 착허곡 똑똑허곡 인정 한 테우리 '못뱅뒤 쇠구신'은 경헤연 우리 아바지뿐 아니라 우리 가솔덜 한티 큰 빚을 짊어지완 예.

우리 설룬 아방이 세상 떠난 지 오륙십년이 넘엄주마는 이제도 그 질곡에서 우리덜이 벗어나지 못헤영 영 놈덜은 몰른 통곡을 허는 역사가 되엇수다마는 게민 어떵합니까 원. 에에, 그만 ᄀᆞᆯ앙 다 설러불카 마씀?

약조(約條) 같은 것을 하지 않았지만 다 '못뱅뒤 쇠구신' 몫도 챙겨 와서 제상 한 귀퉁이에 차려 놓더랍니다.

정말로 목자의 신(神)이 되었죠. 하늘로 올라가서 자리를 잡은 거죠.

그 착하고 똑똑하고 인정 많은 목자 '못뱅뒤 쇠구신'은 그렇게 해서 우리 아버지뿐 아니라 우리 가족들에게 큰 빚을 짊어지게 했죠.

우리 불쌍한 아버지가 세상을 떠난 지 오륙십 년이 넘어갑니다만 지금도 그 질곡에서 우리들이 벗어나지 못하여 이렇게 남들은 모르는 통곡을 하는 역사가 됐습니다만 그러면 어떻게 합니까 정말로. 에이, 그만 말하고 다 치워버릴까요?

털엉 구둠 안 나는 사름은 보지 맙서

곧은 낭은 가운디 산댄 헤도

옛날옛적 어른덜은 누게가 ᄀᆞᆮ지 안헌 말, 허지 안헌 행동거지를 헷댄 무고를 당허민 ᄌᆞ끗디선 영 ᄒᆞᆫ 마디 ᄀᆞᆯ앙 위로헷댄 헙디다.

"ᄀᆞ만이 잇이라. 곧은 낭은 가운디 산댄 헌다. 느가 정 경 안 헷이민 곧 발롸질거여."

경 헤도 핵실(覈實)을 못 허민 어떵 헷인고 예?

사름이 사름덜 가운디 살당보민 이 세상에 나와 ᄀᆞ뜬 사름은 두 사름 엇다 헌걸 절절허게 가슴을 파고 들 때가 잇인 것사 다 아는 ᄉᆞ실이고 마씀 게.

두린 애기 시절에 들은 소리우다. 우리 ᄆᆞ을에 ᄒᆞᆫ 열댓 ᄉᆞᆯ 난 무지랭이 총각 ᄒᆞ나가 잇엇댄 예. 경헌디 무시거 지가 곧은 걸

털어서 먼지 안 나는 사람은 보지 마세요

곧은 나무는 가운데 선다고 해도

옛날 어른들은 누군가가 하지도 않은 말을, 하지 않은 행동을 했다고 무고(無辜)를 당하면 옆에서들 이렇게 한마디 말하여 위로하였다고 합니다.

"가만히 있어. 곧게 뻗은 나무는 가운데 서 있는다고 하잖아. 네가 정말로 그렇게 하지 않았으면 금방 바로잡아질 테니."

그렇게 해도 바로잡아지지 않으면 어떻게 했을까요?

사람이 사람 가운데 살다 보면 이 세상에 나와 같은 사람은 두 사람이 있을 수 없다 하는 걸 절절하게 가슴을 파고들 때가 있는 거야 다 아는 사실이고 말고요.

어린 아기 시절에 들은 말입니다. 우리 마을에 한 열댓 살 난 무지렁이 총각이 한 명 있었다고 합니다. 그런데 자기가 뭔가를 발룰 질 엇이난 ᄒᆞ룻밤 ᄉᆞ이에 홀연히 엇어져부럿댄 마씀.

그 후제로 나 두린 때 살아난 그 ᄆᆞ을에서 예왁 허는 게, “곧은 낭이라도 가운디 사젠 허민 누게가 펜들어 줘사 헌다.”

그 예왁을 본격적으루 ᄀᆞᆯ아보카 마씀?

ᄌᆞ미지지도 안허곡 진지허지도 안헌 그 예왁이, ᄒᆞᆫ 여섯 ᄉᆞᆯ 때 쯤 귓등으루 들은 그 예왁이, 환갑을 지낸 이 나이 때 ᄁᆞ지도 가슴을 ᄀᆞᆨ주와부는디 그 이유를 몰르쿠다.

이 예왁 주인공 되는 그 ᄉᆞ나이는 조실부모허곡 성제간도 엇이난 홀홀 단신으루 누게 펜들어 줄 일가방상도 엇이 ᄆᆞ을 향사에서 부름씨나 헤주멍 살앗댄 헙디다.

경헌디, ᄒᆞ루는 동네집이 장독말이우다, 둠뿍 ᄀᆞ득여 논 된장독이 헝~허게 골란 마씀 게. 먹은 디 엇이 된장독이 비난, 하, 이거 누게 검은 손 탓댄 그 집 주인이 막 웨울루난 동네에 (그 집 된장 도둑맞은 사실을) 몰른 집이 엇이 다 알앗수다.

동네 사름덜은, 이디 누게네 집인덜 된장 엇인 집이 엇다 허멍, 이 동네에 이런 일이 엇어신디 벨 일이여, 영덜 니빨께나 떨어가멍 하영덜 뒷숭을 허다그네 아아 잇저, ᄒᆞᆫ 집 잇저, 된장뿐이냐 간장도 엇곡 출레엔 헌 건 다 엇인 집이 우리 동네선 그 집뿐이여.

옳다고 바로잡을 길이 없으니까 하룻밤 사이에 홀연히 없어져 버렸다고 해요.

그 후로부터 제가 어린 시절에 살았던 그 마을에서는 이야기하기를, "올곧은 나무라도 가운데 서려고 하면 누군가는 편을 들어 줘야 한다."

그 이야기를 본격적으로 말해 볼까요?

재미있지도 않고 또 진지하지도 않은 그 이야기가, 아마 여섯 살 때쯤 귓등으로 들었던 그 이야기가, 환갑을 지낸 이 나이 때까지도 가슴을 꼬집어 버리는데 그 이유를 모르겠습니다.

이 이야기의 주인공 되는 그 사나이는 조실부모하고 또 형제들도 없으니까 홀홀 단신으로 누가 편을 들어 줄 일가 친족도 없이 마을 향사에서 심부름이나 해주면서 살았다고 합니다.

그런데, 하루는 동네 집 장독 말입니다, 가득 담아 놓은 된장독이 휑~하니 비었답니다. 먹지 않았는데 된장독이 비었으니, 하, 이게 누군지 모르지만 도둑질해 갔다고 그 집 주인이 마구 소리치니까 동네에 (그 집의 된장 도둑맞은 사실을) 모르는 집이 없이 다 알게 되었죠.

동네 사람들은, 여기 누구네 집인들 된장 없는 집이 없다 하면서, 이 동네에 이런 일이 없었는데 별일이야, 이렇게들 호들갑을 떨면서 많이 뒷담화를 하다가 아아 있어, 한 집 있어, 된장뿐이냐 간장도 없고 또 반찬이라고 한 건 다 없는 집이 우리 동네에서는 그 집뿐이야.

경덜 헤연 짚은 집을 보난 향사에서 부름씨 허는 그 ᄉᆞ나이 '돌통이'네엿댄 마씀.

아이고 게, 옛날 제주섬이선 누게네 집 정지 살레 아래 족숟가락 멧 개 잇인 걸 다 알다시피 몰른 거 엇이 살앗이난 돌통이네 ᄉᆞ정을 무사 몰릅니까.

고아루 살아가난 열댓 ᄉᆞᆯ이옌 헤도 ᄉᆞ나이 몸이난 된장을 담가집니까 ᄀᆞᆫ장을 달여집니까, 된장도 ᄀᆞᆫ장도 엇일게 ᄉᆞ실 아니꽈 무사!

다 알주. 알당도 남주. 가이 벳긔 엇다. 된장 도둑질헐 사름은 아멩 봐도 우리 동네에서는 돌통이 벳긔 엇다. 그냥 짐작해 놔가멍 결론을 낸 마씀.

"게민 확인을 헤봐사 헐거 아니?"

출람생이 각시옌 벨호가 붙은 옥자어멍이 앞이 산 돌통이네 집이 돌려가난 뒷숭 보던 사름덜도 다 ᄌᆞᆾ안 그 집 더레 간 예.

지네 집 살림도 경 안 허주기, 확 정지루 돌려들언 살레멍 ᄉᆞᇀ속이멍 막 되싸복닥 허멍 된장을 ᄎᆞᆽ안 예.

아이구 엇다! 야이가 손 탓이민 이 집 정지 어디 곱저놪일 건디 엇다!

이거 잘못 짚언 애매헌 사름 도둑 맹글지 안헴신가… 잠시 걱정덜을 허는디, 저 알동네에 시집 온 새각시가 영 ᄀᆞᆯ안 마씀.

그렇게 해서 지목한 집을 보니 향사에서 심부름하는 그 사나이 돌통이네였다고 합니다.

아이고, 옛날 제주섬에서는 누구네 집 부엌 찬장 아래 놋숟가락이 몇 개 있는 걸 다 알다시피 모르는 게 없이 살았으니까 돌통이네 사정을 왜 모릅니까.

고아로 살아가니까 열댓 살이라고는 하여도 사내 몸이니 된장을 담글 줄 압니까 간장을 달일 줄 압니까, 된장도 간장도 없을 게 사실 아니겠습니까!

다 알죠. 알다가도 남죠. 그 아이밖에 없다. 된장 도둑질할 사람은 아무리 봐도 우리 동네에서는 돌통이밖에 없다. 그냥 짐작해 놓고 결론을 낸 거였죠.

"그러면 확인을 해봐야 할 거 아닌가?"

간섭쟁이 각시라고 별명이 붙은 옥자어머니가 앞에 서서 돌통이네 집으로 달려가니 뒷흉을 보던 사람들도 다 뒤좇아 그 집으로 갔답니다.

자신의 집 살림도 그렇게는 하지 않을 겁니다, 확 부엌으로 달려들어서는 찬장이며 솥 속이며 마구 헤집으면서 된장을 찾았죠.

아이고 없다! 이 아이가 도둑질을 했으면 이 집 부엌 어딘가에 숨겨 놨을 건데 없다!

이거 잘못 짚어서 애매한 사람을 도둑으로 만들지는 않는가… 잠시 걱정을 하는데, 저 아랫동네에 시집온 색시가 이렇게 말했답니다.

"그 된장, 얼마나 잃어부러신지 몰르쿠다마는 볼써 먹엉 똥 싸블 수도 있지 안허꽈?"

아하, 들언보난 그럴듯허거든 예.

경헌거 닮다. 가이 돌통이, 먹성 좋아! 경 헷일거라. 놈이 된장 앗아다그네 밥 거치록 국 거치록 막 먹어부러실 거라.

허 참, 여론이옌 헌 것이 영 힘이 잇입주게. 그 새각시가 그냥 골아본 말 혼 마디가 씨 되언 뭐, 돌통이가 된장을 아무도 몰르게 퍼오는 걸 본 사름덜 거치록 막 단정을 지와부런 마씀.

한 얼굴루 두 사름 노릇도 족아?

돌통이는 동네 아지망덜이 지를 된장 도둑으루 막 몰아가는 줄도 몰르곡 허던대루 이장이 시키는 일 다 헌 다음에는 향사를 콜콜이 쓸곡 다끄곡 해놓고 또 마당도 티끌 ᄒᆞ나 엇이 빗자락질 헤연 마씀.

가이 일허는 거동을 보멍 이장님은 막 흐뭇헤연에 혼잣말을 허는 거 아니우꽈!

"저 돌통이 저 놈 저거, 나 살아생전에 가솔을 맨들어 줘 살 건디 그 때ᄁᆞ지 나가 살아사 헐건디…."

골아보단에,

"그 된장, 얼마나 잃어버렸는지 모르겠습니다만 벌써 먹고 똥 싸버릴 수도 있잖아요?"

아하, 듣고 보니 그럴듯하거든요.

그런 것 같다. 그 아이 돌통이, 먹성이 좋아! 그렇게 했을 거야. 남의 된장 가져다가 밥처럼 국처럼 마구 먹어버렸을 거야.

허 참, 여론이라고 한 것이 이렇게 힘이 있답니다. 그 색시가 그냥 해본 말 한마디가 씨가 되어서 원, 돌통이가 된장을 아무도 모르게 퍼오는 걸 본 사람들처럼 마구 단정을 해버리더란 말씀입니다.

한 얼굴로 두 사람 노릇도 부족해?

돌통이는 동네 아주머니들이 자신을 된장 도둑으로 마구 몰아가는 줄도 모르고 하던 대로 이장이 시키는 일 다 한 다음에는 향사를 깨끗이 쓸고 또 닦고 한 다음에 마당도 티끌 하나 없이 빗자루질을 했답니다.

그 아이 일하는 거동을 보면서 이장님은 막 흐뭇하여서 혼잣말을 하는 게 아닙니까!

"저 돌통이 저놈 저거, 나 살아생전에 가족을 만들어 줘야 할 텐데 그때까지 내가 살아야 할 텐데…."

말해 보다가,

"야야 돌통아. 그만 우리 집이 강 저냑 먹게."

경헤연 애비아덜치록 이장집으루 가는디, 도둑질헌 된장을 다 먹어부러실지도 몰르켄 헌 그 알동네 새각시왕 세컬음 질에서 딱 만난 마씀 게.

아, 그 노무 새각시, 척 보민 얼매나 곱고 매무시가 순진헌지 놈의 말 막되게 헐 거치록 뵈지 안헌디, 이장 옆이 돌통이 봔 또 고갤 외로 휙 꼬멍 뱁새 눈으루 우알로 확 훑언 지난 예.

이장은 그 새각시 태도가 막 못마땅해도 놈의 집 메누리한티 뭐옌 헙니까 게, 그냥 춤이나 퉤, 밖아뒨 뒷짐지언 으쌍으쌍 집으루 갓주 마씀, 돌통이 뒤에 돌안에.

절대루 이장님이 돌앙 온 사름이 그 누게라두 뭐옌 곧지 안허는 어멍이,

"메께라 게난 야인 무사?"

허멍 돌통일 손가락질 허질 안헙니까.

이장은 전에 엇인 짓 허는 각시가 춤말루 늦이 설언 예, 흔저 저냑이나 출리랜 다울렷우다. 경헤연 출린 저냑밥상을 보난 돌통이 나시 숟가락을 놓지 안헌 거 아니우꽈!

막 이장은 부애가 난 각시한티 무사 영헴시녠 허난, 아, 저 누게네 집이 된장을 잃어먹어신디 그 도둑이 돌통이옌 헴댄 쪼짝허게 말대답을 헨 마씀 게.

돌통이는 아, 이거 무신 말인곤 쇠 ᄀ찌 눈만 꿈빡꿈빡 허난, 또 이장각시가 돌통이 염장을 질르는 거 아니우꽈.

"야야 돌통아. 그만 우리 집에 가서 저녁 먹자."

그래서 아버지와 아들처럼 이장 집으로 가는데, 도둑질한 된장을 다 먹어버렸을지도 모른다고 한 그 아랫동네 색시와 세 갈래 길에서 딱 만났어요.

아, 그놈의 색시, 척 보면 얼마나 곱고 매무시가 순진한지 남이 말을 막되게 할 것처럼 보이지 않는데, 이장 옆의 돌통이를 보고는 또 고개를 왼쪽으로 획 꺾으면서 뱁새 눈으로 위아래를 확 훑어보고 지나가는 거예요.

이장은 그 색시 태도가 아주 못마땅해도 남의 집 며느리에게 뭐라고 합니까, 그냥 침이나 퉤, 뱉어버리고는 뒷짐 지고 설렁설렁 집으로 갔죠, 돌통이를 데리고요.

절대로 이장님이 데려온 사람이 그 누구라도 뭐라고 말하지 않는 어멍(아내)이,

"맙소사 그래 이 아이는 왜?"

하면서 돌통이를 손가락질하지 않겠어요.

이장은 전에 없는 짓 하는 아내가 정말로 낯이 설어서요, 어서 저녁이나 차리라고 재촉했습니다. 그렇게 해서 차려진 저녁밥상을 보니 돌통이 몫의 숟가락을 놓지 않은 게 아닙니까!

마구 이장은 화가 나서 아내한테 왜 이렇게 하느냐고 따지니, 아, 저기 누구네 집 된장을 잃어버렸는데 그 도둑이 돌통이라고 한다면서 뾰쪽하게 말대꾸를 했단 말입니다.

돌통이는 아, 이게 무슨 말이냐며 소처럼 눈만 끔벅끔벅하니까, 또 이장의 아내가 돌통이 염장을 지르는 거예요.

“ᄒᆞᆫ ᄂᆞᆾ으루 두 사름 얼굴도 족으냐? 느 얼굴이 시펀드렁허다마는 느두 춤 뱃장이 크다. 놈의 된장 퍼다그네 경 먹언….”

이장이 각시한티 목침을 확 데껸 마씀.

“이노무 예청, 뭔 소리여? 돌통이가 무시거 누게네 된장을 퍼당 먹엇어? 거, 누게가 본거여? 근거 잇인 소리여 그거?”

영 언성을 높여가난 막 싸움 낫댄 사름덜이 몰려들엇수다.

돌통이가 슬며시 사름덜 트멍이서 빠젼 지네 집더레 가가난, 그 뒷꼭지에 대연 이거라 저거라 말덜을 하영 헷댄 헙디다.

털엉 구둠 안 나는 사름 셔?

그 날루 돌통이는 행방불명이 되어부러십주. 그 어디서두 그 무지랭이 총각 자국이 엇언 마씀.

돌통이네 집은 인살이가 끊어지난 ᄇᆞ름축 ᄒᆞᆰ이 달달 털어지곡 ᄇᆞ름만 약간 불어도 문덜이 달칵달칵 흥글어가난… 폐가가 ᄄᆞ루 엇엇댄 헙디다. 막 도채비가 나상 춤출 것 ᄀᆞ찌 벤헤 가난 이장은 ᄆᆞ음이 아팡 살 수가 엇언 어떵헷이민 조으카, 안절부절 못헤연 예.

뭐 잃어분 사름을 ᄎᆞᆽ아보젠 헷주마는 ᄉᆞ지 멀쩡헌 총각이 어딘덜 못갑니까, 앞바른 양 가부러신디 어디 그림자도 뵈우질 안

"한 얼굴로 두 사람 행세하는 것도 모자라냐? 너 얼굴이 뻔뻔하다마는 너도 정말로 배짱이 크다. 남의 된장을 퍼다가 그렇게 먹고는…."

이장이 아내한테 목침을 확 던졌어요.

"이놈의 여편네, 뭔 소리야? 돌통이가 뭐 누구네 된장을 도둑질해 먹었어? 거, 누가 봤어? 근거 있는 소리냐고 그게?"

이렇게 언성을 높여가니 막 싸움이 났다고 사람들이 몰려들었대요.

돌통이가 슬며시 사람들 사이에서 빠져서 자기 집으로 가니까, 그의 뒤통수에 대고 이거야 저거야 말이 많았다고 합디다.

털어서 먼지 안 나는 사람도 있어?

그날로 돌통이는 행방불명이 되고 말았죠. 그 어디에서도 그 무지렁이 총각 흔적이 없었다고 합니다.

돌통이네 집은 인적이 끊어지니 바람벽의 흙은 달달 떨어지고 또 바람만 조금 불어도 문들이 달칵달칵 흔들려 가니… 폐가가 따로 없었다고 합니다. 마구 도깨비가 나서서 춤출 것만 같이 변해 가니까 이장은 마음이 아파서 살 수가 없어서 어떡하면 좋을까, 안절부절못했어요.

뭐 잃어버린 사람을 찾아보려고 했지만 사지 멀쩡한 총각이 어딘들 가지 못할까요, 앞만 보며 정처 없이 가버렸는지 어디

허난 이장도 막사랑쳔 말아십주.

그루 후제 ᄒᆞᆫ 스무나문 해가 넘어가난 그 동네서 돌통이는 잊어졋수다.

이장도 하영 늙언 누게 알아주는 사름도 엇이 기냥 ᄆᆞ을 늙은이 중 ᄒᆞᆫ 사름에 불과허고 마씀. 어떵허당 그 어룬을 지칭헐 때엔 '묵은 이장'으루 호칭은 헷입주.

경헤도 그 묵은 이장만은 뜬금엇이 돌통이 생각이 난 예.

1970 멧 년인가 박정희 대통령이 새마을운동을 일으키난 어느 ᄒᆞᆫ ᄆᆞ을 ᄀᆞ만이 있지 안헷수다. 그때 초가지붕을 걷어내언 슬래트로 더프곡 도새기통시도 다 푸새식으루 바꾸곡 대난리가 나지 안헷수꽈 무사. 그 분위기에 몰련 폐가가 되언 도채비 나상 춤추던 돌통이네 집도 ᄆᆞ을 사름덜 손에 치와졋입주.

경헌디, ᄆᆞ을 새마을운동 자금을 부녀회장이 착복헷댄 누게가 경찰서에 진정서를 냇댄 마씀.

그 부녀회장이 돌통이 행방불명될 때 그 알동네 새각시 예, ᄆᆞ을 일을 좌지우지허는 입장이 된건디 경 공금을 횡령헤시냐고 막덜 와달이 나난 경찰서가 ᄆᆞ을에 완 수사를 헐거랜 소문이 짜허게 돌앗수다.

마침 지서장이 새로 막 부임헤연 그 횡령을 잘 수사헐거랜 허난 온 ᄆᆞ을이 좌불안석이엇수다.

ᄆᆞ을사름덜 다 향사에 모영 잇입서. 새 지서장이 왕 그 공금 횡령이 ᄉᆞ실인지 수사헐거우다. 영 통문이 돌안 다덜 모이랜 헌

그림자도 보이지 않아 이장도 포기하고 말았답니다.

그 후에 한 스무남은 해가 넘어가니 그 동네서 돌통이는 잊혔죠.

이장도 많이 늙어서 누구 알아주는 사람도 없이 그냥 마을 늙은이 중 한 사람에 불과했습니다. 어쩌다 그 어른을 지칭할 때에는 '묵은 이장'으로 호칭은 했지요.

그래도 그 묵은 이장만은 뜬금없이 돌통이 생각이 났어요.

1970 몇 년이던가 박정희 대통령이 새마을운동을 일으키니 어느 마을이건 가만히 있지 않았습니다. 그때 초가지붕을 걷어내고 슬레이트로 덮고 또 돼지를 기르던 통시도 다 푸세식으로 바꾸면서 대난리가 났잖아요 왜. 그 분위기에 몰려서 폐가가 되어 도깨비가 나서서 춤추던 돌통이네 집도 마을 사람들의 손에 치워지고 말았죠.

그런데, 마을의 새마을운동 자금을 부녀회장이 착복하였다고 누군가가 경찰서에 진정서를 냈다고 합니다.

그 부녀회장이 돌통이 행방불명될 때 아랫동네 새시예요. 마을 일을 좌지우지하는 입장이 되었는데 그렇게 공금을 횡령하였냐고 마구 사달이 벌어지니 경찰서에서 마을에 와 수사를 할 거라고 소문이 쫙 돌았답니다.

마침 지서장이 새로 곧 부임하여 그 횡령을 잘 수사할 거라고 하니 온 마을이 좌불안석이었습니다.

마을주민은 다 향사에 보여 있으세요. 새 지서장이 와서 그 공금횡령이 사실인지 수사할 겁니다. 이렇게 통문(通文)이 돌자 시간에 모돠들어십주.

아! 새 지서장이라곤 온 건 보난 정말로 젊안 마씀. ᄆᆞ을 사름덜이 나 눈이 한 도채비 막 웨는디도 눈도 꼼막 안헤영 어떵사 조리 있게 정리헤 가멍 모든 사름 허는 말을 귀담앙 들으난 감탄사가 사름덜 사이에서 터져 나완 마씀.

"다 들언 보난 예, 부녀회장이 공금을 하영 먹은 것 ᄀᆞ뜨진 안헌 게 마씀. 회계에 ᄇᆞᆰ지 못헤연 아귀가 맞지 안헌 거 ᄃᆞᆲ수다마는 앞으루 ᄌᆞ세허게 장부를 보쿠다. 경헌디 ᄆᆞ을 어르신네덜, ᄒᆞᆫ번 이 자리서 ᄌᆞ신을 털어봅서, 구둠 안 나는 사름이 어디 잇이쿠과? 경허곡 또, 근거가 확실허게 엇이민 놈을 함부루 모함헤두 안되어 예."

아이구, 말허는 품새가 영 반듯허난… 어, 어, 어? ᄂᆞᆾ이 익다. 묵은 이장이 새 지서장 앞으루 조춤여 가난 무사 저 늙은이가 정헴신고 허는디,

"지서장 어룬, 혹시 나 아는 사름 아니꽈!"

영 크게 소리쳔 마씀.

사름덜이 다 주목헐거 아니꽈, 저 묵은 이장 무사?

지서장이 묵은 이장 말에 대답을 헨 예.

"예, 이장님. 우리 아는 ᄉᆞ이우다."

묵은 이장이 지서장한티 돌려들멍 와락 안안 예. 뭐옌 두 사름이 귓엣말을 주고 받는 거라 마씀.

"기여, 너 이노무 새끼 돌통아, 영 크게 되엇구나. 미안허다 미안허다!"

다들 모이라고 한 시간에 모여들었어요.

아! 새 지서장이라고 온 걸 보니 정말로 젊었어요. 마을 사람들이 눈에 뵈는 거 없는 사람들처럼 마구 떠드는데도 눈도 깜빡하지 않고 어찌나 조리 있게 정리해 가면서 모든 사람들 하는 말을 귀담아들으니 감탄사가 사람들 사이에서 터져 나왔답니다.

"다 듣고 보니 말입니다, 부녀회장이 공금을 많이 먹은 것 같진 않은데요. 회계에 밝지 못해서 아귀가 맞지 않는 것 같은데 앞으로 자세하게 정부를 볼게요. 그런데 마을 어르신들, 한번 이 자리에서 자신을 털어보세요, 먼지 안 나는 사람이 어디 있겠습니까? 그리고 또, 근거가 확실하게 없으면 남을 함부로 모함하면 안 됩니다."

아이고, 말하는 품새가 이렇게 반듯하니… 어, 어, 어? 낯이 익다. 묵은 이장이 새 지서장 앞으로 주춤거리며 가니까 왜 저 늙은이가 저렇게 할까 하는데,

"지서장 어른, 혹시 내가 아는 사람 아닙니까!"

이렇게 크게 소리를 질렀어요.

사람들이 다 주목할 게 아닙니까, 저 묵은 이장이 왜?

지서장이 묵은 이장 말에 대답을 했답니다.

"예, 이장님. 우리 아는 사이입니다."

묵은 이장이 지서장한테 달려들면서 와락 껴안았습니다. 뭐라고 두 사람이 귓속말을 주고받는 거예요.

"그래, 너 이놈의 새끼 돌통아, 이렇게 크게 되었구나. 미안하다 미안하다!"

ᄆᆞ을사름덜 다 어리둥절헌 가운디 지서장광 묵은 이장은 애비아덜 ᄀᆞ찌 불끈 안안에 ᄂᆞᆾ 부비멍 막 울엉 그 울음을 그치지 안 헷댄 헙디다.

마을 사람들 다 어리둥절한 가운데 지서장과 묵은 이장은 아버지와 아들 같이 꼭 껴안아서 얼굴을 비비면서 마구 울며 그 울음을 그치지 않았다고 합디다.

곱을락을 헷수다마는

그때 예, 나가 ᄒᆞᆫ 다섯 ᄉᆞᆯ쯤 되어실거우다.

저 성산포 동펜 바당ᄀᆞ에 번듯허게 나앗인 '청산'광 신양리 '섭지코지' ᄉᆞ이엔 터진목 몰래왓만 잇인 게 아니엇수다.

몰 토름 허듯 들러퀴멍 노는 아이덜이영 몽생이가 듬북 눌어놓은 눌 ᄉᆞ이로 곱을락도 허곡, 순비기 그 질긴 줄기가 모살을 콱 잡앙앚앙 어느 제민 이 여름 넘엉 감저라도 짓 파먹으코, ᄀᆞᆯ아가멍 ᄀᆞ슬 지둘리는디….

순비기 잎샌 무사 경 푸르르멍 고장은 무사 경 보라색으루 물들당 버청 곱닥헌디사 그 풍경을 보당 보민 안 먹어도 배 불르곡 엇어도 막 부재된 기분으루 ᄆᆞ음만은 ᄀᆞ득헤십주.

먹을 것 엇엉 허기진 것사 너나엇인 일이난 배가 고파 허리가

숨바꼭질을 했습니다마는

그때 말입니다, 제가 한 다섯 살쯤 되었을 거예요.

저 성산포 동녘 바닷가에 번듯하게 나앉은 '청산'(靑山, 성산일출봉)과 신양리 '섭지코지' 사이에는 '터진목'이라는 모래밭만 있는 게 아니었습니다.

말[馬] 달리는 것처럼 펄펄 뛰면서 노는 아이들이랑 조랑말이 마미조를 쌓아놓은 가리 사이로 숨바꼭질도 하고, 또 순비기 그 질긴 줄기가 모래를 콱 거머쥐고 잎이 이는 때면 이 여름이 지나고 고구마라도 마구 파먹을까, 말해가면서 가을을 기다리는데….

순비기 잎새는 왜 그리 푸르르며 꽃은 왜 그렇게 보라색으로 물들다가도 버거워 고운지 그 풍경을 보다 보면 먹지 않아도 배가 부르고 또 없어도 막 부자가 된 기분에 마음만은 가득했답니다.

먹을 것이 없어서 허기진 거야 너나없이 다 겪는 일이니 배

ᄒᆞᆫ 줌 벳긔 안되엇주마는 아이덜은 정말로 방안에 궁뎅이 붙영 앚일 겨를이 엇엇수다.

저슬이옌 헤여도 얼음도 안 어는 그만썩헌 얇은 아이덜 발을 묶어둘 수가 당치 엇어시난 예.

놂에 솝졍 시간가는 줄 몰랏주 마씀 게.

경헤시난 여름방학이나 허민 이것사 원, 아이덜은 낮이, 불란디는 밤이, ᄀᆞ른백이 헤 가멍 그냥 ᄆᆞ을 안을 놀아 댕기는 거라 예.

희뿌영허게 동착이 귀 들엉 날이 붉아와가민 아이덜이 골목마다 나왕 ᄃᆞᆯ아댕기멍,

“놀게 ~ 놀게 ~”

막 불러대는디 어떵헤영 궁뎅이 붙영 앚앙 잇이쿠과?

쇠먹이레 갈 아이도, 어른 손 도왕 밭이 검질 매레 갈 아이도, 집이서 애기볼 아이도, 다덜 화닥닥 ᄃᆞᆯ아나 불민 그것덜 잡으레 어른덜도 뒤좇앙 ᄃᆞᆯ아십주게.

어떵헙니까 헤볼 도리가 엇어십주.

ᄀᆞᆯ을 말은 잇인디 들을 귀는 ᄃᆞᆯ아나 불고… ᄀᆞᆮ이 ᄃᆞᆮ는 수벳긔 더 잇어실거우까.

어른덜이 요새추룩 아이덜 잡아놓 공부여 과외여 뭐여 허지도 안헷주 마씀, 경허난 배꼈디서 누게가 놀겐 불름만 허민 그냥 터정 ᄃᆞᆯ아나부는 거라 예.

정해진 뭣도 엇이, 그자 본능에 충실헌 행동이어신가 몰라도 ᄌᆞ진 우남[雲暗]이 ᄃᆞᆷ뿍 ᄂᆞ려앚인 섭지코지로 모다들엉 모살판

가 고파 허리가 한 줌밖에 안 되었지만 아이들은 정말로 방 안에 궁둥이를 붙이고 앉아 있을 겨를이 없었습니다.

겨울이라고 해도 얼음도 얼지 않는 그만한 추위는 아이들 발을 묶어둘 수가 당최 없었으니까요.

노는 것에 정신이 팔려서 시간 가는 줄도 몰랐습니다.

그랬으니 여름방학을 했다 하면 이거야 원, 아이들은 낮에, 반딧불이는 밤에, 맞장을 뜨면서 그냥 마을 안을 날아다니는 거였죠.

희뿌옇게 동쪽 하늘이 자락을 들추고는 햇귀를 열고 날이 밝아오면 아이들이 골목마다 나와 뛰어다니면서,

"놀자~ 놀자~"

마구 불러대는데 어떻게 궁둥이를 붙이고 앉아 있겠습니까?

소를 방목하러 갈 아이도, 어른을 도와 밭에 김을 매러 갈 아이도, 집에서 아기를 볼 아이도, 다들 화닥닥 달아나 버리면 그 아이들 붙잡으려고 어른들도 뒤쫓아 달렸죠.

어떻게 해볼 노릇이 없었습니다.

할 말은 있는데 들을 귀는 도망쳐 버리고… 같이 달리는 수밖에 더 있었겠습니까.

어른들이 요즘처럼 아이들을 붙잡아 놓고 공부니 과외니 뭐니 하지도 않았습니다만, 그러니 바깥에서 누가 놀자고 부르기만 하면 그냥 막무가내로 도망쳐 버렸던 거예요.

정해진 아무것도 없이, 그저 본능에 충실한 행동이었는지 몰라도 낮게 깔린 안개가 듬뿍 내려앉은 섭지코지로 모여들어서

에 다 과작허게 사민, 누게가,

"가게!"

영 신호를 허는 거라 예.

이것사 무시거냐, 아이덜 터졍 ᄃᆞᆮ는 것이 ᄆᆞᆯᄐᆞ름은 저레 가불라 헤놓는 격으로 터진목을 넘어 청산으로 ᄃᆞᆯ음박질을 헹 가는 겁주.

게민 뒤에서 아이덜 쫓앙 ᄃᆞᆯ아오던 어멍덜이 막 웨울러 예.

"야야, 오늘 우리 집 쇠 ᄀᆞ꾸는 날 아니냐 게."

ᄃᆞᆮ던 아이도 어멍 ᄀᆞᆯ은 말 알아들엇노랜 답을 헙주 마씀.

"어멍, 섭지코지서 ᄀᆞ꿀 거. 그레 ᄆᆞ쉬덜 ᄆᆞᆯ랜 헙서!"

그 답 들엉 돌아사는 어멍은 열에 아홉은 영 입속말로 ᄀᆞᆯ앗수다.

"에이~ 그년의 씹우루 팻아분 것…."

지가 난 아이멍 그년의… 어떵헌 말은 뭔디사… 지한티 지가 헌 욕이어신가 예….

어멍은 ᄆᆞ쉬 내치는 사름덜한티,

"저~레, 섭지코지더레 몹서~ 오널 ᄆᆞ쉬 ᄀᆞ꿀 딘 그디우다."

ᄒᆞᆫ 마디 허난 ᄆᆞ쉬덜도 알앙 구짝 그래 걸음을 헌 거 마씀.

아이덜은 ᄒᆞᆫ ᄃᆞᆯ음에 청산에 올랑 분지로 ᄂᆞ려가그네 여름에는

모래밭에 다 섰으면, 누군가가,

"가자!"

이렇게 신호를 하는 거였죠.

이거야 뭐라고 해야 할까, 아이들이 무작정 달리는 것이 말 달리는 것쯤 저리 가라고 해놓는 격으로 터진목을 넘어 성산일출봉으로 달리기를 하는 겁니다.

그러면 뒤에서 아이들 쫓아서 달려오던 어머니들이 마구 소리를 쳤죠.

"야, 오늘 우리 집이 소 방목 당번하는 날 아니냐."

뛰어가던 아이도 어머니 한 말을 알아들었노라고 답을 했죠.

"어머니, 섭지코지서 방목할 거예요. 그리로 가축들을 몰아오라고 하세요!"

그 답을 듣고 돌아서는 어머니들 열에 아홉은 이렇게 입속말을 했답니다.

"에이~ 그년의 씹으로 낳아버린 것…."

자신이 낳은 아이면서 그년의… 어떻게 된 만인지… 자신에게 자신이 한 욕이었을까요….

어머니는 가축을 밖으로 내모는 사람들에게,

"저쪽으로, 섭지코지 쪽으로 내몰아 주세요. 오늘 가축을 방목할 곳은 그곳이에요."

한마디 하니 가축도 알아서 곧장 그리로 걸음을 옮기는 겁니다.

아이들은 한달음에 성산일출봉에 올라서는가 하면 분지로

드르백합 불휘 잇잖으꽈 예, 말나리옌 허는 그거 마씀.

그걸 캐곡 땅고고리멍 술안지멍 거껑 우작우작 씹어먹고 허다그네 그디 분지 안에 '생이물'이옌 헤영 족은 밥사발만헌 돌혹이 이신디 그디 엎어졍 물을 먹는거라 마씀.

그게 고인 물인지 샘솟는 건지는 몰라도 늘상 묽은 물이 괴난 그 물 빨아먹엉 목 축영 미리새 캐놓은 백합불휜 옷섶에 쌍 또 몰ᄐᆞ름허듯 산을 ᄂᆞ려왕 섭지코지로 돋는 거라 예.

ᄀᆞ만히 아이덜 허는 양 보당보민 이것사 원 그냥 노는 게 아니라 무시거냐 돌음박질대회나 아니민 뒤에서 누게가 추격해오난 목숨 걸고 '나 살려라' 허멍 살아보젠 돌아나는 거주 당치 노는 걸로 뵈질 안헤엿수다.

경 죽어지카 살아지카 섭지코지로 돌아강 보민 ᄆᆞ쉬덜은 무사 테우리가 엇어도 다 알앙 풀만 잘 먹엄시민 그 날 테우리 당번헐 아이는 또시 아이덜광 어울령 경 노는디 솝진 겁주.

섭지코지로 어른덜이 몰아다 준 ᄆᆞ쉬는 특별허게 ᄀᆞ꾸지 안헤도 미여지벵뒤가 다 풀밭이난 그 풀덜 박박 뜯어먹으멍 ᄒᆞ루 좽일 잘 놀앗주 마씀.

아이덜이사 모쉬 ᄀᆞ꾸랜허민 얼싸 좋다!

"어멍~ 알앗수다아~"

벗들 좇앙 막 돌으멍도 명쾌허게 대답을 헷던 거주 마씀.

내려가서는 여름이면 들백합 뿌리 있잖아요, 말나리라고 하는 그거요.

그걸 캐고 또 찔레 어린 순이며 수영이며 꺾어서 우직우직 씹어 먹다가 거기 분지 안에 '생이물'(참새못)이라고 해서 작은 밥사발만 한 돌확이 있는데 거기 엎드려서 물을 마시는 거죠.

그게 고인 물인지 샘솟는 건지는 몰라도 늘 맑은 물이 고여 있으니 그 물을 마시고 목을 축이고는 미리 캐어놓은 백합 뿌리는 옷섶에 싸서 또 말이 달리듯이 산을 내려와서는 섭지코지로 달려가는 겁니다.

가만히 아이들이 하는 양을 보다 보면 이거야 뭔 그냥 노는 게 아니라 뭐냐 달리기대회나 아니면 뒤에서 누가 추격해오니 목숨 걸고 '나 살려라' 하면서 살아보려고 도망치는 거지 당최 노는 걸로 보이지 않았습니다.

그렇게 죽을 둥 살 둥 섭지코지로 달려가서 보면 가축들은 뭐 목자가 없어도 다 알아서 풀만 잘 먹고 있으니 그날 목자 당번하는 아이는 또 아이들과 어울려서 그렇게 노는 데 정신이 팔리는 거였죠.

섭지코지로 어른들이 몰아다 준 가축은 특별히 관리를 하지 않아도 드넓은 벌판이 다 풀밭이니 그 풀들을 실컷 뜯어 먹으면서 하루종일 잘 놀았답니다.

아이들이야 가축 돌보라고 하면 얼싸 좋다!

"어머니~ 알았습니다아~"

벗들 따라서 마구 달려가면서도 명쾌하게 대답을 했던 겁니다.

그 때 아이덜은 노는 궁냥허는 디는 다 선수덜이어시난 놀 거리 어성 심심헌 아이는 ᄒᆞᆫ 사름도 엇어실거우다.

ᄒᆞ루긴 아이덜이 곱을락을 헤십주.

경헌디 예, 이 곱을락이랜 헌 게 젤루 어려운 놀이엿수다.

생각헤 봅서. 섭지코지서 청산ᄁᆞ지 (범위 무시헤부러그네) 아무디라도 곱을락 허게… 영 걸어불민 술래가 정말 애 폭삭 먹주 마씀.

곱을 디는 하곡 ᄎᆞᆽ진 못허민 곱은 아이덜 다 ᄎᆞᆽ을 때ᄁᆞ지 멧날 메칠을 술래는 술래만 헤여사허난 그보다 더헌 고역이 어디 잇어시쿠과 게.

그 날 곱을락 헐 때 술래는 동착 상군 허민 좀수뿐 아니고 몰르는 사름이 엇인 심돌팡 말젯년 빌레가 딱 걸려불엇수다.

빌레는 우리 ᄆᆞ을 아이덜 중에 젤루 ᄃᆞᆼ찬 비바리엿수다. 가이가 술래가 되난 아이덜은 오널 곱을락은 일찌건이 끝나키여 영 생각을 헤십주.

경헌디 그게 아니엇수다.

그 여름방학 내내 그 곱을락이 계속되언 마씀 게.

아이덜이 하도 잘 곱아부난 아니, 곱을 디가 하도 하부난 ᄒᆞ루에 ᄒᆞᆫ 사름도 ᄎᆞᆽ질 못허는 거 아니꽈 게.

아침이민 그 곱을락이 다시 시작뒈곡 술래한티 잡히지 안헌 아이덜은 처음에 지가 곱았단 자리에 강 다시 곱았당 ᄌᆞ냑이민 나오곡, 다시 뒷날 또 경 똑ᄀᆞ찌 시작허는 것이 그 때 곱을락허 그때 아이들은 노는 것 궁리하는 데는 선수들이었으니 놀 거리가 없어서 심심한 아이는 한 명도 없었을 거예요.

하루는 아이들이 숨바꼭질을 했어요.

그런데요, 이 숨바꼭질이라고 하는 게 제일 어려운 놀이였어요.

생각해 보세요. 섭지코지에서 성산일출봉까지 (범위를 무시해 버리고) 아무 데라도 숨자… 이렇게 걸어 버리면 술래가 정말 애 폭삭 먹는 거죠.

숨을 데는 많고 찾지는 못하면 숨은 아이들을 다 찾을 때까지 몇 날 며칠을 술래는 술래만 해야 하니 그보다 더한 고역이 어디 있었겠어요.

그날 숨바꼭질 할 때 술래는 동쪽 상군이라면 잠수뿐 아니라 모르는 사람이 없는 심돌팡(성산읍 시흥리 출신) 셋째인 빌레가 딱 걸렸지 뭐예요.

빌레는 우리 마을 아이들 중에 제일 야무진 계집아이였습니다. 그 아이가 술래가 되니까 아이들은 오늘 숨바꼭질은 일찍 끝날 것 같다고 생각을 했죠.

그런데 그게 아니었습니다.

그 여름방학 내내 그 숨바꼭질이 계속되었습니다.

아이들이 정말로 잘 숨어버리니 아니, 숨을 데가 정말 많아서 하루에 한 사람도 찾지 못하는 게 아닙니까!

아침이면 그 숨바꼭질이 다시 시작되고 술래한테 잡히지 않은 아이들은 처음에 자기가 숨었던 자리에 가서 다시 숨었다가 저녁이면 나오고, 다시 뒷날 또 그렇게 똑같이 시작하는 것이는 법이엇수다 우리 ᄆᆞ을 아이덜 사회에서는 예.

나 말이꽈? 나사 잘 ᄃᆞᆫ지도 못허곡 잘 곱지도 못허난 막 잘 곱앗젠 헌 디가 우리 집 안방 궤(櫃)속이엇수다.

빌레가 젤 문저 우리 집 안방에 신 신은 발로 와당탕 들어완 단번에 나가 곱안 앚인 궤 문을 살캉 ᄋᆢᆯ아 제치멍,

"야! 니마 일번으루 찾앗저."

동네방네 입으로 방 붙이멍 난리국이를 칩디다.

요샛말로 쪽 팔련 예, 죽어지큽디다.

우리 아바진 젤 문저 걸린 나 보멍 호탕허게 웃으난 나가 부애가 안납니까. 화 춤지 못헤영 아바지한티,

"아바진 이 세상에서 젤루 나쁜 사름이우다!"

항의허난,

"저노무 비바리 지가 딱 걸려놓고 무사 아바지한티 분풀이 허는 거?"

허멍 또 그 웃음 예, 나를 실컷 놀려 먹는 걸 재미로 헤십주.

경헤연 낼이민 이 방학이 다 끝남저 허는 디도 아직도 찾지 못헌 아이가 잇인 거라 예.

그 날은 미리 잽힌 아이덜도 다 술래가 되영 아직 못찾인 아이를 찾기로 법을 약간 수정헷수다. 그게 사단이었던 거라 마씀.

아이덜은 술래가 찾아보지 못헌 디가 어디 어디여 골으난 그

그때 숨바꼭질하는 법이었습니다 우리 마을의 아이들 사회에서는요.

저 말입니까? 저야 잘 뛰지도 못하고 또 잘 숨지도 못하니까 뭐 잘 숨었다고 한 곳이 우리 집 안방 궤(櫃) 속이었답니다.

빌레가 제일 먼저 우리 집 안방에 신을 신은 채로 와당탕 들어와서는 단번에 제가 숨어서 앉아 있는 궤 문을 활짝 열어젖히면서,

"야! 니마를 첫 번째로 찾았어."

동네방네 입으로 방(榜)을 붙이면서 난리를 치던데요.

요즘 말로 쪽팔려서요, 죽겠더라고요.

우리 아버지는 제일 먼저 걸린 나를 보면서 호탕하게 웃으니 제가 화가 안 나겠습니까. 화를 참지 못하여서 아버지한테,

"아버지는 이 세상에서 제일 나쁜 사람이에요!"

항의하니까,

"저놈의 계집애 자기가 딱 걸려놓고는 왜 아버지한테 분풀이하는 거야?"

하면서 또 그 웃음 있잖아요, 나를 실컷 놀려 먹는 걸 재미로 했답니다.

그렇게 해서 내일이면 이 방학이 다 끝날 거라고 하는데도 아직도 찾지 못한 아이가 있었던 겁니다.

그날은 미리 잡힌 아이들도 다 술래가 되어서 아직 못 찾은 아이를 찾기로 법을 약간 수정했습니다. 그게 사단이었던 거예요.

아이들은 술래가 찾아보지 못한 데가 어디 어디라고 말하니

디로 삐어졍 ᄎᆞᆽ기로 허곡 서이, 너이 동무를 지엇입주.

청산 발치에는 일제강점시절에 사름덜 강제 동원헤다그네 굴을 파 놓은 게 멧 밧듸 잇수다.

어떤 굴은 절발에 똘라진 것도 잇엇수다마는 대부분은 그 때 일본군이 제주도를 '대동아전쟁 최후의 보루'로 설정해 놘 마지막으로 항전허젠 구축헌 진지우다.

청산 발치에 궁기를 낸 굴덜은 공격용 어뢰나 U-보트 ᄀᆞ뜬 항전헐 때 쓸 전쟁물자를 은폐허젠 맨들앗댄 헙디다.

경 짚으지 안헌 얏은 굴에사 좀수덜 물질헐 때 옷도 골아입곡 언 몸도 녹이젠 불 피우는 불턱도 놔시난 들락날락 헷주마는 Y자로 뻗은 짚은 굴소곱에는 아무도 들어가젠 허질 안헷수다.

무사냐 허민 그런 굴 두어 개에 대헌 유언비어가 우리 ᄆᆞ을에 돌아 댕겨십주.

그 굴소굽에 노무자가 곱앗단 일본군한티 잽현 그 자리에서 총살당헤연 죽엇젠도 허곡 또 '무ᄌᆞ년 ᄉᆞ삼ᄉᆞ건'에도 빨갱이로 몰린 청년덜이 곱앗단 토벌대에 들켠 그 자리에서 죽엇젠도 허곡 허난 누게도 굴 소굽ᄁᆞ지 들어가젠 허질 안헷수다.

날이 ᄀᆞᆽ이민 도체비도 나오곡 억울허게 죽은 사름덜 영혼덜도 나상 ᄂᆞᆸ든댄 허멍 슬슬 피해시난 마씀.

경헤도 어떵헙니까, 뭐 곱을 만 헌 디는 다 ᄎᆞᆽ아봐도 딱 ᄒᆞᆫ 아이를 ᄎᆞᆽ질 못허난 소나이 아이덜이 의논을 헙디다.

그곳으로 흩어져서 찾기로 하고 셋, 넷씩 짝을 지었어요.

성산일출봉 발치께에는 일제강점시절에 사람들을 동원하여 굴을 파 놓은 게 몇 군데 있습니다.

어떤 굴은 파도의 힘에 뚫린 것도 있습니다만 대부분은 그때 일본군이 제주도를 '대동아전쟁 최후의 보루'로 설정해놓고 마지막으로 항전(抗戰)을 하려고 구축한 진지입니다.

성산일출봉 발치에 구멍을 낸 굴들은 공격용 어뢰나 U-보트 같은 항전할 때 쓸 전쟁물자를 은폐하려고 만들었다고 합니다.

그렇게 깊지 않은 얕은 굴에야 잠수(제주해녀)들이 물질할 때 옷도 갈아입고 또 언 몸도 녹이려고 불 피우는 불턱도 놨으니 들락날락했지만 Y자로 뻗은 깊은 굴속에는 아무도 들어가려고 하지 않았습니다.

왜냐하면요 그런 굴 두어 개에 대한 유언비어가 우리 마을에 돌아다녔어요.

그 굴속에 노무자가 숨었다가 일본군에게 잡혀서 그 자리에서 총살당하여 죽었다고도 하고 또 '무사년 제주4·3사건' 때도 빨갱이로 몰린 청년들이 숨었다가 토벌대에 들켜서 그 자리에서 죽었다고도 하니 누구도 굴속까지 들어가려고 하지 않았습니다.

날이 궂으면 도깨비도 나오고 또 억울하게 죽은 사람들의 영혼도 나타나서 사방팔방 날뛴다고 하니 슬슬 피했던 거죠.

그래도 어떡해요, 숨을 만한 데는 다 찾아봐도 딱 한 아이를 찾지 못하니 남자애들이 의논을 합디다.

"우리 햇불 들엉 저 굴덜 소굽에도 들어가 보게. 갸이가 곱을 딘 저디 굴 소굽에 벳긔 엇다."

경허기로 헤연 섭지코지서 새를 비곡 끅을 거껀 홰를 서너 주럭 무꺼십주.

어른덜은 아이덜이 바쁘게 홰 무끄는 걸 보멍 부디 불티 조심허랜 신신당부를 헙디다.

ᄒᆞᆫ 아이는 지네 집으로 돌아간 게 마는 불붙일 부싯돌을 지네 할으방한티 빌어 오난 다 준비가 ᄀᆞᆽ추와 진거라 마씀.

빌레를 앞세완 아이덜이 행진을 헤 갓수다.

우선 젤 짚으댄 소문난 굴 도에 당도헤연 두 패로 ᄂᆞ놔십주.

굴이 Y자로 가달을 뻗어시난 두 패라사 ᄒᆞᆫ 가달썩 ᄆᆞᆮ앙 들어 갈겁주 게.

홰에 막 불 싼 굴소굽더레 들어간 서너 걸음이나 걸어신가, 아, 그 때, 누게가 저 시커멍헌 안에서 배꼇디로 걸어 나오는 게 설픗 보연 예.

맨 앞이 산 아이가 끝ᄁᆞ지 ᄎᆞᆽ지 못헌 그 아이구나 헤연,

"야, 너 ᄎᆞᆽ젠 홰ᄁᆞ지 맹그랏…."

말 ᄀᆞᆮ단 어어어…? 허멍 뒤로 자빠지는 거라 예.

아이덜이 본 건 친구가 아니라 틀림어시 구신이엇수다. 산 사름은 춤말로 아니엇수다.

그 구신이 배꼇디 나온 건 보난 머리카락은 질대로 질언 산발허곡 옷은 다 헐어신디 무사 눈에서는 희번덕, 빛이 나신구 몰라

"우리 횃불 들고 저 굴속에도 들어가 보자. 그 아이가 숨을 데는 저기 굴속밖에는 없다."

그렇게 하기로 하고 섭지코지에서 띠를 베어서 칡줄기를 건어다가 홰를 서너 자루 묶었어요.

어른들은 아이들이 바쁘게 홰를 만드는 걸 보면서 부디 불티 조심하라고 신신당부를 합디다.

한 아이는 자기네 집으로 뛰어가서는 불붙일 부싯돌을 자기 할아버지한테서 빌려 오니 다 준비가 갖춰졌죠.

빌레를 앞세우고 아이들이 행진을 했답니다.

우선 제일 깊다고 소문난 굴 입구에 도착하고는 두 패로 나누었습니다.

굴이 Y자로 가닥이 뻗었으니 두 패라야 한 가닥씩 맡아서 들어갈 거니까요.

홰에 막 불을 붙이고 굴속으로 들어가서 서너 걸음이나 걸었나, 아, 그때, 누군가가 저 시커먼 안에서 밖으로 걸어 나오는 게 얼핏 보였죠.

맨 앞에 섰던 아이가 끝까지 찾지 못한 아이구나 짐작하고는,

"야, 너 찾으려고 홰까지 만들었…."

말하다가 어어어…? 하면서 뒤로 자빠지는 겁니다.

아이들이 본 건 친구가 아니라 틀림없이 귀신이었습니다. 살아있는 사람은 정말로 아니었습니다.

그 귀신이 바깥으로 나온 걸 보니 머리카락은 길대로 길어서 산발하고 또 옷은 다 헐었는데 왜 눈[目]에서는 희번덕, 빛이 났

마씀.

아이덜은 그 구신한티 잽히지 안허젠 걸음아 날 살려라 ᄆᆞ을로 돌아나십주.

상뒷동산 폭낭 그늘에 앚앙 장기두멍 노는 어른덜 등 뒤로 아이덜이 곱으멍 숨을 몰아쉬난 아무 것도 몰른 어른덜은,

“야 이놈덜아, 우리가 니네 곱을락허는 곱을 디냐?”

허멍 아이덜을 털어불젠 헤엿수다.

ᄒᆞᆫ참 있단 아이덜 말을 들은 어른덜은, 아! 아이덜한티 그 ᄉᆞ실을 미리 귀 틔와주지 못헌 걸 한탄허는 거라 예, 경허멍 ᄀᆞᆯ아준 말이우다.

무ᄌᆞ년 때 국민ᄒᆞᆨ교 선싱허던 홍 아무가이가 등사판으루 삐라 맨글앗댄 토벌대에 잽현 모진 고문을 당헷댄 마씀.

그 때 죽을 건디, 홍선싱 약혼자가 경 고와나신디, 그 사름이 몸을 토벌대 차 아무가이 상사한티 바치고 살렷댄 헙디다.

그 뒤끝으로 홍선싱 약혼자는 어디산디 가불고 지는 폐병에 걸련 그디 청산 발치 굴소곱에 살멍 고치는 중이엔 허는 거라예.

그 홍선싱 어멍이 메칠에 ᄒᆞᆫ 번썩 양석은 아서다주는디, 폐병이 그만 그 어멍신더레 전념되어부난 그 후제론 아덜을 봉양허지 못헌겁주.

을까 모르겠습니다.

아이들은 그 귀신에게 잡히지 않으려고 걸음아 날 살려라 마을로 도망쳤죠.

향도동산 팽나무 그늘에 앉아서 장기를 두며 노는 어른들 등 뒤로 아이들이 숨으면서 가쁜 숨을 몰아쉬니까 아무것도 모르는 어른들은,

“야 이놈들아, 우리가 너희들 숨바꼭질할 때 숨는 곳이냐?”

하면서 아이들을 떼어내 버리려고 했습니다.

한참 있다가 아이들 말을 들은 어른들은, 아! 아이들한테 그 사실을 미리 귀띔해 주지 못한 걸 한탄하는 겁니다, 그러면서 해준 이야기입니다.

무자년(제주4·3사건) 때 초등학교 교사였던 홍 아무개가 등사판으로 삐라를 만들었다고 토벌대에 잡혀서 모진 고문을 당했다고 합니다.

그때 죽었을 텐데, 홍 선생님 약혼자가 그렇게 예뻤는데, 그 사람이 몸을 토벌대의 차 아무개 상사한테 바치고(그를) 살렸다고 해요.

그 뒤끝으로 홍 선생 약혼자는 어딘지 가버리고 자신은 폐병에 걸려서 거기 성산일출봉 발치께 굴속에 살면서 병을 고치는 중이라고 하는 거예요.

그 홍 선생 어머니가 며칠에 한 번씩 양식은 가져다주는데, 폐병이 그만 그 어머니한테 전염되어 버리니 그 후로는 아들을 돌보지 못한 겁니다.

ᄆᆞ을 사름 그 누게도 요 멧 년을 두고 그 선싱을 본 사름이 없댄 예.

아이덜은 그 말을 듣고도 안심을 못 헤십주.

꼭 구신을 본 것만 닮안 어른덜 ᄀᆞᆮ는 말을 믿을 수가 엇언 다덜 ᄆᆞ수완 오래오래 발발 털어십주.

예? 끝ᄁᆞ지 ᄎᆞᆽ지 못헌 아이는 어떵 뒈어신지 궁금헤여 마씀?

아이고, ᄎᆞᆷ말이사, 그 아이는 (청산 동펜 바당 ᄀᆞ에 아쪽 붙엉 잇인) '새끼청산'더레 뱅~ᄒᆞ게 돌아가는 돌트멍에 곱앗댄 헙디다.

그 여름방학 때 헌 곱을락은 빌레가 ᄒᆞᆫ 아이를 ᄎᆞᆽ지 못헤시난 그 다음 겨울방학 때ᄁᆞ지 이언 헤십주.

ᄎᆞᆷ말로 진 곱을락이엇수다.

마을 사람은 그 누구도 요 몇 년 동안 그 선생을 본 사람이 없었답니다.

아이들은 그 말을 듣고도 안심하지 못했죠.

꼭 귀신을 본 것만 같아서 어른들이 하는 말을 믿을 수가 없어 다들 무서워하며 오래오래 바들바들 떨었답니다.

예? 끝까지 찾지 못한 아이는 어떻게 되었는지 궁금하다고요?

아이고, 정말이지, 그 아이는 (성산일출봉의 동쪽 바다 끝에 연이어 아스라하게 붙어 앉은) '새끼청산'으로 빙~ 돌아가는 바위틈새(바위 그늘집자리)에 숨었다고 합니다.

그 여름방학 때 한 숨바꼭질은 빌레가 한 아이를 찾지 못했기 때문에 그다음 겨울방학 때까지 이어서 했죠.

정말로 기나긴 숨바꼭질이었습니다.

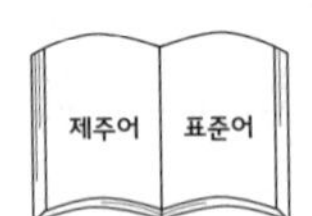

삭다리광 생낭은

아이고, 춤말로 우수왕 죽어지키여! 아, 글 읽는 거 좋아허는 시이모가 흔 분 잇인디 예, 나가 영 제줏말루 옛말을 쓰난 막 이상허댄 헙디다.

"야, 똘이어멍아. 느 제줏말 곧는 거 흔 번도 나가 들어보지 못헷저. 어떵헤연 글은 영 말 잘허는 조조멩장 ᄀ찌 써점시니? 춤말루 이상허다 게. 우린 느 제줏말 ᄒ나두 몰르는 중 알앗저."

나 태순 땅이 이디 제주섬이우다. 경허곡, 제주섬으루 서울루 일본으루 미국이영 독일루 오멍가멍은 헷주마는 이디서 커신디 몰른 말이 잇이쿠과 생각헤봅서.

게난 제줏말 다 알멍 무사 말은 안골암신디사 그 이유가 잇일 거랜 시이모가 헙디다.

잇우다! 곧고픈 말이 막 입바위 ᄁ지 오고도 확 허게 내싸그네 닝끄리질 못허는 거라 예.

삭정이와 생나무는

아이고, 정말로 우스워서 죽겠네요! 아, 글 읽는 것을 좋아하는 시이모가 한 분 계신데요, 제가 이렇게 제주어(濟州語)로 옛날이야기를 쓰니까 참 이상하다고 합니다.

"야, 똘이어멈아. 너 제주어로 말하는 거 한 번도 내가 들어보지 못했어. 어떻게 된 게 글은 이렇게 말 잘하는 조조(曹操) 명장(名將)12) 같이 쓰지? 정말로 이상하다. 우리는 네가 제주어를 하나도 모르는 줄 알았지 뭐냐."

제가 태어난 땅이 여기 제주섬입니다. 그리고 또, 제주섬으로 서울로 일본으로 미국이며 독일로 오며가며 했지만 여기에서 자랐는데 모르는 말이 있겠습니까 생각을 해보세요.

그러니까 제주어를 다 알면서도 왜 말은 하지 않는지 그 이유가 있을 거라고 시이모가 말합니다.

있습니다! 하고픈 말이 막 입술까지 나오고도 확 토파하면서 매끄럽게 말을 하지 못하는 거예요.

죽기 전이사 누게가 들어도 ᄒᆞᆫ 치 틀어짐 엇이 제줏말로 ᄀᆞᆮᄀᆞ픈 말을 좔좔 ᄀᆞᆯ아질거랜 장담을 허멍, 나가 제주사름 ᄀᆞ찌 제줏말허는 거 ᄒᆞᆫ시라도 재기 들어보고프건 용기를 줍센 헷수 게.

그 시이모가 허는 말이,

"게민 나가 글거리 ᄒᆞ나 ᄀᆞᆯ아 주카?"

헙디다.

ᄀᆞ찌 보쿠과?

제주섬은 태고적 부터도 불 ᄉᆞᆷ는 ᄀᆞ음이 다소 달랏던 모양이우다.

검불 몰린 거, 삭다리, 미, 그신새, 솔잎, 쇠똥 몰린 거, 이런 거 말고도 온갖 곡석 대 몰린 것덜, 감저 줄기 몰린 거멍 ᄉᆞᄉᆞ헌 게 핫주마는 대강 이런 거엿댄 헙디다.

육지서사 ᄉᆞ나이덜이 산에 강 낭 헤영 지게로 져 날라다 주민 예ᄌᆞ덜은 ᄀᆞ만이 앚앗다그네 불만 ᄉᆞᆷ으민 된 것 ᄀᆞ타 예.

제주서는 ᄉᆞ나이덜이 지들거 허지 안헷수다.

ᄉᆞ나이덜 허는 큰 구실이 집안 시께광 멩질 때 제 지내는 제관 아니꽈 무사. 나대여 호미여 잘못 아서댕기다그네 피라도 나민 제 지내지 못허난 벨 사름 죽는 일이 아니민 ᄂᆞᆯ쓴 ᄂᆞᆯ을 문지는 일을 시키지 안헷던 모양이우다.

경허난 누게네 집 제집아이를 막론허고 예ᄌᆞ 나이 대요섯 ᄉᆞᆯ만 되민 ᄒᆞᆯ 수 엇이 질배 아사그네 지들거 허래 가는 어른덜 좇앙 드르엘 댕겻댄 헙디다.

죽기 전에야 누가 들어도 한 치 틀어짐이 없이 제주어로 하고픈 말을 콸콸 할 수 있을 거라고 장담을 하면서, 제가 제주 사람 같이 제주어로 말하는 거 한시라도 빨리 들어보고프면 용기를 달라고 했습니다.

그 시이모가 하는 말이,

"그러면 내가 글을 쓸 소재를 하나 말해 줄까?"

하는 거예요.

같이 볼래요?

제주섬은 태곳적부터 불을 때는 재료가 다소 달랐던 모양이에요.

잡초 말린 거, 삭은 나무, 억새, 낡은 때, 솔잎, 쇠똥 말린 거, 이런 거 말고도 온갖 곡식 줄기 말린 것들, 고구마 줄기 말린 거며 사소한 게 많았지만 대강 이런 거였다고 합디다.

육지에서야 남자들이 산에 가서 나무를 해서 지게로 져 날라디 주면 여자들은 가만히 앉았다가 불만 때면 되는 것 같습니다.

제주에서는 남자들이 땔감을 하지 않았습니다.

남자들이 하는 큰 구실이 집안의 기제사와 명절 때 제(祭) 지내는 제관(祭官) 아닙니까 왜. 나대며 낫이며 잘못 가져 다니다가 피라도 흘리면 제사를 지내지 못하니 어쨌거나 사람이 죽는 일 아니면 날 선 날을 만지는 일을 시키지 않았던 모양입니다.

그러니까 누구네 집 계집아이를 막론하고 여자 나이 대여섯 살만 되면 할 수 없이 멜빵을 가지고 땔감을 하러 가는 어른들 좇아서 들에 다녔다고 합니다.

아, 예 게. 헤 논 지들거가 막 하민 바래기 대영 식거다주는 정도사 ᄉᆞ나이덜이 헷댄 헙디다.

일제한티 멕힌 그 시절에는 지네 집이 소낭밭이 잇이나 엇이나 눌소낭 가지 ᄒᆞ나 ᄆᆞ음대루 거슬롸 댕기질 못헷댄 마씀.

아, 게 무사 거 잇지 안허꽈 벌채금지옌 해영 낭 그치지 못허게 허는 거 말이우다.

일제는 예, 우리 제주섬을 '푸르게 푸르게 우리 강산 푸르게' 허젠 낭 허지 못허게 헌거 아니우다. 지네덜 뭐 대동아공영을 영 허고 정허고 헐거난 낭 ᄒᆞᆫ 죄도 다 나라에 바쳐사 헌다 허멍 손을 못대게 헌거라 예.

어떵허당 누게가 눌 낭 ᄒᆞᆫ 가쟁이라도 들렁 댕기는 거 순경한티 걸렷당은 죽어낫댄 허난 안골아도 짐작이 감지 예?

주재소에 둘아다 놓 지청구허는 건 약과고, 기냥 막 무지막지허게 두드리곡, 것도 실펑 벌금 내라 경 안 허민 감옥 보내키여 허멍 ᄆᆞ숩게 웨울르기 여반장이어시난 마씀.

허기사 놈의 나라 사름 헹실을 채 골앙 뭐 헙니까, 일본 사름덜 이전이 조선시대에도 관리덜이 제주에만 들어오민 탐욕이 발동헤영 ᄒᆞᆫ 아름이 넘는 훍은 낭, 종ᄌᆞ가 귀헌 낭은 다덜 비어그네 지네 집으루덜 식거갓댄 헙디다.

어느 목ᄉᆞ는 지가 세상에 둘도 엇인 청렴결백헌 청백리 인추룩 허다그네 막상 제주섬 떠나멍은 아, 예. 작업해 놓은 땔감이 아주 많으면 수레로 실어다 주는 정도는 남자들이 했다고 합니다.

일제에게 먹힌 그 시절에는 자신의 집 소나무밭이 있으나 없으나 생소나무 가지 하나 마음대로 가지치기하지 못했다고 하네요.

아, 거 왜 그거 있잖아요 벌채금지(伐採禁止)라고 하여 나무를 자르지 못하게 하는 거 말입니다.

일제는요, 우리 제주섬을 '푸르게 푸르게 우리 강산 푸르게' 하려고 나무를 베지 못하게 한 것이 아닙니다. 자기네들 뭐 대동아공영을 이렇게 하고 저렇게 하고 할 거니까 나무 한 그루도 다 나라에 바쳐야 한다고 하면서 손을 못 대게 한 겁니다.

어떻게 하다가 누가 생나무 한 가지라도 가지고 다니는 것을 순경에게 들켰다가는 죽어났다고 하니 말하지 않아도 짐작이 가죠?

파출소에 데려다 놓고 윽박지르는 건 약과이고, 그냥 마구 무지막지하게 때리고 또, 그것도 모자라 벌금 내라 그렇게 하지 않으면 감옥으로 보내겠나 하면서 무섭게 수리치기 여반장이었으니까 말입니다.

하기야 남의 나라 사람 행실을 자세히 말해서 무엇합니까, 일본 사람들 이전에 조선시대에도 관리들이 제주에만 들어오면 탐욕이 발동하여 한 아름이 넘는 굵은 나무, 종자가 귀한 나무는 다 베어서 자기들 집으로 실어갔다고 합니다.

어느 목사(牧使)는 자기가 세상에 둘도 없는 청렴결백한 청백리인 척하다가 막상 제주섬을 떠나면서는

“요 막댕이 ᄒᆞᆫ ᄌᆞ럭 벳긔 아상 가는 거 엇다.”

허멍 낭을 ᄒᆞᆫ 배 ᄀᆞ득 식건 바당드레 띄우더랍니다.

그 목ᄉᆞ가 식거 간 막댕이 ᄌᆞ럭이 무신 낭인줄 알암수꽈?

천만 년이 흘러도 안 썩낸 허는 낭, 우리나라이선 할락산에서 나 볼 수 있인 ‘먹사옥’[13]이엇수다.

먹사옥이옌 허민 잘 모르겠지예? 흑단 마씀 게. 박달나무도 흑단이옌 말허는 사름도 잇수다마는 이디선 먹사옥만 흑단이랜 헙니다.

옛날엔 예, 금보다도 비싼 게 흑단이엇댄덜 헷댄 마씀 게.

선비덜은 정말루 비렁뱅이ᄀᆞ치룩 가난허게 살아도 금은보화를 탐내지 안허는 사름덜 아니엇수꽈! 경해도 흑단으루 맨든 문진 앞이서는 그 자존심을 낮댄허난 마씀.

흑단이 어떤 낭인지 짐작이 감지 예.

그 금보단도 귀헌 할락산 먹사옥은 일제 때 절단이 나부럿댄 골읍니다.

일본 사름덜은 먹사옥으루 맨든 칼을 걸어두는 대 ᄀᆞ튼 거, 또 꽃병 올려놓는 장식장 ᄀᆞ튼 걸 경 좋아헷댄 허난 아, 제주 먹사옥을 빵 기냥 놔둘 이 잇어시쿠과 생각헤봅서.

먹사옥을 씨 지와부는 거 보멍 무사 부앤덜 조그마니 내실것과마는… 경허난 나라 잃은 백성은 사름도 아니랜 헌 말이 헛말이 아닌겁주.

일본 사름덜이 먹사옥이 어디 잇인줄 어떵 알아실것과? 그 펜이 붙으는 인간이 꼭 잇어그네 할락산을 훤허게 아는 질토래비

"요 막대기 한 자루밖에 가지고 가는 게 없다."

라고 하면서 나무를 한 배 가득 싣고 바다로 나가더랍니다.

그 목사가 싣고 간 막대기 자루가 무슨 나무인지 아세요?

천만년이 흘러도 썩지 않는다는 나무, 우리나라에서는 한라산에서나 볼 수 있는 '먹사옥'이었습니다.

먹사옥이라고 하면 잘 모르시겠죠? 흑단(黑檀) 말입니다. 박달나무도 흑단이라고 말하는 사람도 있습니다만 여기(제주섬)에서는 먹사옥만 흑단이라고 합니다.

옛날에는요, 금보다도 비싼 게 흑단이었다고들 했다 합니다.

선비(학자)들은 정말로 거지처럼 가난하게 살아도 금은보화를 탐내지 않는다는 사람들 아니었습니까! 그래도 흑단으로 만든 문진(文鎭) 앞에서는 그 자존심을 놔버렸다고 합니다.

흑단이 어떤 나무인지 짐작이 되죠.

그 금보다도 귀한 한라산의 먹사옥은 일제 때 결딴이 나버렸다고 말합니다.

일본 사람들은 먹사옥으로 만든 칼을 걸어두는 대(臺) 같은 거, 또 꽃병 올려놓는 장식장 같은 걸 그렇게 좋아했다고 하니 아, 제주 먹사옥을 보고 그냥 놔둘 이 있었겠습니까 생각해보세요.

먹사옥의 씨를 말려버리는 거 보면서 왜 부아인들 내지 않았을까마는… 그러니까 나라 잃은 백성은 사람도 아니라고 한 말이 헛말이 아니었던 겁니다.

일본 사람들이 먹사옥이 어디 있는지 어떻게 알았을까요? 그 편에 붙는 인간이 꼭 있어서 한라산을 훤하게 아는 길라잡이에

한티 일본 관리를 딱 돌앙 강 탁 세와놓고 그 질을 ᄀ리치랜 훈 누우난 어디 돌아날 궁기가 잇어 마씀, 죽진 못허곡 주왁주왁 ᄀ리친겁주게. 이것 뿐이냐 허민, 요디도 잇수다, 저디도 잇수다 ᄀ리칠 수 벳긔 엇엇댄 헙디다.

경허댄 헤영 제주 사름이 지들거 안헤영 살아질거우꽈?

손가락에 불 붙영 밥허곡 굴묵 살르곡 못헐거난 드르에 강 '내건데기'라도 ᄒᆞᆫ 짐 지엉 오켄 핑계허멍 나가그네 소낭 가지를 하영 거슬뢍 그걸 바트랭이 삼앙 짐매와그네 정 오민 그걸 몰령 자리영 갈치영 솔래기덜을 구웡 먹엇댄 마씀.

경 일제 순경이 감시헌댄헤영 지들거를 안헐 수는 엇엇수다. 본격적으루 지들거를 허는 시기는 예, 감저ᄁᆞ지 싹 다 파 놓곡 그 그루에 돗통시 '도새기걸름'에 씨 삔 보리 갈아두곡, 영 헤뒁 호미영 나대영 서너 ᄌᆞ럭 숫돌에 잘 골앙 놀 수왕허게 세와놓곡, 여름 장마진 때 틈틈이 꼬아둔 끈이영 질 배덜 ᄀᆞᆺ추와 놓곡, 또 벗 봐그네 온 동네 예ᄌᆞ덜이 드르엘 가는 거우다.

제주 예ᄌᆞ덜이 누게꽈게, 지들거 허래 가는 질에 일제 순경이나 그 앞잽이 허는 사름이,

"영 모돵 어딜 감서?"

허민, 예ᄌᆞ덜은,

"삭다리도 거끄곡 솔잎은 보달 치곡 쇠똥 줏엉 몰리곡… 지들

게 일본 관리를 딱 데려가서 탁 세워놓고 그 길을 가리키라고 재촉하니까 어디 도망갈 구멍이 있었겠습니까, 죽지는 못하겠고 어정어정 가리킨 겁니다. 이것뿐이냐 하면, 여기도 있습니다, 저기도 있습니다 가리킬 수밖에 없었다고 합니다.

그렇다고 해서 제주 사람이 땔감을 하지 않고 살아갈 수 있었을까요?

손가락에 불붙여서 밥 짓고 굴묵 때고는 못할 거니까 들에 가서 '내건데기'[14]라도 한 짐 지어서 오겠다고 핑계 대면서 나가서는 소나무 가지를 많이 간벌한 후 그걸 밑받침 삼아서 짐을 만들고는 등짐 져서 오면 그걸 말려서 자리돔이며 갈치며 옥돔들을 구워서 먹었다고 합니다.

그렇게 일본제국 순경이 감시한다고 해서 땔감을 하지 않을 수는 없었습니다. 본격적으로 땔감을 거두어들이는 시기는요, 고구마까지 싹 다 파 놓고 또 그 그루에 돼지우리 '돼지거름'[15]에 씨를 뿌린 보리 파종해두고, 이렇게 해두고 낫이며 나대[16]며 서너 자루를 숫돌에 잘 갈아서 날을 날카롭게 세워놓고, 또 여름 장마 때 틈틈이 꼬아둔 노끈과 질빵을 갖추어 놓고, 또 같이 땔감 할 이들을 모아 온 동네 여자들이 들에 가는 겁니다.

제주 여자들이 누굽니까, 땔감 하러 가는 길에 일본제국 순경이나 그 앞잡이 하는 사람이,

"이렇게 모여서 어딜 가는데?"

하면, 여자들은.

"삭정이도 꺾고 또 솔잎은 동그랗게 엮어놓고 또 쇠똥 주워

거 장만허래 마씀"

영 대답헙니다. 경허민 열에 열 번 그 노무 순경 틀맥이덜 허는 말이,

"거, 안 골앗댄 허지 말앙 소낭 가지 ᄒᆞ나도 문지지 말아 덜. 경 헷다근 주재소 심어다그네 주리 틀거난!"

"알앗수다. 문짐이랑 마랑 욮에도 안 갈거난 걱정 맙서."

영 입 비쭉허멍 대답헤뒁 저만이 걸어가다그네 꼭 장난 잘 허는 사름이 어디라도 ᄒᆞᆫ 사름은 잇어 예, 질 곱게 잘 가는 순경을 막 무신 급ᄒᆞᆫ 일이라도 잇인 거추룩 숨 넘어 가게 불르민 돌아상 ᄒᆞᆫ 돌음에 오지 안헐 사름이 벨루 엇어 마씀.

"무사?"

"저 예, 미리생이 알앙 놔둘게 잇언 마씀게. 소낭 가지는 거슬루민 안되어도 솔똥은 타도 되지 예? 또 잇수다. 경허곡 예, 멀뤼가 소낭 우이 높은 디 올라 강 지락지락 욜앙 까망허게 익은 거 보민 어떵허코 마씀? 기냥 봄만 헙니까 아니민 낭을 거껑이라도 탕 오카 예?"

여러분이었다면 뭐랜 대답헷일건고 예?

시이모 말이,

"알앙 허라."

말고 ᄯᅩ루 대답이 엇엇댄 헙디다.

그 사람덜도 사름인디 지네 놀려먹젠 수작부리는 걸 무사 몰

서 말리고 또… 땔감 장만하려고요."

이렇게 대답을 합니다. 그러면 열에 열 번 그놈의 순경 나부랭이들 하는 말이,

"거, 말하지 않았다고 하지 말고 소나무 가지 하나도 만지지 마라. 그랬다가는 주재소 잡아다가 주리를 틀 거니까!"

"알았어요. 만지기는 고사하고 옆에도 가지 않을 거니까 걱정하지 마세요."

이렇게 입을 비쭉이면서 대답하고는 저만치 걸어가다 말고 꼭 장난 잘 치는 사람이 어디라도 한 사람은 있잖아요, 길을 곱게 잘 가는 순경을 무슨 급한 일이라도 있는 것처럼 숨넘어갈 것처럼 부르면 돌아서서 한달음에 오지 않을 사람이 별로 없잖아요.

"왜?"

"저요, 미리 알아둘 게 있어서요. 소나무 가지는 간벌하면 안 되지만 솔방울은 따도 되죠? 또 있는데요. 그리고요, 머루가 소나무 위에 높은 데 올라가서 주저리주저리 열려 까맣게 익은 거 보면 어떻게 할까요? 그냥 보기만 할까요 아니면 나무를 꺾어서라도 따서 올까요?"

여러분이었다면 뭐라고 대답했을까요?

시이모 말이,

"알아서 하라."

말고 따로 대답이 없었다고 합니다.

그 사람들도 사람인데 자기들 놀려주려고 수작 부리는 걸 왜

릅니까.

경헌디 그만 ᄉᆞ단이 나부럿댄 마씀. 주로 소낭을 벌채금지 허곡 다른 뭐 드르에 지천으루 널어진 가수룩낭 ᄀᆞ튼 거, 복닥낭 ᄀᆞ튼 잡목은 헤도 되는 걸루 합의가 되어 잇엇던 거라 예.

지들거 허래 드르에 간 사름덜은 우선 낭을, 뭐 불 숨는 디사 소낭이 최고주마는 가수룩낭도 좋고 복닥낭도 좋고… 나대 가는 대로, 호미 심은 손목 가는 대로, 닥치는 대로 비어자치는 겁주.

무사 지들거 허민 낭을 꼽아시냐 허민 불똠이 좋으난 말이우다. 검불은 화르륵허게 불 ᄒᆞᆫ 번 부뜨민 그만이라 이건. 제주섬은 또 그노무 ᄇᆞ름이 여간 센게 아니주 마씀.

한창 불 숨는 솟 강알을 확 ᄒᆞᆫ 번 감장 돌아불민 정지는 불치로 왁왁허곡… 춤 말이 아니난 경 낭을 허젠 헌거우다. 뭐 삭다리라도 하영 잇이민 좋주마는 나 눈에 한도채비, 다덜 나상 지들거 허는디 어디 경 삭다리가 잇이쿠과.

불똠 좋기로사 소낭 다음으룬 솔잎이영 솔똥이어서 예. 솔똥예왁은 언제 날 받앙 허기로 허고 예, ᄆᆞ쉬 엇인 집인 굴묵 살를 쇠똥 몰린 것이 잇일 이 엇일 거 아니꽈. 그 따문에도 청산 비바리덜은 ᄒᆞ루 지들거 허래 나사민 솔잎 보달을 네다섯 개썩 쳐그네 등짐으루 져 날랏던 거우다.

그 날도 꼭 일이 잇젠허난 것산디사 ᄌᆞ미지게덜 지들거허래 모릅니까.

그런데 그만 사달이 나버렸다고 합디다. 주로 소나무를 벌채 금지하고 다른 뭐 들에 지천으로 있는 사스레피나무 같은 거, 닥나무 같은 잡목은 (땔감으로 베어도) 되는 걸로 합의(含意)가 되어 있었다는 거예요.

땔감을 하러 들에 간 사람들은 우선 나무를, 뭐 불 때는 데야 소나무가 최고지만 사스레피나무도 좋고 닥나무도 좋고… 나대 가는 대로, 낫 잡은 손목이 가는 대로, 닥치는 대로 베어젖히는 겁니다.

왜 땔감 하면 나무를 꼽았느냐 하면 불땀이 좋아서 말입니다. 지푸라기는 화르륵하게 불 한번 붙으면 그만이에요 이거는. 제주섬은 또 그놈의 바람이 여간 센 게 아니죠.

한창 불 때는 솥 밑창을 확 한번 휘감아 돌아버리면 부엌은 불티로 캄캄하고 또… 참 말이 아니니까 그렇게 나무를 하려고 했던 겁니다. 뭐 삭정이라도 많이 있으면 좋지만 내 눈에 비친 도깨비불처럼(아주 절박하여 설실하니께), 다들 나서서 땔감을 하니 어디 그렇게 삭정이가 있겠습니까.

불땀 좋기로야 소나무 다음으로는 솔잎이며 솔방울이었습니다. 솔방울 이야기는 언제 날받아서 하기로 하고요, 마소 없는 집에는 굴묵에 군불 땔 쇠똥 말린 것이 있을 리 없잖아요. 그 때문에도 청산 계집애들은 하루에 땔감하러 나서면 솔잎 뭉텅이는 네다섯 개씩 만들어서 등짐으로 지어 날랐던 겁니다.

그날도 꼭 일이 생기려고 그랬는지 재미있게들 땔감을 하러

간, 질루 질만썩 소낭밭 강알로 들어간덜 솔잎을 긁갱이로 긁언 오름만썩 해 놘 예.

이젠 보달을 치잰허난 바트랭이헐 낭이 잇어사 헐 거 아니꽈, 늘 허던 버릇이 잇언 복당낭이여 뭐여 그치고 경헤도 솔잎이 새라불카부덴 소낭가지도 ᄒᆞ끔 거슬러 놯 맨들앗수다.

보달은 혼자서 치지 못헤여 예. 김밥 싸는 원리를 ᄒᆞᆫ 번 눈 곰앙 생각헤봅서.

맨 아래에 진진헌 끈을 세로로 두 줄을 철로치록 나란히 놯 그 위에 ᄀᆞ루로 낭 가쟁이를 찍깍허게 놓습니다. 그 다음인 솔잎을 그 위루 낭 가쟁이 폭을 넘지말앙 ᄎᆞ근ᄎᆞ근 올령 직사각형을 맨드는 거우다.

경 어느 정도 솔잎을 다 놔시민 양착이서 두 사름이 마주 보멍 상, 김밥 몰 듯 서루 마주 보는 그 형치루 ⟳ 요추룩 몰아 오민 동글래미 모냥으로 벵 허게 몰아지는 거라 예.

경 몰아 왕 둔둔허게 양 욮이 다지멍 삐져나온 거 엇이 ᄏᆞ찡허니 잘 헤졋이민, 이젠 양착이 끈을 무끄민 솔잎 보달이 다 쳐진 거우다.

사름이 그 솔잎 보달을 등짐으루 진걸 욮이서 보민 IO 요런 모냥새가 됩니다.

경 대여섯 보달을 친 청산 예ᄌᆞ덜은 혼저 해지기 전이 '터진목' 안으루 들어사젠 앞 ᄃᆞ투멍 솔잎 보달을 등짐으루 졍 날랏수다.

갔고, 각자가 소나무밭 아래로 들어가서 솔잎을 갈퀴로 긁어 '오름'처럼 (쌓아) 놨어요.

이제는 뭉텅이를 만들려고 하니까 밑받침할 나무가 있어야 할 게 아녜요, 늘 하던 버릇이 있어서 닥나무며 뭐며 자르고 그래도 솔잎이 샐까 봐 소나무 가지도 조금 간벌해 놓으면서 (뭉치를) 만들었습니다.

솔잎 뭉치는 혼자서 만들지 못해요. 김밥 싸는 원리를 한번 눈 감고 생각해 보세요.

맨 아래에 기다란 끈을 세로로 두 줄을 철로 같이 나란히 놓고 그 위에 가로로 나뭇가지를 빼곡하게 놓습니다. 그다음에는 솔잎을 그 위로 나뭇가지의 폭을 넘지 않게 차근차근 올리고 직사각형을 만드는 겁니다.

어느 정도 솔잎을 다 놨으면 양쪽에서 두 사람이 마주 보면서 서서는, 김밥 말듯이 서로 마주 보는 그 상태로 ↻ 요런 모양이 되도록 말면 동그라미 모양으로 빙 말아지는 거죠.

그렇게 말아서 단단하게 양 옆을 디기면서 삐져나온 거 없이 가지런하게 잘 했으면, 이제는 양쪽 끈을 묶으면 솔잎 뭉치가 다 만들어진 거예요.

사람이 그 솔잎 뭉치를 등짐으로 진 걸 옆에서 보면 IO 요런 모양새가 됩니다.

그렇게 대여섯 뭉치를 만든 성산포 여성들은 어서 해 지기 전에 '터진목'(성산포로 들어가는 연륙도로) 안으로 들어가려고 앞다투면서 솔잎 뭉치를 등짐으로 져서 날랐어요.

ᄒᆞᆫ 참에 쉬는 팡 ᄒᆞᆫ 곳디썩 정해 놩 보달 ᄒᆞ나를 그디ᄁᆞ지 져다뒁 다시 돌아왕 다른 보달을 그 쉼팡으루 날르는 식으루 ᄒᆞᆫ 사름이 다 날르는 방법입주.

경허당 보민 쉼팡마다 솔잎 보달이 ᄀᆞ득 헤영 어느 게 누게건지 촘말로사 식별허기가 쉽지 안헷주 마씀.

그 날은 저~디, 고잡 고지ᄁᆞ지 가신디 들어가는 소낭 강알마다 솔잎이 엄부랑허게도 하영 잇언 예.

다른 날보단 훨싹 보달 수가 하난 쉼팡에선 이것이 나꺼여, 저것이 너꺼여, 허멍 ᄃᆞ툼이 일어난 마씀게.

이것사 원, 여나문 비바리가 막 ᄒᆞᆫ디 웨여가난 귀눈이 왁왁허곡 누게가 무신거옌 ᄀᆞᆯ암신디사 알아들을 수도 엇곡 허난 ᄒᆞᆫ 어멍이 나산 타협안을 제시헨 마씀.

"야, 우리 이 드르에서 이대루 ᄃᆞ투당은 날 어두와정 큰일 나키여. 경허난 우선 솔잎보달을 다 '터진목' 안으루 져다 놓게. 경 헤영 누게 것이 누게 건지 골르민 될거 아니냐."

다덜 경허기루 헤연, 막 허위멍 대멍 솔잎보달을 다 '터진목' 안으루 날랏수다.

이젠 누게 건지 ᄀᆞᆸ 갈르는 일만 남은 거라 예.

아이구, 발 어신 말이 천리를 내돌린댄 허지 안헙니까 무사, 어떵헤연 알아신디사 ᄆᆞ을 사름덜이 다 돌아오난 '터진목'이 ᄀᆞ득헤부런 마씀.

이젠, 나 보달은 놈 거 보단 훨싹 크다, 나 보달은 족아도 튼튼

한 참에 쉬는 터 한 곳씩 정해 놓고 뭉치 하나를 그곳까지 져다 놓고 다시 돌아가서 다른 뭉치를 그 쉼터로 나르는 식으로 한 사람이 다 나르는 방법입니다.

그렇게 하다 보면 쉼터마다 솔잎 뭉치가 가득 쌓여서 어느 것이 누구의 것인지 참말로 식별하기가 쉽지 않았어요.

그날은 저~기, 수산2리 숲속까지 갔는데 들어가는 소나무 아래마다 솔잎이 두툼하게도 많이 있었어요.

다른 날보다도 훨씬 뭉치 수가 많으니까 쉼터에서는 이것이 내 거야, 저것이 네 거야, 하면서 다툼이 일어났어요.

이거야 원, 대여섯 여자애들이 막 함께 소리 지르니 귀와 눈이 캄캄하고 누가 뭐라고 말하는지 알아들을 수도 없고 하니 한 어머니가 나서서 타협안을 제시했죠.

"야, 우리 이 들판에서 이대로 다투다가는 날이 저물어서 큰 일 날 거 같다. 그러니 우선 솔잎 뭉치를 다 '터진목' 안으로 지어다 놓자. 그렇게 한 후 누구 것이 누구 것인지 고르면 될 게 아니냐."

다들 그렇게 하기로 하고 막 앞차게 솔잎 뭉치를 다 '터진목' 안으로 날랐어요.

이제는 누구 것인지 구별하는 일만 남았죠.

아이고, 발 없는 말[言語]이 천 리를 내달린다고 하지 않아요 왜, 어떻게 하여 알았는지 마을 사람들이 다 뛰어오니 '터진목'이 가득 (사람으로) 찼지 뭐예요.

이제는, 내 뭉치는 남의 것보다는 훨씬 크다, 내 뭉치는 작아

허다, 나 보달은 미놀로 꼰 노끈으루 무꺼시난 곧 알아진다, 허멍 다덜 웨울르난 아수라장이 ᄄᆞ루 잇입니까? 그 현장이 그디주게.

누게라도 다 알아볼 만허게 그 뭐 미 노끈이나 신사라 노끈으루 무끈 것사 벨 ᄃᆞ툼 엇이 주인 ᄎᆞᆽ아지카부덴 헷수다. 경헌디, 너도 나도 다 미 노끈이고 신사라 노끈이라부난 그 주장으룬 당치 주인 ᄎᆞᆽ기가 쉽지 안헤연 예.

다음으루 등장헌 것이 무신거냐 허민, 아, 바트랭이로 놓은 낭 종류가 대두된 거우다.

난 복당낭광 가수룩낭광 소낭 삭다리를 ᄂᆞᆽ노라, 나도 경 ᄂᆞᆽ저.

영 허는 디사 다 ᄀᆞ튼 솔잎보달을 두고 어떵 말이꽈, 하느님이 ᄂᆞ린 젤루 지혜로운 인간이랜 허는 솔로몬이 살아 돌아온댄 해도 그 판이 들민 명판관일 수가 엇어실거라 마씀게.

경 막 ᄃᆞ투는디, 주재소 순경이 밀고다리로 소문난 촐람생이 할으방허곡 사이좋은 두 부뵈간 ᄀᆞ찌 떡 그 장소에 나타난 예,

“영 허라 보게, 게메무르 그만썩 헌 솔잎보달 임제 ᄎᆞᆽ는 게 경 못헐 배 엇인 것 ᄀᆞᇀ아?”

허멍 쌈판 가운디 들어산 거우다.

경 들어산 두 사름은 촐람생이 할으방이 무신거엔 순경한티 속닥거리난 그 말 받안 다덜 솔잎보달을 클르라! 영 멩령을 ᄂᆞ리

도 탄탄하다, 내 뭉치는 억새어린순을 바수어 꼬아 만든 노끈으로 묶었으니 금방 알 수 있다, 하면서 다들 소리치니 아수라장이 따로 있어요? 그 현장이 그곳이나 진배없죠 뭐.

누구라도 다 알아볼 만하게 그 뭐 억새어린순 노끈이나 신서란 노끈으로 묶은 거야 별 다툼 없이 주인을 찾겠지 했죠. 그런데, 너도 나도 다 억새어린순 노끈이고 신서란 노끈이다 보니 그 주장만으로는 당최 주인 찾기가 쉽지 않았죠.

다음으로 등장한 것이 무엇이냐 하면, 아, 밑받침으로 놓은 나무 종류가 대두된 거죠.

난 닥나무와 사스레피나무와 소나무 삭정이를 놨노라, 나도 그렇게 놨다.

이렇게 하는 데야 다 같은 솔잎뭉치를 두고 어떻게 해요, 하느님이 내린 제일 지혜로운 인간이라고 하는 솔로몬이 살아 돌아온다고 해도 그 판에 들면 명판관일 수가 없었을 거예요.

그렇게 막 다투는데, 주재소 순경이 밀고(密告)장이로 소문난 촐싹거리는 할아버지하고 사이좋은 두 부부처럼 같이 떡 그 장소에 나타나서는,

"어디 보자, 그렇기로서니 그만한 솔잎뭉치 임자 찾는 게 그렇게 못 할 바 없는 것 같아?"

하면서 싸움판 가운데 들어선 거예요.

그렇게 들어선 두 사람은 촐싹거리는 할아버지가 뭐라고 순경에게 속닥거리니까 그 말을 받아서 다들 솔잎뭉치를 풀어 헤쳐라! 이렇게 명령을 내리니까, 참 그 일보다도 더 지난한 일이

난, 춤 그 일보단 더 지난ᄒᆞᆫ 일이 또 잇어시쿠과?

그디 '터진목'이서 백 톨래가 넘는 솔잎보달을 클러노민 그 ᄇᆞ름코지서 동짓돌 설한풍이 게메, 잘도 좁좁헹 잇이키여. 경허주마는 어딧 멩령이꽈, 청산 ᄀᆞ튼 촌에서사 주재소 순경이 곧 법이엇입주. 허랜 허는대루 안 헷당은 큰 ᄉᆞ단이 벌어질 것사 불 보듯 번헷던 모냥이우다.

아, 이제나 저제나 ᄀᆞ만이 있이민 2등은 헌댄 허지 안헙니까 무사! 예게, 이게 다소 비겁헌 논리이고 비겁자덜 행동 합리화 헌댄 허는 거 다 알주 마씀.

경허주마는 궁헐 땐 경 맨쭈우는 것이 사름이우다. 경헌디, 비겁헌 거, 술 쓰는 거 보지 못허는 사름은 일제 때나 이제나 불변의 진리치록 있는 거라 예.

막, 순경 불호령에 혼겁 집어먹은 ᄒᆞᆫ 비바리가 솔잎 보달 친 노끈을 호미로 탁, 탁, 끈치자마자 지둘린 것 ᄀᆞ찌, 아닐커라, 하늬ᄇᆞ름은 왈칵 둘려들언 감장 돌안 기냥 ᄒᆞᆫ 순간에 솔잎은 천지ᄉᆞ방으루 눌아 댕기난 청년 ᄒᆞ나가 순경 앞으루 확 나삿수다.

"아, 일을 어떵 영 처리헴수과? 이거 봅서 이거, 영 헤영 어떵 보달 주인 춫잰 마씀? 주인 춫기 전이 솔잎이 남아나쿠과?"

오널 다시 돌아봐도 그 청년 춤 겁도 엇어신게 예. 그런 패기 그득헌 청년덜이 잇어시난 나라를 되춫은 거 ᄀᆞ타 마씀.

순경이 배미추룩 실눈을 턴 그 청년을 ᄒᆞᆫ 번 우아래로 확 훌 또 있었겠어요?

그곳 '터진목'에서 백 타래가 넘는 솔잎뭉치를 헤쳐 놓으면 그 바람받이에서 동짓달 설한풍이 글쎄, 잘도 조용하게 있겠네요. 그렇지만 어디 명령입니까, 성산포 같은 시골에서야 주재소 순경이 곧 법이었죠. 하라고 하는 대로 하지 않았다가는 큰 사달이 벌어질 거야 불 보듯 뻔했던 모양입니다.

아, 이제나저제나 가만히 있으면 2등은 한다고 하지 않아요 왜! 예, 이게 다소 비겁한 논리이고 비겁자들이 행동 합리화한다고 하는 거 다 압니다.

그렇지만 궁할 때는 그렇게 은근슬쩍 넘어가는 것이 사람입니다. 그런데, 비겁한 거, 술수 쓰는 거 보지 못하는 사람은 일제 때나 이제나 불변의 진리처럼 있는 거예요.

막, 순경의 불호령에 겁을 집어먹은 한 처녀가 솔잎 뭉치 만든 노끈을 낫으로 탁, 탁, 끊자마자 기다린 것처럼, 아닌 게 아니라, 하늬바람은 왈칵 달려들어서 휘감아 돌아서는 그냥 한순간에 솔잎은 천지사방으로 날아다니니 청년 한 사람이 순경 앞에 확 나섰죠.

"아, 일을 어떻게 이렇게 처리하세요? 이거 보세요 이거, 이렇게 하면 어떻게 뭉치 주인을 찾을 수 있죠? 주인 찾기 전에 솔잎이 남겠어요?

오늘날 다시 되돌아봐도 그 청년은 참으로 겁도 없었네요. 그런 패기 그득한 청년들이 있었으니 나라를 되찾은 것 같긴 합니다.

순경이 뱀처럼 실눈을 뜨고 그 청년을 한 번 위아래로 확 훑터 봔, 욮갈리에 창 댕기는 일본도, 진 칼 말이우다, 그걸 뽑안 하늘더레 꽂으난 다덜 혼비백산헤연 마씀 게.

그 청년이 조질조질 ᄀᆞᆮ고픈 말 다 ᄀᆞᆯ을 때 짐작은 헷주마는 그 서슬에 넋 나지 안헐 사름이 어디 잇이쿠과.

다덜 요샛 아이덜 말대로 허민 '얼음'이 되언 제자리서 덜덜 털어십주.

"빠가야로(ばか野郎)!"

순경은 단 ᄒᆞᆫ 마디만 귀창 털어지게 질르곤 기냥 그 진 칼을 하늘로 꽂안 사고, 촐람생이 할으방이,

"누게가 ᄂᆞᆯ낭 끊엉 솔잎 보달 바트랭이 허랜 헤서? 그거 법으루 금헌 거 아니라 무사?"

지가 순경 입이라두 된 것치록 사름덜을 윽박질럿수다.

경허난 예ᄌᆞ어른덜이 눈 꼼짝헐 어간에 팍 모다들언 그 청년을 뒤트레 빼어둰 이번엔 그 순경허곡 촐람생이 할으방을 ᄆᆞ쉬에우듯 확 에와분 거라 마씀.

누게가 문저 시작헷인지 뭐 알도리가 잇이쿠과마는 그만허민 막덜 입 모두완 ᄒᆞᆫ 마디썩 쏜살 ᄀᆞ찌 퍼부어십주.

"예, 할으바님. 입은 ᄐᆞ라져도 말랑 바르게 허랜 헌거우다. 어느 것이 소낭이꽈, 어느 것이 ᄂᆞᆯ낭이꽈?"

"맞수다. 눈 싯건 졸바루 밸랑 봅서, 이거 삭다리주 ᄂᆞᆯ낭이꽈?"

"경 나사지 안헤도 양, 저 할으바님 일분[日本]제국 일등 신민이옌 헌거 이 ᄆᆞ을 뿐 아니곡 온 나라이 다 아는 ᄉᆞ실이우다 게.

어봤는데, 옆구리에 차고 다니는 일본도[倭刀], 긴 칼 말예요, 그걸 뽑아서 하늘로 꽂으니 다 혼비백산하였습니다.

그 청년이 자근자근 하고픈 말 다 말할 때 짐작은 했지만 그 서슬에 넋 나가지 않을 사람이 어디 있겠습니까.

다 요즘 아이들 말로 하면 '얼음'이 되어서 제자리에서 덜덜 떨었지 뭐예요.

"바보자식!"

순경은 단 한마디만 귀청이 떨어지게 지르고는 그냥 그 긴 칼을 하늘에 꽂은 채 버티어 서고, 참견쟁이 할아버지가,

"누가 생나무를 잘라서 솔잎 뭉치 받침을 하라고 했지? 그거 법으로 금한 거 아냐?"

자신이 순경 입이라도 된 것처럼 사람들을 윽박질렀습니다.

그러니까 여성 어른들이 눈 깜짝할 어간에 팍 모여들어서 그 청년을 뒤로 빼돌리고는 이번에는 그 순경하고 또 참견쟁이 할아버지를 마소 에워싸듯 확 에워싸 버렸던 거예요.

누가 먼저 시작했는지 뭐 알 도리가 있겠습니까마는 그만하면 마구 입을 모아 한마디씩 쏜살처럼 퍼부었죠.

"예, 할아버님. 입은 비뚤어져도 말은 바르게 하라고 한 겁니다. 어느 것이 소나무입니까, 어느 것이 생나무입니까?"

"맞아요. 눈이 있으면 똑바로 떠서 보세요, 이거 삭정이지 생나무입니까?"

"그렇게 나서지 않아도 예, 저 할아버님 일본제국 일등 신민이라는 거 이 마을뿐 아니고 온 나라가 다 아는 사실입니다. 참

그만 촐람생이 노릇 헙서!"

순경허곡 촐람생이 할으방을 에운 참에 막 모당매를 헷주 마씀.

예ᄌ덜이 경 전주와 가난 오꿋 그 두 사름은 몰매라도 맞아지카부덴 발발 털언 예.

그 순경은 ᄂ시 하늘에 꿎앗단 진 칼이 버천 그만 칼 심엇던 손을 스륵허게 놔부난 허공서 ᄒᆫ 바쿠 굴러보단 털어지멍 꼭 촐람생이 할으방 둑지를 쳐불지 안헤수꽈.

촐람생이 할으방은 그 칼 맞앙 죽은 줄 알아신고라, 나 죽엇저, 허멍 기절헷댄 헙디다.

그 대목 쯤 되난, 순경은 두 손 바짝 들언,

"삭다리무니다. 노루낭구 아니무니다."

헤가멍 사름덜을 해산시키젠, 아무 일도 엇엇던 듯이 돌아나젠 헤가난 예, 우선 순경이영 촐람생이 할으방 에왓던 사름덜이 질 터주멍 가게 허젠 허는디, 아, 주재소 사름덜이 왈칵 돌려들언 또 무신 일인디 이 난리쳠시닌 헌 거라 예.

ᄀᆞᆫ사치록 예ᄌ어른덜만 나산 게 아니고 이번인 ᄆᆞ을사름덜이 찍깍허게 곱이치멍 에와 산 큰소리로 웨여가난 소장도 겁을 먹엇댄 마씀.

그 소장이 겁을 먹지 안헤도 예, 그 판에서사 우선 사름덜을 해산시키는 게 급선무여실거우다.

견쟁이 노릇 그만하세요!"

순경과 참견쟁이 할아버지를 에워싼 김에 마구 모둠 매를 때리듯 한 거죠.

여자들이 그렇게 견주니 그만 그 두 사람은 몰매라도 맞을까 봐 발발 떨었죠.

그 순경은 결국 하늘에 꽂았던 긴 칼이 무거워서 그만 칼 잡았던 손을 스르륵하니 놔버리니 허공에서 한 바퀴 굴러보다가 떨어지면서 하필이면 참견쟁이 할아버지 어깻죽지를 쳐버렸지 뭐예요.

참견쟁이 할아버지는 그 칼 맞아서 죽은 줄 알았는지, 나 죽었다, 하면서 기절하였다고 합디다.

그 대목쯤 되니, 순경은 두 손 바짝 들고는,

"삭정이무니다. 날낭구 아니무니다.(삭정입니다. 생나무 아닙니다.)"

하면서 사람들을 해산시키려고, 아무 일도 없었던 듯이 달아나려고 하니까, 우선 순경과 참견쟁이 할아버지를 에워쌌던 사람들이 길 열어주면서 가게 하려고 하는데, 아, 주재소(파출소) 사람들이 벌컥 달려들어서는 또 무슨 일이 있어서 이 난리 치느냐고 물은 거예요.

조금 전처럼 여자 어른들만 나선 게 아니고 이번에는 마을 사람들이 빼곡하게 겹겹이 에워싸서 큰소리로 소리치니 소장도 겁을 먹었다고 했어요.

그 소장이 겁을 먹지 않아도요, 그 판에서야 우선 사람들을 해산시키는 게 급선무였을 거예요.

경헤연 소장이, 솔잎 보달 바트랭이에 놓은 낭은 놀낭 ᄀᆞ찌 뵈와도 삭다리가 맞다, 영 결론을 지왓댄 헙디다.

촘, 보기에 ᄄᆞ랑은 무신 큰 일이 일어날 판이어신디 끝장은 경 싱겁게 마무리가 되부럿댄 마씀.

여러분덜도 나가 이 예왁을 시작헐 땐 촘말로 큰 ᄉᆞ건이 흥미진진허게 나고 말겟다, 영 짐작헷지예? 쓰는 나도 짠 소금 줍아 먹고플 정도루 결말이 싱겁수다마는 어떵헙니까 들은 소리가 이건걸.

게나저나 그 후제론 청산 예ᄌᆞ덜이 솔잎 보달 치는 핑계로 소낭 가쟁이 거슬롸그네 바트랭이 허는 첵 허멍 낭을 잘도 하영 헷댄 헙디다.

청산 주재소에서는 아명 잡잰 헤도 선례가 잇인디, 어떵헤영 다 똑ᄀᆞ뜬 솔잎 보달을 가젱 영헷다 정헷다 헤집니까? 경허난 이제도 판례랜 헌 것이 경 중요헙니께게.

일제강점기 시절 청산 사름덜은 삭다리광 소낭 가쟁이 거슬룬 놀낭을 한 종류로 봐분겁주 아주 명쾌허게 마씀.

그렇게 해서 소장이, 솔잎 뭉치 밑받침에 놓은 나무는 생나무처럼 보일지 몰라도 삭정이가 맞다, 그렇게 결론을 지었다고 합디다.

참, 보기에 따라서는 무슨 큰일이 일어날 판이었는데 끝장에는 그렇도록 싱겁게 마무리가 되어버렸답니다.

여러분들도 제가 이 이야기를 시작할 때는 참으로 큰 사건이 흥미진진하게 나고 말겠다, 이렇게 짐작하였죠? 쓰는 나도 짠 소금을 집어먹고 싶을 정도로 결말이 싱겁지만 어떻게 하겠습니까 들은 말이 이것인 것을.

그나저나 그 후로는 성산포 여자들이 솔잎 뭉치 만드는 핑계로 소나무 가지치기하여서는 밑받침 하는 척하면서 나무를 많이 베어왔다고 합디다.

성산포 주재소(파출소)에서는 아무리 (생나무를 베는 이들을) 잡으려고 해도 선례가 있는데, 어떻게 다 똑같은 솔잎 뭉치를 가지고 이렇게 했다 저렇게 했다 할 수 있었겠습니까? 그러니까 지금도 판례라고 하는 것이 그렇게 중요한 것입니다.

일제강점기 시절 성산포 사람들은 삭정이와 소나무 가지 간벌한 생나무를 한 종류로 분류를 해버린 거죠 아주 명쾌하게요.

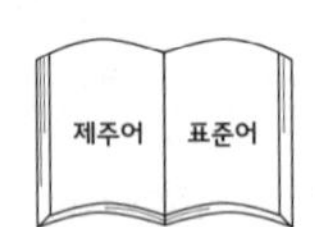

눈 우읫 사농바치

올히 설 멩질 땐 촘 오래만이 눈이 하영 옴도옴도, 세상에! 온 시상천질 희영헌 보따리로 확 싸부는 형국이라 마씀 이건.

이 제주섬으루 난 하늘질이멍 뱃질이멍 몬딱 눈에 맥혓댄 허난 외방 사는 궨당덜이영 서울 사는 아덜이 멩질 제 지내레 오지 못허카부덴 막 ᄌᆞ들아집디다.

경 ᄌᆞ든 사름이 이 제주섬이서 어디 나 혼자벳긔 엇어시쿠과마는 정말로 ᄆᆞ음이 ᄏᆞᆫᄏᆞᆫ 타는디 거 촘 수정과 맨들젠 달여 논 ᄃᆞᆫ물만 복쟁이치록 먹고 또 먹으멍 제우 진정헤십주 어떵헙니까.

이 섬인 쳇눈 시작을 영 헙니다. 맨 앞이 전초전이 꼭 이십주. 제주에 ᄂᆞ리는 쳇눈은 나 눈(目)이 ᄒᆞᆫ두깨비, 막 정신 어시 옵니다.

비유적으루 ᄀᆞᆯ아보카 마씀? 쏘래기눈 ᄒᆞᆫ 방울이 제주시 바당이 시작되는 그디, 탑아리에 널어진 먹돌쌩이 ᄄᆞᆫᄄᆞᆫ헌 거는 저래가라 허멍, 가락 거려밀려불 것추룩 쎕니다.

눈[雪]밭 위의 사냥꾼

올해 설 명절 땐 참 오랜만에 눈[雪]이 많이 오기를, 세상에! 온 세상천지를 하얀 보자기로 확 싸 버리는 형국(形局)이었답니다.

이 제주섬으로 연결된 하늘길이며 뱃길이며 다 눈에 막혔다고 하니 외지에 사는 친족들이며 서울 사는 아들이 명절 제(祭) 지내러 오지 못할까 봐 마구 걱정이 됩디다.

그렇게 걱정한 사람이 이 제주섬에서 어디 나 혼자밖에 없었겠습니까마는 정말로 마음이 바싹바싹 타는데 거참 수정과(水正果) 만들려고 달여 놓은 단물만 복어처럼 먹고 또 먹으면서 겨우 진정했죠 어떻게 할 도리가 없잖아요.

이 섬에는 첫눈 시작을 이렇게 합니다. 맨 앞에 전초전이 꼭 있습니다. 제주에 내리는 첫눈은 꼭 도깨비처럼 정신없이 옵니다.

비유적으로 말해 볼까요? 싸락눈 한 방울이 제주시 바다가 시작되는 그곳, 탑동(바닷가)에 널린 '먹돌' 딴딴한 것은 저리 비켜, 하면서 와락 밀쳐버릴 것처럼 세요.

그추룩 먹돌 ᄀᆞ튼 눈짐뱅이가 ᄒᆞᆫ 치 앞도 못 보게 기냥 왁왁허게 헤가멍 그 억센 하늬ᄇᆞ름을 탕 하늘에서 ᄂᆞ려오멍서라 썹지근허게도 제주섬을 와닥닥 와닥닥 후려놩 정신 못 출리게 헤놉니다.

사름덜이, 아, 저 ᄊᆞ래기 눈짐뱅이 끝인 눈 벙뎅이께나 데껴놈직허다, 영 짐작홀 만 허게 잠시 뜸 들여 놔뒁 어느 새에 또 앞이 콤콤허당도 버천 아무것도 분간을 허지 못헐 정도루 이번 촘엔 눈벙뎅이가 솜틀 기계 위에서 막 춤추멍 놔는 목화솜 ᄀᆞ찌, 이른 봄밤이 소리 어시 지는 목련 꼿 이파리 ᄀᆞ찌 얼굴 바꽌 펏들펏들 천지간에 놀아댕깁니다.

경허당 ᄒᆞᆫ ᄀᆞᆺ 딜로 ᄌᆞ근ᄌᆞ근 포개지멍 수북허게 쌓느니 질도 더펴불고 집도 더펴불멍 와 갑주 게.

눈이 온 섬에 돔뿍 묻을 거 아니꽈! 게민 조지래기 할락산 봉오지만 바당 가운디 나앚는 거주 마씀.

이 대목 쯤 되민 예, 나가 외방 사는 가솔덜이 멩질 먹으레 어떵 오코 허는 걱정은 오꼿 잊어 부는 건 당연지ᄉᆞ 마씀 게.

그 걱정이 ᄎᆞ지헷던 머리 속은 고동이 잠시 똥 싸래 가멍 닥살을 벗어둔 새에 그런 빈 놈의집만 골라잡앙 옴막 들어강 제 집 삼앙 살아가는 염치 어신 개들래기 알아지지 예? 그것사 닮아신고라 뭐 뜬금 어시 옛날 어릴 적이 설 멩질 ᄀᆞ리에 눈 묻어부난 가던 질 ᄁᆞ지 잃어분 풍경이 말이우다, 머리빡에 어거지로 들어왕 좁지멍 뇌세포 멧 개 ᄎᆞ지헤신디사 펀듯 섬광 ᄀᆞ찌 생각나는 거라 예.

그렇게 먹돌 같은 눈보라[blizzard]가 한 치 앞도 못 보게 그냥 캄캄해지면서 그 억센 하늬바람을 타고 하늘에서 내려오면서부터 무지막지하게도 제주섬을 와닥닥 와닥닥 후려놓고 정신 못 차리게 합니다.

사람들이, 아, 저 싸락눈보라 끝에는 눈 뭉치깨나 던져 놓을 것 같다, 이렇게 짐작할 만하게 잠시 뜸 들여놓고는 어느 새에 또 앞이 캄캄하다가도 모자라 아무것도 구별하지 못할 정도로 이번에는 눈뭉치가 솜틀 기계 위에서 마구 춤추면서 뉘는 목화솜 같이, 이른 봄밤에 소리 없이 지는 목련꽃 이파리 같이 얼굴을 바꾸고는 펄럭펄럭 하늘과 땅 사이를 날아다닙니다.

그러다가 한쪽으로 차근차근 포개지면서 수북하게 쌓느니 길도 덮어버리고 집도 덮어버리면서 내리는 거예요.

눈이 온 섬에 듬뿍 묻지 않겠어요! 그러면 상투 끝처럼 한라산 봉우리만 바다 가운데 나앉는 거죠.

이 대목쯤 되면요, 제가 외지에 사는 식구들이 명절 쇠러 어떻게 올까 하는 걱정일랑 깜빡 잊어버리는 건 당연지사겠죠.

그 걱정이 차지하고 있던 머릿속은 고둥이 잠시 똥 싸러 가면서 껍데기를 벗어둔 사이에 그런 남의 빈집만 골라잡고는 옴짝 들어가서 제 집 삼아 살아가는 염치없는 소라집게 알죠? 그걸 닮았는지 뭐 뜬금없이 옛날 어릴 적에 설 명절 즈음에 눈 쌓여서 가던 길마저 잃어버렸던 풍경이 말예요, 머릿속에 억지로 들어와서 꼭 끼어서는 뇌세포 몇 개를 차지했는지 얼핏 섬광(閃光)처럼 생각이 나는 겁니다.

우리 친정 어멍이 이제ᄁᆞ지 살앙 날 봐시민 이 생각에 빠졋당 저 생각더레 정신 주어불곡 또 ᄆᆞ음 가는 디 어딘줄도 모르멍 막 공상에 빠진 거 보멍 틀림어시 영 골아실거우다.

"야야, 는 원 애기 배냇짓 허듯 영 어른 되엉도 그 버릇 못 버렴시냐?"

아하이고 촘, 죽은 어멍이 살아 왕 뭐옌 ᄀᆞᆮ고 씨고 내붑서. 아멩헤도 나가 이 세상에 갓당 저 세상에 가곡 이 시간을 살다그네 저 시간에 강 겡이치록 엾눈질허는 버릇 고치지 못헐거우다. 경허난 ᄀᆞᆮ단 예왁이나 부쳐낭 골으쿠다 예.

나가 ᄒᆞᆫ 댓 ᄉᆞᆯ이나 되어신가, 그 때 보낸 설 멩질부터가 선명ᄒᆞ게 기억뒙니다. 멩질 풍경을 기억ᄒᆞᆫ다기보다는 사농바치로 유명ᄒᆞᆫ ᄉᆞ나이 어른이 우리 ᄆᆞ슬에 살앗수다.

눈이 ᄃᆞᆷ뿍 묻은 거 보민 나가 어디 이서도 꼭 그 멩질 제숙허젠 사농꾼덜 다 집합ᄒᆞᆫ 가운디서 본 지달이 감틔 쓴 그 할으방 눈이 생각나는 거라 마씀.

그 땐 섣ᄃᆞᆯ그믐 들엉 세상천지가 눈밭이 되민 ᄆᆞ을이민 ᄆᆞ을, 동네민 동네, ᄉᆞ나이덜이 다 윤유리 몽뎅이 ᄒᆞᆫ ᄌᆞ록썩 들르멍 사농동산으루 다 모엿수다.

아, 모둠 사농허젠 마씀 게. 무사 윤유리 몽뎅이덜 들엉 모여신가 몰르크라 마씀?

저의 친정어머니가 이제까지 살아서 나를 봤다면 이 생각에 빠졌다가 저 생각으로 정신 팔려버리고 또 마음 가는 곳 어디인 줄도 모르면서 막 공상(空想)에 빠진 걸 보면서 틀림없이 이렇게 말씀하셨을 거예요.

"애야, 너는 갓난아기가 배냇짓 하듯이 이렇게 어른이 되어서도 그 버릇을 버리지 못하니?"

아이고 참, 세상 떠난 어머니가 환생해서 뭐라고 말하든 말든 놔두세요. 아무래도 제가 이 세상에 갔다가 저 세상으로 가고 또 이 시간을 살다가 저 시간에 가서 게처럼 옆눈질하는 버릇은 고치지 못할 거예요. 그러니까 말하던 이야기나 계속해서 할게요.

제가 한 대여섯 살 때였을까, 그때 보낸 설 명절부터 선명하게 기억납니다. 명절 풍경을 기억한다기보다는 사냥꾼으로 유명한 남자 어른이 우리 마을에 살았어요.

눈이 가득 묻은 걸 보면 제가 어디 있어도 꼭 그 명절에 제숙(제물로 올리는 어류나 육류 일체를 일컫는 말)하려고 사냥꾼들 다 집합한 가운데서 본 오소리(가죽) 감투를 쓴 그 할아버지 눈[目]이 생각나는 거예요.

그때에는 섣달그믐 즈음에 세상천지가 눈밭이 되면 마을이면 마을, 동네면 동네, 사나이들이 다 윤노리나무 몽둥이 한 자루씩 들고는 사냥동산으로 다 모였어요.

아, 모둠 사냥하려고요. 왜 윤노리나무 몽둥이를 들고 모였는지 모르겠다고요?

그것사 게, 윤유리 낭이 윤기가 반들반들 나는 게 질기곡 ᄆᆞ디곡 든든허난 사농헐 때만 그 낭 몽뎅일 쓰는 게 아니엇수다.

초집 지붕 이는 줄 비는 호렝이 ᄌᆞ록도 그 낭 가쟁이로 맨들곡, 원담에 든 멜 거리는 디 쓰는 족바디 에움이멍 좀수덜 망사리 에움도 다 그 낭 가쟁이 그차당 불에 구웡 맨들아십주.

경 ᄒᆞᆫ 번 맨들앙 어떤 사름덜은 대물리멍 썻댄 헙니다.

그 낭은 돔박낭광 ᄀᆞ찌 윷 맨드는 곰으루 젤루 좋아덜 헷수다.

'노리 ᄄᆞ린 윤유리 몽뎅이 삼 년 우령 먹나'

영 ᄀᆞᆮ는 제주 속담도 잇일 정도난 그 위력을 약간은 짐작헤지쿠게 예?

또 말이 질 잃어불뻔 헷저, 모둠사농은 그 전날 ᄌᆞ냑이 시작된다고 봐도 무방헐거우다.

무사냐 허민 예, ᄌᆞ냑 때가 넘엉 ᄁᆞ지 터진 하늘 어떵ᄒᆞ리, 눈벙뎅이가 펑펑 세상천지를 왁왁허게 막아가민 동네 어른덜이 청년회원덜을 시켱 집집이 공론을 돌립주.

내일 눈오는 거 개민 사농동산으루 다 모입서, 설 멩질 제숙ᄀᆞ음 헐 모둠사농 갈 거우다.

대개는 ᄒᆞᆫ 집이 장정 ᄒᆞᆫ 사름만 나가도 되주마는 모둠사농헌댄 허는 소릴 들엉 뻬 뺏앙 ᄉᆞ지 멀쩡헌 사름사 구들장 졍 ᄀᆞ만이 잇어집니까, 서너 ᄉᆞᆯ 짜리부터 칠팔십 먹은 할으방 ᄁᆞ지 오몽헤 그거야 뭐, 윤노리나무는 윤기가 반들반들 나는 게 질기고 또 마디고 단단하니까 사냥할 때만 그 나무 몽둥이를 쓰는 것이 아니었습니다.

초가지붕 이는 밧줄 꼴 때 쓰는 도구인 호렝이 자루도 그 나뭇가지로 만들고요, 원담에 든 멸치 뜨는 데 쓰는 족바디(작은 손그물)의 테두리며 잠수(제주해녀)들의 망사리 테두리도 다 그 나뭇가지 잘라다가 불에 구워서 만들었어요.

그렇게 한 번 만들어서 어떤 사람들은 대물리며 썼다고 합니다.

그 나무는 동백나무와 함께 윷을 만드는 재료로도 제일 좋은 거라고 했죠.

'노루 때려잡은 윤노리나무 몽둥이는 삼 년 동안 고아 먹는다.'

이렇게 말하는 제주 속담도 있을 정도이니 그 위력을 조금이나마 짐작하시겠어요?

또 말[言語]이 길 잃을 뻔했네, 모둠사냥은 그 전날 저녁에 시작된다고 봐도 무방할 겁니다.

왜냐하면, 저녁때가 넘어서까지 디긴 하늘을 어떻게 할까, 눈뭉치가 펑펑 세상천지를 깜깜하게 막아버리면 동네 어른들이 청년회원들을 시켜서 집집마다 공론(公論)을 돌립니다.

내일 눈 오는 거 멈추면 사냥동산으로 다 모이세요, 설 명절 제숙으로 쓸 모둠사냥 하러 갈 겁니다.

대개 한 집에서 장정(壯丁, a strong young man) 한 사람만 나가도 되는데 모둠사냥 한다는 소리를 들으면 뼈가 쑤셔서 사지(四肢) 멀쩡한 사람이면 구들장 지고 가만히 있을 수 있나요, 서너

지는 사름은 다 사농동산으루 모다듭주 마씀.

희영헌 눈 우윗 사농이라부난 누게라도 눈에 잘 ᄇᆞ래지게 웃옷은 갈옷이나 색깔 잇인 옷을 입엉 나가야 헷고 마씀.

그런 복장을 ᄀᆞᆽ추는 것사 누게가 ᄀᆞᆮ지 안헤도 다덜 알앙 착착 입엉 나왓수다.

그런 게 전통이쾌 게. 제주 사름 가운딧 전통 마씀.

사름덜이 다 모이민 패를 짜는 것이 그 다음 순서엿수다.

꿩 사농헐 패덜은 예, 꿩 잡을 코 맨드는 사름은 정술 ᄀᆞ튼 걸로 코 잣곡, 꿩 훈누와 몰 패덜은 푸는체멍 가맹이 톨맥이멍 되는대로 무시거라도 꿩 몰 때 쓸만 헌 것덜 준비허곡, 발 ᄈᆞ르곡 몸 개벼운 아이덜 모돠 놩 드르에서 몰아온 꿩덜이 옆질로 돌아나지 못허게 샛질목 막곡 훈누는 연십 시키곡… 사농허기 전이 ᄀᆞᆽ출 게 ᄒᆞᆫ두 가지가 아니어십주.

또 노리 사농헐 패덜은 혈기왕성허곡, 누게라도 불문곡직 허고 확 돌려들엉 귀밑머릴 어슷이 언주왕 ᄃᆞᆮ는 ᄇᆞ름도 잡을 정도루 돌음박질 잘 허곡, 엉굴레기도 천둥소리 ᄀᆞ찌 커그네 ᄒᆞᆫ 엉굴레기 허민 천리 백이서도 알아들어지게 목소리도 우렁차곡, 그 어떤 짐생이 탁허게 난 디 어시 덮쳐도, 이거 무사! 영 호령허멍 눈 ᄒᆞᆫ 짝도 움짝허지 안헐 정도루 담도 크곡, 영헌 청년덜로 뽑앙 배치를 헙니다.

살짜리부터 칠팔십 되는 할아버지까지 움직일 수 있는 사람은 다 사냥동산으로 모여들죠.

새하얀 눈[雪]밭에서 하는 사냥인 만큼 누구라도 눈[目]에 잘 띄게 웃옷은 갈옷(고욤즙으로 물들인 옷감으로 만든 옷)이나 색깔 있는 옷을 입고 나가야 했습니다.

그런 복장을 갖추는 거야 누가 말하지 않아도 다들 알아서 척척 입고 나왔습니다.

그런 게 전통이죠. 제주 사람 중심에 있는 전통요.

사람들이 다 모이면 패를 짜는 것이 그다음 순서였습니다.

꿩 사냥할 때는요, 꿩 잡을 매듭덫 만드는 사람은 나일론 소재 낚싯줄로 매듭덫을 만들고, 꿩을 겁을 줘 날린 다음 몰아올 때는 키며 가마니 짝이며 되는대로 무엇이나 꿩 몰 때 쓸 만한 것들을 준비하고 또, 발 빠르고 몸 가벼운 아이들을 모아놓고는 들판에서 몰아온 꿩들이 옆길로 도망가지 못하게 샛길로 통하는 목을 막도록 하고 또 날리는 연습 시키고 또… 사냥하기 전에 갖출 게 한두 가지가 아니었습니다.

또 노루 사냥할 때는 혈기왕성하고 또, 누구라도 불문곡직(不問曲直)하고 확 달려들어서 귀밑머리를 비스듬히 손아귀에 대충 잡고는 달리는 바람도 잡을 정도로 뜀박질 잘하고 또, 외치는 고함소리도 천둥소리처럼 커서 한번 소리 지르면 천리 밖에서도 알아듣도록 목소리도 우렁차고 또, 그 어떤 짐승이 탁 난데없이 덮쳐도 이거 왜! 이렇게 호령하면서 눈 한 쪽도 움찔하지 않을 정도로 담도 크고 이러한 청년들로 뽑아서 배치를 하죠.

꿩 사농패도 노리 사농패도 패짓는 건 다 똑ᄀᆞ타서 마씀.

패장은 사농에 몰르는 게 어신 사름이라사 되난 당연히 노련헌 최고참 사농바치가 맡으고 예.

경헤영 사농이 시작되는디, 저 눈 ᄃᆞᆷ뿍 묻은 드르에 나강 지가 맡은 직분에 ᄯᆞ랑 훈누곡, 다울리곡, 조름 쫓이곡… 경덜 헤염시민 꿩은 담고망에라도 곱젠 허는 습성이 잇이난 어디 대가리 들여놀 고망만 봐도 그레 곱으민 사농꾼덜이 폭 심어부는 거우다.

아, 노리는 새끼나 암컷은 잡질 안헷수다. 꼭 수컷만 잡앗주마씀. 사름 먹젠 자연의 이치나 도리를 잊어불엉사 되질 안허난 경헷던 거우다. 경헌 사농법을 지키멍 노리를 잡아사 허난 두 세 머리나 잡으민 그걸루 되엇수다.

춤, 눈 우읫 꿩사농이나 노리사농은 경 어렵지도 안헷수다.

눈이 드르에 묻어불민 그 짐생덜이 먹을 걸 춫지 못헤영 배가 고플 거 아니우꽈.

경허난 우잣의 푸싶새라도 춫앙 먹어보젠 웃드르서 ᄆᆞ을 가차운 알드르더레 ᄂᆞ려옵주 게.

또 저슬 내내 잘 먹지 못헌 짐생덜은 힘도 어서부난 잘 ᄃᆞᆮ지도 못허곡 마씀.

사농허기가 젤 좋은 때가 섣ᄃᆞᆯ그믐 ᄀᆞ리엔 ᄀᆞᆮ는 딘 다 경 ᄀᆞᆯ을만 헌 이유가 잇엇던 겁주.

경 제주섬 드르에 널어진 게 배고픈 짐생들이라도 섣ᄃᆞᆯ그믐에 허는 모둠사농은 거룩헌 설 멩질 지낼 제숙 고음 따문에 허는 꿩 사냥패도 노루 사냥패도 패를 짜는 건 다 똑같았어요.

패장(牌將)은 사냥에 모르는 게 없는 사람이라야 하므로 노련한 최고참 사냥꾼이 맡는 게 당연하고요.

그렇게 해서 사냥이 시작되는데, 저 눈이 듬뿍 묻은 들판에 나가 자신이 맡은 직분에 따라서 겁주어 날리고, 또 급히 몰고, 뒤쫓고 또… 그렇게들 하노라면 꿩은 담구멍에라도 숨으려고 하는 습성이 있으니 어디 대가리 처박을 구멍만 봐도 그리로 숨으면 사냥꾼들이 폭 잡아버리는 겁니다.

아, 노루는 새끼나 암컷은 잡지 않았습니다. 꼭 수컷만 잡았지요. 사람 먹으려고 자연의 이치나 도리를 잊어버려서야 되지 않으니 그랬던 겁니다. 그런 사냥법을 지키면서 노루를 잡아야 하니 두세 마리나 잡으면 그걸로 되었습니다.

참, 눈밭에서의 꿩사냥이나 노루사냥은 그렇게 어렵지도 않았답니다.

눈이 들판에 묻으면 그 짐승들이 먹을 걸 찾지 못해서 배가 고플 게 아닙니까.

그러니까 텃밭의 푸성귀라도 찾아서 먹어 보려고 산지(山地)에서 마을 가까운 평지로 내려오는 거예요.

또 겨우내 잘 먹지 못한 짐승들은 힘도 없어서 잘 뛰지도 못하고요.

사냥하기가 제일 좋은 때가 선달그믐 즈음이라고 말하는 데는 다 그렇게 말할 만한 이유가 있었던 겁니다.

그렇게 제주섬 들판에 널어진 게 배고픈 짐승들이라도 선달

거난 아무 짐생이나 닥치는 대로 잡질 안혯고 예, 노리멍 꿩이멍 제숙헐만 헌 걸로, 고운 제숙감으루만 사농을 혯수다.

그 모둠사농 예왁을 허젠 허민 몬저 '지달이고서방'이엔 ᄆᆞ을 사름덜이 불르던 그 할으방 말부터 ᄀᆞᆯ아사 순서가 맞아 마씀.

경헌디 ᄀᆞᆮ단 보난 이거 예왁 순서가 바꽈져 부럿수다 마는 어떵헙니까 이디 ᄁᆞ지 ᄀᆞᆯ아시난 새기멍 봅서. 미안허우다.

나가 미안허댄 허난 단박에 저 디 저 사름, 속으루 영 ᄀᆞᆯ암신게 예,

"미안은 무신 해섬 창지?"

하하, 우리 제주말은 영 맛이 잇입니다. 죄스럽댄 ᄀᆞᆯ은 말 속이서 저슬에 젤 맛좋은 저 바당이 사는 해섬을 아사당 붙일 정도난 예.

아이고, 다시 그 최고참 사농바치 할으방 예왁으루 돌아와사쿠다.

그 할으방은 아주 쪼끄만헌 ᄉᆞ나이 어른이엇수다.

ᄆᆞ을 사름덜은 어른 아이헐 거 어시 그 할으방을 두고, '지달이고서방'이엔덜 불럿수다.

저슬이고 여름이고 철 ᄀᆞ리지 안헤영 지달이 감틔만 썽 사난 그런 벨호를 붙인 모양이라 예.

체구는 조막만이 헌 게, 누게 허고 무신 예왁도 벨반 ᄂᆞ누는

그믐에 하는 모둠사냥은 거룩한 설 명절 지낼 제숙감 때문에 하는 거니 아무 짐승이나 닥치는 대로 잡지 않았고요, 노루며 꿩이며 제숙할 만한 걸로, 고운 제숙감으로만 사냥을 했답니다.

그 모둠사냥 이야기를 하려고 하면 먼저 '지달이고서방'이라고 마을 사람들이 부르던 그 할아버지 말부터 말해야 순서(順序)가 맞아요.

그런데 말하다 보니 이거 이야기 순서가 바뀌고 말았습니다마는 그렇다고 어떻게 하겠습니까 여기까지 말하였으니 새기면서 보세요. 미안합니다.

제가 미안하다고 하니까 단박에 저기 저 사람, 속으로 이렇게 말하고 있네요,

"미안은 무슨 해삼 창자?(미: '해삼'의 제주어)"

하하, 우리 제주어는 이렇게 맛이 있습니다. 죄스럽다고 한 말 속에서 겨울에 제일 맛좋은 저 바다에 사는 해삼을 가져와서 붙일 정도이니 말예요.

아이고, 다시 그 최고참 사냥꾼 할아버지 이야기로 돌아와야겠네요.

그 할아버지는 아주 조그마한 남자 어른이었습니다.

마을 사람들은 어른 아이 가리지 않고 그 할아버지를 가리켜, '지달이고서방'이라고 불렀어요.

겨울이고 여름이고 철을 가리지 않고 오소리 감투만 쓰고 사니까 그런 별명을 붙인 모양이에요.

체구는 조막만 한 것이, 누구하고 뭔 이야기도 별로 나누지

배 엇곡, 무뚝뚝헌 펜이주마는 ᄆᆞ을 사름덜은 다덜 그 어른한티 사근사근 대헷수다.

경헤도 나 ᄀᆞ튼 아이덜은 더러 ᄆᆞ소왕 그 할으방이 멀리서 눈에 뵈앗다 허민 겡이걸음으루 옆질로 걸엉 확 곱아불곡덜 헷수다.

저슬이나 여름이나 게나저나 일 년 삼백육십오 일을 날마다 지달이 털로 맨든 감티 써그네 윤유리 지팽일 ᄀᆞ루로 등허리에 꿰영 ᄆᆞ을을 휘~ ᄒᆞᆫ 바퀴 그 할으방이 도는 것이 우리 ᄆᆞ을 대표 풍경이엇주 마씀.

걷는 ᄌᆞ세도 막 무시거 실픈 일 허래 가는 사름치록 이래 흥글 저래 흥글, 터닥터닥 걸엇고 마씀 게.

어디 갈 디 정해논 것 ᄀᆞ타뵈지 안허게 아멩이나 걷당도 사름광 마주치민 매번에 눈을 탁 뜨는디, 그 눈빛이 핀직헌 게 똑 베락칠 때 ᄀᆞ튼 빛이 나십주.

그 눈빛에 쐬민 막 겁이 달달 낭 오금이 저리난 아이덜은 ᄆᆞ습댄 헌거우다.

우리 아바지는, '지달이고서방' 눈빛이 형형헌 것은 잃어분 설룬 사름덜을 못 ᄎᆞᆽ아서 그런 거옌 골읍디다.

"누겔 잃어부런 마씀?"

ᄒᆞᆫ 번은 나가 영 물어봐십주.

"무사? 설룬 내 애기야 느가 ᄎᆞᆽ아주젠?"

영 둘러대언 맙디다 마는, 그 말 들은 후제부턴 '지달이고서방' 할으방을 보민 기냥 ᄆᆞ음이 아파오는 거라 예. 경 헷댄 헤영 않고, 무뚝뚝한 편이지만 마을 사람들은 다 그 어른에게 사근사근하게 대하였습니다.

그래도 나 같은 아이들은 더러 무서워서 그 할아버지가 멀리서 눈에 띄었다 하면 게걸음으로 옆길로 걸어서 확 숨어버리곤 했습니다.

겨울이나 여름이나 이제나저제나 일 년 삼백육십오 일을 날마다 오소리 털로 만든 감투를 쓰고 윤노리나무 지팡이를 등허리에 가로로 꿰어서 마을을 휘~ 한 바퀴 그 할아버지가 도는 것이 우리 마을 대표 풍경이었습니다.

걷는 자세도 무엇인가 하기 싫은 일 하러 가는 사람처럼 이리 흔들 저리 흔들, 터덜터덜 걸었고요.

어디 갈 곳을 정해놓은 것 같아 보이지 않게 아무렇게나 걸어가다가도 사람과 마주치면 매번 눈을 탁 뜨는데, 그 눈빛이 번쩍하는 게 꼭 벼락칠 때와 같은 빛이 났습니다.

그 눈빛에 쏘이면 마구 겁이 달달 나서 오금이 저리니 아이들이 무섭다고 한 겁니다.

우리 아버지는, '지달이고서방'의 눈빛이 형형(熒熒)한 것은 잃어버린 서러운 사람들을 못 찾아서 그런 거라고 말합디다.

"누구를 잃어버렸어요?"

한번은 제가 이렇게 물어봤어요.

"왜? 내 아가야 네가 찾아주려고?"

이렇게 둘러대고 말았습니다만, 그 말을 들은 후부터는 '지달이고서방' 할아버지를 보면 그냥 마음이 아파오는 거예요. 그

ᄆᆞ수운 게 어서진건 아니고 마씀.

무산디사 그 할으방은 ᄆᆞ을 어귀에 있인 족은 초집이서 ᄒᆞᆫ자 살앗어 예.

경헌디 그 할으방 초집이서 불 숨는 걸 본 ᄆᆞ을 사름이 엇댄 덜 헷수다.

불숨앙 밥헤영 먹지 안헷댄 헤영 그 할으방이 또 누게네 집이 왕 밥 먹는 예도 어섯수다. 사름덜이 막 청헤도 단 ᄒᆞᆫ 번도 놈덜광 앚아그네 밥 ᄒᆞᆫ 숟가락을 뜨지 안헷댄 헙니다.

경허난 ᄆᆞ을 사름덜은 그 할으방 밥 멕이젠 시께헷잰 헤영 밥 아사 가곡, 잔치헷댄 헤영 도새기괴기영 ᄆᆞᆷ국이영 아사 가곡, 소상헷댄 헤영 국시 아사 가곡, 쳇 자리돔 거렷잰 헤영 자리 아사 가곡, 솔래기 하영 잡앗댄 헤영 솔래기국 ᄁᆞᆶ영 아사 가곡덜 헤십주.

아이덜은 그 할으방네 집으루 어른덜이 부름씨 시키는 걸 젤루 굿댄 헷수다. 무시거 아상 가도 할으방은 집에 이서도 바래보지 안허곡 허난 누게라도 무조건 아상 간 건 그릇ᄁᆞ지 상방에 놔뒁 막 ᄃᆞᆯ아낭 오는 겁주.

ᄎᆞᆷ말로, 이제 생각해도 신기헌건 예, 그 할으방네 집에 먹을 거 놩 아상 간 그릇이 그 날로 지네 집이 틀림어시 되돌아왕 잇인 거라 마씀.

할으방이 댕겨 가는 걸 보지 못헤신디, 귀신이 곡ᄒᆞᆯ 노릇이옌 우리 아이덜은 모돠 상 말덜 ᄀᆞᆮ곡 헷어시난 예.

렇게 했다고 해서 무서운 게 없어진 건 아니고요.

왜 그런지 그 할아버지는 마을 어귀에 있는 작은 초가에서 혼자 살았어요.

그런데 그 할아버지 초가에서 불 때는 걸 본 마을 사람이 없다고들 했습니다.

불을 때서 밥을 해 먹지 않았다고 하여 그 할아버지가 또 누구네 집에 와서 밥을 먹는 예도 없었어요. 사람들이 막 청해도 단 한 번도 남들과 앉아서 밥 한 숟가락을 뜨지 않았다고 합니다.

그러니 마을 사람들은 그 할아버지에게 밥을 먹이려고 제사했다고 하면서 밥을 가져가고 또, 잔치하였다고 하면서 돼지고기며 모자반국이며 가져가고, 소상(小喪)을 넘겼다고 국수를 가져가고, 첫 자리돔 잡았다고 해서 자리돔 가져가고, 옥돔을 많이 잡았다고 하면서 옥돔국 끓여서 가져가고 했죠.

아이들은 그 할아버지네 집으로 어른들이 심부름 시키는 걸 제일 싫어했습니다. 무엇을 가져가도 할아버지는 집에 있어도 내다보지 않고 하니 누구라도 무조건 가져간 건 그릇째 마루에 놔두고 막 달아나는 겁니다.

참말로, 이제 생각해도 신기한 것은요, 그 할아버지네 집에 먹을 것을 놓고 가져간 그릇이 그날로 자기 집으로 틀림없이 되돌아와 있는 거였죠.

할아버지가 다녀가는 걸 보지 못했는데, 귀신이 곡할 노릇이라고 우리 아이들은 모여서 말을 하곤 했으니까요.

또 예왁이 아슷 옆으루 새엇수다마는 '지달이고서방'이 엇인 우리 ᄆᆞ을 모둠사농은 생각헐 수도 엇어서 마씀 게.

그 할으방이 사농헐 때만은 사농동산 맨 높은 꼭대기에 올라상 패 짜곡 그걸 점검허곡, 또 사름덜이 맡은 찍대로 사농에 투입되엉 일사불란허게 움직이게 지휘허는디, 허튼 디가 ᄒᆞᆫ 군대도 엇댄덜 헷수다.

사농이 끝낭 보민 춤말로 희안허댄덜 헷는디 예, 무사냐 허민, 집집마다 신위 수가 하민 한 것만썩 찍을 ᄂᆞ누곡 족으민 족은 것만썩 찍을 ᄂᆞ누왕 딱 떨어지게 꿩이영 노리를 잡게 진두지휘를 그 할으방이 허는 거라 마씀.

아마 구신이라도 경 집집마다 딱 떨어지게 분육헐 만이만 잡지는 못헐 거 ᄀᆞ튼디, '지달이고서방'은 구신 허운대기 심엉 내훈둘를 사름이옌, 사농바치 구신이 ᄄᆞ루 엇댄 헷수다.

이력이 경허난 아직ᄁᆞ지도 '지달이고서방' 예왁을 허는 거고예, 전설이 되당도 실픈 겁주게.

그 섣ᄃᆞᆯ그믐의 우리 ᄆᆞ을 눈 우읫 모둠사농 예왁허는 디 나 예왁도 빠질 수 어십주.

나가 한국전쟁 나던 해 일천구백오십년 양력 12월 1일, 저슬이 막 들젠 헐 때 말께나 사주젠 그 날 쳇눈이멍말멍 눈짐뱅이가 싸락싸락 맵지롱 ᄍᆞᆸ찌롱 헐만이 뿌리멍 메다치멍 춤 와달부리는 이 밤광 저 밤 새에 나난 눈 우읫 호랭이, 범해치우다.

또 이야기가 조금 옆으로 새었습니다마는 '지달이고서방'이 없는 우리 마을 모둠사냥은 생각할 수도 없었어요.

그 할아버지가 사냥할 때만은 사냥동산의 가장 높은 꼭대기에 올라서서 패 만들고 그걸 점검하고, 또 사람들이 맡은 직분대로 사냥에 투입되어서 일사불란하게 움직이도록 지휘하는데, 허튼 곳이 한 군데도 없었다고들 합디다.

사냥이 끝나서 보면 참말로 희한하다고들 했는데요, 왜냐하면 집집마다 신위 수가 많으면 많은 만치 몫을 나누고 또 적으면 적은 만치 몫을 나누어서 딱 떨어지게 꿩이며 노루를 잡도록 진두지휘를 그 할아버지가 했던 겁니다.

아마 귀신이라도 그렇게 집집마다 딱 떨어지게 분육(分肉)할 만큼만 잡지는 못할 것 같은데, '지달이고서방'은 귀신 머리카락을 잡고 휘두를 사람이라고, 사냥꾼 귀신이 따로 없다고 했어요.

이력(履歷)이 그러니까 아직까지도 '지달이고서방' 이야기를 하는 거고요, 전설이 되다가도 남는 겁니다.

그 섣달그믐의 우리 마을 눈밭의 모둠사냥 이야기하는 데 나의 이야기도 빠질 수 없죠.

제가 한국전쟁 나던 해 1950년 양력 12월 1일, 겨울이 금방 들어설 무렵에 말[言語]깨나 얻어들으려고 그날 첫눈이라고 할 것도 없이 싸락눈이 싸락싸락 맵듯 말듯 짜듯 말듯 그만치만 뿌리면서 엎어치기 하면서 참 큰일이나 난 듯이 난리 치는 이 밤과 저 밤 사이에 태어나니 눈밭의 호랑이, 범띠입니다.

경헌디 우리 아바지가 정말로 ᄌᆞ미진 분이랏수다.

제집년이 범해치에다 쳇눈 오는 날에 나난 이것사 원 범의 기질이 젤루 사나울 때라, ᄉᆞ주팔ᄌᆞ가 어지간히 세지 안헐거랜, ᄉᆞ나이 ᄉᆞ준 저래 가랜 거려밀려불거랜 허멍, 출생신고 헐 땐 쇠 해치, 경허난 일천구백ᄉᆞ십구년 생으루 ᄒᆞᆫ ᄉᆞᆯ을 올련 헌 거라 예.

경헌 연유루다 나가 이 세상이 나오멍서라 놈이 안 먹는 나이를 ᄎᆞᆷ ᄉᆞᆯ로 ᄒᆞᆫ ᄉᆞᆯ을 ᄃᆞᆷ뿍 더 먹어부러십주.

경 타고난 ᄉᆞ주팔ᄌᆞ를 속엿댄 헤영 어신 ᄉᆞ주를 맨들 수가 잇어마씀?

쇠 해치 쏘곱에 타고난 범 해치 기질이 잇인걸 몰르긴 해도 우리 아바지가 아마 더 잘 알아실거우다.

그 해 전 ᄁᆞ지는 우리 집인 똘덜만 ᄋᆢᄉᆞᆺ썩 잇어부난 아바지 혼자 모둠사농엘 댕겨십주.

경헌디 나가 다ᄉᆞᆺ ᄉᆞᆯ 될 설 멩질 받아놓고는 아바질 좇안 사농동산엘 나갓수다.

나라고 그 윤유리 몽뎅이를 안 아산 가시쿠과?

나가 제집아이라도 ᄉᆞ나이덜 허는 거 다 허젠 허난 우리 아바지가 맨들아 줄 수 잇인 건 손수 다 맨들아 줍디다.

경헤연 나한티는 돔박낭 가지로 맨든 자치기 허는 자영 팽이영 몬딱 잇어십주.

나 뿐 아니고 성덜 한티도 또 나 동싱 한티도 다 윤유리 몽뎅이 ᄒᆞᆫ ᄌᆞ록썩 맨들아 주엇수다.

그런데 우리 아버지가 정말로 재미있는 분이었습니다.

계집애가 범띠에다 첫눈 오는 날에 태어났으니 이거야 원 범의 기질이 제일로 사나울 때라, 사주팔자가 어지간히 세지 않을 거라면서, 사내 사주는 저리 가라 떠밀어 버릴 거라며, 출생신고를 할 때는 소띠, 그러니까 1949년생으로 한 살을 올려서 한 거예요.

그런 연유로 제가 이 세상에 나오면서부터 남이 먹지 않는 나이를 참 나이로 한 살을 담뿍 더 먹었지 뭐예요.

그렇게 타고난 사주팔자를 속였다고 하여 없는 사주를 만들 수가 있습니까?

소띠 안에 타고난 범띠 기질이 있는 것을 모르긴 해도 우리 아버지가 아마 더 잘 알았을 거예요.

그해 전까지는 우리 집에는 딸들만 여섯 명이나 있으니 아버지 혼자 모둠사냥에 다녔습니다.

그런데 제가 다섯 살 될 설 명절을 앞에 두고는 아버지를 쫓아서 사냥동산에 나갔납니다.

저라고 그 윤노리나무 몽둥이를 안 가져갔을까요?

제가 계집아이라도 사나이들 하는 거 다 하려고 하니 우리 아버지가 만들어줄 수 있는 건 손수 다 만들어 줍디다.

그렇게 해서 나에게는 동백나무 가지로 만든 자치기 하는 자며 팽이며 다 있었습니다.

나뿐 아니고 언니들에게도 또 제 동생에게도 다 윤노리나무 몽둥이를 한 자루씩 만들어 주었죠.

경헤도 윤유리 몽뎅이를 들엉 사농동산에 나산 건 우리집 똘덜 중에 나 벳긘 엇어수다 마는.

우리 아바지 또꼬망에 곱안 나가 사농동산에 딱 나타나난, 다덜 웨울릅디다. 아, 저 설룬 애기, 저 제집아이가 어떵헤영 사농패에 붙어 게?

의견이 분분헤도 못 들은추룩 헤연 나는 우리 아바지 갈옷 앞섶을 꽉 심언 ᄀᆞ만이 삿주 마씀. 다덜 안뒈댄 손 가르젓는디도 우리 아바지는 담배만 팍삭팍삭 피웁디다.

그 때엿수다. '지달이고서방'이 사농동산 고고리에서 활활 ᄂᆞ려완 우리 앞에 완개마는 나를 딱 지 앞이 세웁디다.

경 세와 놓고 나광 눈을 딱 맞추는 거라 마씀.

그쯤 되난 나가 막 ᄆᆞ소완 오금이 저리고 오줌이 파싹 ᄆᆞ려웁디다.

아, 경 경황이 어서도 예, 이 할으방광 눈싸움헤영 지민 안뒈댄 헌 생각이 나는 거라 마씀.

경헤사 나도 모둠사농 ᄀᆞ찌 가곡 뭐엔 ᄀᆞᆯ아도 우리 아바지, 아덜 엇어도 우리 똘덜을 금지옥엽으루 애끼는 아바지 기 살리는 거랜 헌 생각을 헌거라 예.

ᄒᆞᆫ참을 나광 눈싸움헤놓고 할으방이 윤유리 몽뎅이를 하늘루 구짝 들어 올립디다.

"무사 야이가 이 사농패에 끼민 안뒙니까? 아직 다섯 ᄉᆞᆯ도 안 뒌 야이 눈빛을 봅서! 이 눈빛이 어디 숨골도 매와지지 안헌 애기 눈에서 난댄 헐 수가 어서 마씀. 야인 호랭이 허고 맞대면헤

그래도 윤노리나무 몽둥이를 들고 사냥동산에 나선 건 우리 집 딸들 중에 나밖에는 없었습니다마는.

우리 아버지 꽁무니에 숨어서 제가 사냥동산에 딱 나타나니, 다 소리 질렀습니다. 아, 저 불쌍한 애기, 저 계집애가 어떻게 사냥패에 낄 수 있어?

의견이 분분해도 못 들은 척하고 저는 우리 아버지 갈옷 앞섶을 꽉 잡고는 가만히 서 있었죠. 다들 안 된다고 손을 가로젓는데도 우리 아버지는 담배만 팍삭팍삭 피웁디다.

그때였습니다. '지달이고서방'이 사냥동산 정상에서 활활 내려와서 우리 앞으로 오더니마는 나를 딱 자기 앞에 세웁디다.

그렇게 세워 놓고는 나와 눈을 딱 맞추는 거예요.

그쯤 되니 제가 마구 무서워서 오금이 저리고 오줌이 바싹 마려웠어요.

아, 그렇게 경황이 없어도요, 이 할아버지와 눈싸움을 하여서 지면 안 된다는 생각이 나는 거예요.

그래야만 나도 모둔사냥을 같이 가고 또 뭐라고들 해도 우리 아버지, 아들 없어도 우리 딸들을 금지옥엽으로 아끼는 아버지 기를 살리는 거라는 생각을 한 거예요.

한참을 나와 눈싸움해놓고 할아버지가 윤노리나무 몽둥이를 하늘로 곧장 들어올립디다.

"왜 이 아이가 이 사냥패에 끼면 안 됩니까? 아직 다섯 살도 안 된 이 아이 눈빛을 보세요! 이 눈빛이 어디 숨골도 메워지지 않은 아기 눈에서 난다고 할 수가 없어요. 이 아이는 호랑이하도 이길거우다.”

경 골아뒁 우리 아바지한티,

“저 사름, 그 뚤 이래 보내어. 나가 저 동산 고고리에 세와 노크메.”

허는 거라 마씀.

우리 아바지는 어디 명령이라고 거역헙니까, 속으루 하도 좋안 눈으룬 웃으멍도 막 심각헌 사름치록 표정 관리허멍 예, 나를 사농동산 맨 꼭대기 ᄁᆞ지 ᄃᆞ라다 줍디다.

“이디 ᄀᆞ만이 잇어사 헤여 이. 할으바님 말씀 멩심허고 이.”

경헤연 그 모둠사농 끝날 때ᄁᆞ지 ‘지달이고서방’ 할으방 옆이산 잇어수다. 윤유리 몽뎅이를 딱 짚언 사둠서라 사농허는 걸 ᄒᆞ나도 놔불지 안헤연 다 봐십주.

오래 ᄒᆞᆫ 곳이 산 잇이난 발이 약간 실려웁고 몸도 ᄒᆞ끔 얼긴 얼어서 마씀.

사농 끝나네 분육헐 때 되난 ‘지달이고서방’ 할으방이 영 곧는 거 아니꽈!

“오널 패장 찍새는 나 나시 말고도 야이 나시도 ᄄᆞ루 떼어주어사.”

나 찍새 주젠 할으방이 그 날은 꿩 ᄒᆞᆫ 머리를 더 훈누고랜 허멍 예나 다름 어시 곳곳이 분육헐 양은 충분허댄 골으난, 아, 그 모둠사농에 나온 ᄆᆞ을 사름덜이 다 박수치멍 웃는 거라 예.

우리 ᄆᆞ을에 제집아이 패장 ᄒᆞ나 낫저!

다섯 술 짜리 패장이여 아니 니 술 짜리 패장이여!

고 맞대면해도 이길 겁니다."

그렇게 말하고는 우리 아버지에게,

"저 사람, 그 딸을 이리 보내. 내가 저 동산 정상에 세워놓을 테니."

하는 거예요.

우리 아버지는 어디 명령이라고 거역합니까, 속으로는 정말 좋아서 눈웃음을 웃으면서도 막 심각한 사람처럼 표정 관리하면서요, 나를 사냥동산 맨 꼭대기까지 데려다 줍디다.

"여기 가만히 있어야 한다. 할아버님 말씀 명심하고."

그렇게 해서 그 모둠사냥이 끝날 때까지 '지달이고서방' 할아버지 옆에 서 있었습니다. 윤노리나무 몽둥이를 딱 짚고 서서는 사냥하는 걸 하나도 놓치지 않고 다 봤죠.

오래도록 한 장소에 서 있어서 발이 약간 시리고 몸도 좀 얼긴 얼었어요.

사냥을 끝내고 분육(分肉)할 때가 되니까 '지달이고서방' 할아버지가 이렇게 말하는 게 아니겠어요!

"오늘 패장 몫은 내 몫 말고도 이 아이 몫도 따로 챙겨줘야 해."

내 몫을 주려고 할아버지가 그날은 꿩 한 마리를 더 날렸다고 하면서 예나 다름없이 곳곳에 분육할 양은 충분하다고 말하니까, 아, 그 모둠사냥에 나온 마을 사람들이 다 박수하면서 웃는 거예요.

우리 마을에 계집애 패장 하나 탄생했네!

다섯 살짜리 패장이여 아니 네 살짜리 패장이여!

그 때 사름덜이 영덜 수군거리는 거라 마씀.

야이 정말 나이는 니 ᄉᆞᆯ이라. 범 해 쳇 저슬 들 때 나부난 쟈네 아방이 무사 쇠 해치로 확 바꽈분 거 아니라 게.

놈이사 날 놓 이거라 저거라 ᄀᆞᆮ건 ᄀᆞᆯ으랜 우리 아바지는 그 노무 담배만 또 팍삭팍삭 피우는디 입ᄀᆞ엔 웃음이 설풋 앚아십디다.

그 날 우리 아바지는 '지달이고서방' 할으방 덕분에 니 ᄉᆞᆯ 짜리 아니 다섯 ᄉᆞᆯ 짜리 뚤년 패장도 시켜보고 놈덜보단 곱절로 제숙ᄀᆞ음도 받앗수다.

집이 오난 우리 어멍이 아바지한티 낮에 사농동산서 잇어난 예왁들언 예, 눈물을 달달 흘리멍 웁디다.

우리 아바지가 그 날 ᄌᆞ냑에 청동화리에 왕강허게 숯불 붙여다 담안 상방 가운디 ᄂᆞᆫ 우리덜 다 불러 앚젼 옛말을 ᄀᆞᆯ아줍디다.

"느네덜 이 예왁 이번 ᄒᆞᆫ 번만 허크메 잊지 말아사 헌다. 어느 날에고 시절 좋아지민 아바지가 헤준 이런 말을 이, 다른 사름한티도 도시리라. 그 때ᄁᆞ진 절대루 입밖이 내민 안뒌다. 내 설룬 뚤년덜아.

아이고, 저 '지달이고서방', 그 무ᄌᆞ년 섣ᄃᆞᆯ그믐이 드르에 사름덜 댕기는 거 금헤부난 우리 ᄆᆞ을에선 모둠사농헐 엄두가 안 나신디, 경허민 설 멩질 제숙 뭘로 헐거냐곤 아, 혼자 사농에 나산 꿩이멍 노리멍 이 ᄆᆞ을 안ᄁᆞ지 몰아왓단 말이여.

그때 사람들이 이렇게 수군거리는 거였습니다.

이 아이 실제 나이는 네 살이야. 범띠 해의 첫 겨울 들 때 태어나니 저 아이 아버지가 소띠로 확 바꿔버린 거 아냐.

남이사 나를 두고 이거다 저거다 말하면 그렇게 말하라고 우리 아버지는 그놈의 담배만 또 퍽석퍽석 피우는데 입가에는 웃음이 살포시 앉았습디다.

그날 우리 아버지는 '지달이고서방' 할아버지 덕분에 네 살짜리 아니 다섯 살짜리 딸년을 패장도 시켜보고 남들보다도 곱절로 제숙감도 받았습니다.

집에 오니 우리 어머니가 아버지한테서 낮에 사냥동산에서 있었던 이야기를 듣고는, 눈물을 달달 흘리면서 울던데요.

우리 아버지가 그날 저녁에 청동화로에 활활 타오르게 불붙은 숯불을 담아다 마루 가운데 놓고는 우리들 다 불러 앉히고는 옛날이야기를 말해줍디다.

"너희들 이 이야기 이번 한 번만 할 테니까 잊지 말아야 한다. 어느 날엔가 시국(時局)이 좋아지면 아버지가 해준 이런 말을, 다른 사람들에게도 그대로 전해라. 그때까지는 절대로 입 밖에 내면 안 된다. 내 애달픈 딸년들아.

아이고, 저 '지달이고서방', 그 무자년(제주4·3사건이 발발한 해) 섣달그믐에 들에 사람들이 다니는 것을 금지해 버리니 우리 마을에서는 모둠사냥 할 엄두가 안 났는데, 그러면 설 명절에 제숙을 무엇으로 할 거냐고 아, 혼자 사냥에 나서서 꿩이며 노루며 이 마을 안까지 몰아왔단 말이야.

경헌 것이 토벌대 귀에 들어가난, '지달이고서방'이 산에 올른 빨갱이덜광 내통헴댄, 잡으래 올 준비헴댄 허난 저 할으방은 그만 ᄒᆞᆫ 돌음에 퀴연 '궤버댁이'에 잇인 짚은 궤 쏘곱에 곱아불엇거든.

경 '지달이고서방'이 곱아불자마자 토벌대덜은 그 집을 덮쳔 온 식솔을 어디산디 돌아단 대살헤분거 아니냐 무사.

아이고, 시국도 써우지랑도 험도, 사름 목심이 ᄑᆞ리 목심만이도 못헤시난 게.

그 때ᄁᆞ지도 ᄆᆞ을 사름덜은 몰라시녜. 다덜 멩질헤여 먹젠덜 집 쏘곱이 엎어졍 일 출리단 보난 '지달이고서방' 할으방네 집이 외진 디 떨어졍 잇어부난 경 대난리가 나도 ᄆᆞ을에선 ᄏᆞᆷᄏᆞᆷ허게 몰를 수 벳긔….

그 해 설 멩질에도 춤 눈 하영 묻엇저. 세배를 댕길 수가 엇일 정도루 눈이 ᄆᆞ을 ᄀᆞ득 묻어시난.

메칠 만이 ᄆᆞ을 안이 질에 묻은 눈 치우멍 세배 댕기는디, '지달이고서방' 할으방이 남루헌 꼴광 헤여그네, '우리 아이 어멍이영 아이덜 못봅디까 예?' 허멍 눈질이고 어디고 허위영 댕겨가난 사름덜이 알안 이, 억장이 다덜 무너져시녜.

우리 ᄆᆞ을 사름덜이 '지달이고서방' 할으방한티 들민 다 죄인이여.

경허난 내 설룬 똘년덜아, 하다 '지달이고서방' 할으방 ᄆᆞ소왕허지 말앙 예의 ᄇᆞ르게, 곱게 대헤사 헌다. 알암시냐?"

그렇게 한 것이 토벌대 귀에 들어가니, '지달이고서방'이 산에 오른 빨갱이들과 내통(內通)한다고, 잡으러 올 준비하고 있다고 하니 저 할아버지가 그만 한달음에 도망쳐서 '궤버댁이'(지명; 동굴이 있는 드넓은 벌판이란 뜻)에 있는 깊은 동굴 속에 숨어버렸거든.

그렇게 '지달이고서방'이 숨어버리자마자 토벌대들은 그 집을 덮쳐서 온 가족을 어딘지 데려다가 대살(代殺)을 해버렸지 뭐냐.

아이고, 시국도 섬뜩하기가, 사람 목숨이 파리 목숨만도 못했으니까.

그때까지도 마을 사람들은 몰랐어. 다들 명절 지내려고 집 안에 엎드려서 일 차리다 보니 '지달이고서방' 할아버지네 집이 외진 곳에 떨어져 있던 탓에 그렇게 대난리가 나도 마을에서는 캄캄하게도 모를 수밖에….

그해 설 명절에도 참 눈이 많이 쌓였지. 세배를 다닐 수 없을 정도로 눈이 마을 가득 쌓였으니까.

며칠 만에 마을 안길에 쌓인 눈을 치우면서 세배 다니는데, '지달이고서방' 할아버지가 남루한 꼴을 해서는, '우리 아이 엄마며 아이들을 못 봤습니까 예?' 하면서 눈길이고 어디고 허비면서 다니니 사람들이 알게 되었고, 다들 억장이 무너졌지.

우리 마을 사람들은 '지달이고서방' 할아버지 앞에서는 다 죄인이여.

그러니까 내 애달픈 딸년들아, 부디 '지달이고서방' 할아버지 무서워하지 말고 예의 바르게, 곱게 대해야 한다. 알겠지?"

우린 멋도 몰르멍 아바지가 ᄀᆞᆯ아준 예왁 따문에 다덜 울엇수다.

난 어린 ᄆᆞ음에도 예, 할으방한티 눈싸움 지지 안허잰 눈 빵끄레기 떤 대든게 경도 미안헙디다.

ᄎᆞᄎᆞ 커 가멍 그 때 아바지가 말 ᄒᆞ젠허당 목멕형 ᄀᆞᆨ겨가멍 어렵게 ᄀᆞᆯ아준 무ᄌᆞ년 난리가 뭣인 건줄도 알앗주 마씀.

나가 '지달이고서방' 할으방 예왁은 올히 체움으루 헴수다. 매해에 눈만 묻으민 생각은 납디다마는 무사 경 탁 터놩 말 ᄀᆞᆮ기가 힘든디사… 아이고, 이제 속 시원허우다.

우리는 아무것도 모르면서 아버지가 말해준 이야기 때문에 다들 울었습니다.

나는 어린 마음에도요, 할아버지한테 눈싸움 지지 않으려고 눈을 부릅뜨고는 대든 게 그렇게도 미안했습니다.

차차 커가면서 그때 아버지가 말하려다가 목이 막혀서 사레들리면서 어렵게 해준 무자년 난리(제주4·3사건)가 무엇인지도 알았습니다.

제가 '지달이고서방' 할아버지 이야기를 올해 처음으로 합니다. 해마다 눈이 쌓이면 생각은 났습니다마는 왜 그렇게 탁 터놓고 말하기가 힘들었는지… 아이고, 이제 속이 시원합니다.

평지ᄂᆞ물이 지름ᄂᆞ물인거 세상이 다 알지 못헤신가?

1) 함행선은 일제강점기 때 성산포 단추공장에서 한밤중에 '사냥꾼'에 잡혀 남양군도로 끌려가 성노예생활을 했던 실제 인물이다. 그러나 이 작품은 그녀와 무관한 허구이다.
당시 일본에서 제주섬에 직접 파견되어 '성노예로 삼을 여성들을 사냥했던' 일본인 요시다세이지[吉田淸治] 의 양심고백서인『나는 조선사람을 이렇게 잡아갔다; 私の戰爭犯罪-朝鮮人强制連行』(현대사연구실 옮김, 청계연구소, 1989)에 그때 어떻게 사냥했는지 적나라하게 표현되어 있다.

하늘에 오른 테우리

2) '세경본'은 제주도에서 큰굿, 백중제, 마불림제 등을 할 때 '심방'(무당)이 북 혹은 장구 반주에 맞추어 옛날이야기를 노래로 하듯 리듬을 주어 읊는다.
3) 아주 이랑이 길고 드넓은 밭을 한숨에 갈 만큼 일 잘하는 황소.
4) 제주섬은 마을마다 언어가 다르다. 제주의 언어는 한라산을 가운데 두고 산앞(한라산 동남방)과 산뒤(서북방)가 다르다. 예를 들어, '가져가다'만 하여도 산앞 사람들은 '아사가다'라고 하고 산뒤 사람들은 'ᄀᆞ저가다'라고 한다.
5) 이 이야기는 허구이다. 그러나 이분은 실재했던 인물로 가난한 이들을 위해 평생 의술을 베푸시고 시조 시인으로도 활동하셨던 정

태무 선생님이신데 여기에 잠시 모셔 그분을 기린다.

6) 바다에 가지고 다니는 대나무로 엮은 바구니.

7) "고려·조선 시대 역로(驛路)에 마련되어 공문(公文)을 중계하고 공용 여행자에게 교통 편의를 제공하던 시설. 원나라의 전명기관(傳命機關)인 참적(站赤)에서 유래된 것으로 우리나라에서는 역참(驛站)으로 통용되고 있다."(한국민족문화대백과사전)
하지만 제주섬에서는 이런 사전적 의미와는 다르게 길이의 단위로 사용하였다. 거리를 뜻할 때의 '한 참'은 대충 5리를 의미하며, "한국에서는 1리는 관례적 환산법으로 계산할 때 미터법으로 0.4km에 해당하였다. 대한제국이 반포한 도량형법에 따라 1리는 0.42km였다. 비법정단위가 되어 폐지되기 직전의 규정에 따르면 일본과 동일하게 약 4km이다. 이는 1909년 9월에 일본식 도량형법이 도입된 후 개정되기 전에 비법정단위가 되어 사용이 금지되었기 때문이다. 또 리의 길이를 400m로 치는 경우도 있다."라고 기술표준원은 설명하고 있다.

8) 한라산 중턱이나 중산간 마을 주변의 덤불과 숲이 어우러진 깊은 들판.

9) 직역하면 '먹이러'의 뜻이지만 여기서는 '마소를 방목하다'의 의미.

10) 칡줄기를 잘게 쪼개어 만든 끈으로 억새꽃을 총총 엮어 만든 불씨 막대. 태풍이 불어도 불이 꺼지지 않아 어부와 목자 등 바깥에서 일하는 이들의 필수 휴대품이었다.

11) 제주 전통 집 입구인 올레에 정문 돌틀을 세우고 그 구멍에 끼웠던 기다란 나무막대 세 개로, 대문 역할을 하였다.

삭다리광 생낭은

12) 자(字)는 맹덕(孟德), 아명(兒名)은 아만(阿瞞)·길리(吉利)이

다. 패국(沛國) 초현(譙縣, 지금의 安徽省 亳州市) 사람으로 후한 헌제(獻帝, 재위 189~220) 때에 승상(丞相)을 지냈으며, 위왕(魏王)으로 봉해졌다. 아들인 조비(曹丕)가 위나라 황제의 지위에 오른 뒤에는 무황제(武皇帝)로 추존되었다.

– 네이버 지식백과; 조조[曹操](두산백과)

조조(기원전 200~154년)는 영천(潁川, 지금의 하남성 우현) 출신으로 한나라 경제의 중요한 모사(謀士)였다. 그는 일찍이 지현(軹縣, 지금의 하남성 제원현 남쪽)에서 장회(張恢)를 스승으로 모시고 신불해와 상앙의 형명(刑名) 이론을 배웠다. 조조는 사람이 엄격하고 각박했다. 그러나 문헌과 옛 기록들에 밝아 태상장고(太常掌故)라는 벼슬에 임명되었다.

– 네이버 지식백과; 조조[鼂錯] – 지혜 보따리로 이름을 날리고, 황제의 측근을 정리하고 순국하다(5000년 중국을 이끌어온 50인의 모략가, 2005. 10. 20., 차이위치우, 김영수)

제주섬에서는 예로부터 신의가 부족하거나 의리를 지키지 않는 사람을 보면 '조조 닮은 인간'이라고 폄훼하는가 하면 임기응변에 능한 이에게도 이와 같이 말하였다.

13) 학명은 Prunus yedoensis MATSUMURA이다. 높이가 15m 내외에 달한다. 수피는 평활하며 회갈색이고 옆으로 벗겨진다. 잎은 어긋나고 타원상난형 또는 도란형이며 밑이 둥글고 가장자리에 뾰족한 복거치가 있고 뒷면의 엽맥과 엽병에 털이 있다.

꽃은 4월에 잎보다 먼저 피는데 백색 또는 연한 홍색이며, 5, 6개의 꽃이 짧은 산방화서에 달리고 소화경에 털이 있다. 열매는 둥글고 지름 7~8㎜이며 6~7월에 검게 익는다. 왕벚나무는 제주특별자치도와 전라남도에서 자생하는 우리나라 특산종이다.

제주특별자치도 신례리와 봉개동, 전라남도 대둔산에서 자생하고 있는 것은 천연기념물로 지정하여 자생지를 보호하고 있다. 한

방에서는 수피를 약재로 이용하고 있다. 약성은 한(寒)하고 고(苦)하며 완화(緩和)·진해(鎭咳)·해독(解毒)의 효능이 있는 것으로 알려져 있다. 해소·피부염·담마진(蕁麻疹)·소양증(搔痒症) 등에 사용한다.

– 네이버 지식백과; 왕벚나무(한국민족문화대백과, 한국학중앙연구원)

'먹사옥'은 제주어이다.

14) 홍수가 지면서 벌판으로 쓸려온 나뭇가지며 검불들이 물이 빠진 후에 남아 햇볕에 바싹 마른다. 가끔 불쏘시개를 하려고 그것들을 거두어 들이곤 했는데 이를 '내건데기'라고도 하고 '내건둑'이라고도 한다.

15) 돼지가 살도록 울담을 두른 야외 뒷간에 짚이며 마른 해조류를 듬뿍 넣어 발효시킨 밑거름.

16) 제주특별자치도 서귀포 지역에서 나무 따위를 자르는 데 쓰는 연장. 주로 땔감용의 나뭇가지를 채취할 때 사용하던 연장.

– 디지털서귀포문화대전

한림화

1950년 제주도에서 태어났다.
1973년 『가톨릭 시보』의 작품공모에 중편소설 『선률』이 당선되면서 등단하였다.
작품집으로 『꽃 한 송이 숨겨놓고』, 『철학자 루씨, 삼백만년 동안의 비밀』, 『아름다운 기억』, 『한라산의 노을』 등이 있다.

The Islander
- 바람섬이 전하는 이야기

2020년 6월 20일 초판 1쇄 발행

지은이 한림화 | **펴낸이** 김영훈 | **편집인** 김지희 | **디자인** 나무늘보
펴낸곳 한그루 | **등록** 제6510000251002008000003호 | **주소** 제주특별자치도 제주시 복지로1길 21
전화 064 723 7580 | 전송 064 753 7580 | **전자우편** onetreebook@daum.net | **누리방** onetreebook.com

ISBN 979-11-90482-17-2(03810)

이 책은 제주특별자치도, 제주문화예술재단의 2020년도 문화예술지원사업의 후원을 받아 발간되었습니다.

이 도서의 국립중앙도서관 출판예정도서목록(CIP)은 서지정보유통지원시스템 홈페이지(http://seoji.nl.go.kr)와 국가자료공동목록시스템(http://www.nl.go.kr/kolisnet)에서 이용하실 수 있습니다. (CIP제어번호: CIP2020022062)

값 12,000원